जब अंग्रेजों ने एक-एक करके भारत के राज्यों को हड़पना शुरू कर दिया, देश की जनता पर जुल्म का चक्कर चलाया तो भारत माता के बहादुर सपूतों ने देश को आजाद कराने के लिए सिर-धड़ की बाजी लगा दी और देश को गुलाम बनाने वाले अंग्रेजों के विरुद्ध सशस्त्र विद्रोह किया।

प्रस्तुत है उन्हीं बहादुर नौजवानों के संघर्ष की रोमांचक गाथा 1857 का स्वतंत्रता संग्राम।

1857
स्वतंत्रता का महासंग्राम

डॉ. हरिकृष्ण देवसरे

डायमंड बुक्स

© लेखक

प्रकाशक : डायमंड पॉकेट बुक्स प्रा. लि.
X-30, ओखला इंडस्ट्रियल एरिया, फेज-2,
नई दिल्ली-110020
फोन : 011-40712200
E-mail : sales@diamondpublication.com
Website : www.diamondbooks.in

1857 Swatntra Ka Maha Sangram
By : Dr. Harikrishan Devsare

विषय सूची

1

इंग्लैण्ड की महारानी एलिजाबेथ से, सन् 1600 ई. में कुछ अंग्रेज व्यापारियों ने भारत से व्यापार करने की अनुमति ली। उन्होंने इसके लिए जो कंपनी बनाई, उसका नाम रखा—'ईस्ट इंडिया कंपनी'। उस समय तक भारत की यात्रा का समुद्री मार्ग पुर्तगाली यात्रियों ने खोज निकाला था। उस मार्ग की जानकारी लेकर और व्यापार की तैयारी करके, इंग्लैण्ड से सन् 1608 में 'हेक्टर' नामक एक जहाज भारत के लिए रवाना हुआ। इस जहाज के कप्तान का नाम हॉकिन्स था। हेक्टर नामक जहाज सूरत के बंदरगाह पर आकर रुका। उस समय सूरत भारत का एक प्रमुख व्यापारिक केन्द्र था।

उस समय भारत पर मुग़ल बादशाह जहांगीर का शासन था। हॉकिन्स अपने साथ इंग्लैण्ड के बादशाह जेम्स प्रथम का एक पत्र जहांगीर के नाम लाया था। उसने जहांगीर के दरबार में स्वयं को राजदूत के रूप में पेश किया और घुटनों के बल झुककर उसने बादशाह जहांगीर को सलाम किया। चूंकि वह इंग्लैण्ड के सम्राट का राजदूत बनकर आया था, इसलिए जहांगीर ने भारतीय परंपरा के अनुरूप अतिथि का विशेष स्वागत किया और उसे सम्मान दिया। जहांगीर को क्या मालूम था कि जिस अंग्रेज कौम के इस तथाकथित नुमाइन्दे को वह सम्मान दे रहा है, एक दिन इसी कौम के वंशज भारत पर शासन करेंगे और हमारे शासकों तथा जनता को अपने सामने घुटने टिकवा कर सलाम करने को मजबूर करेंगे।

उस समय तक पुर्तगाली कालीकट में अपना डेरा जमा चुके थे और भारत में व्यापार कर रहे थे। व्यापार करने तो हॉकिन्स भी आया था। उसने अपने प्रति जहांगीर की सहृदय और उदार व्यवहार को देखकर मौके का पूरा फायदा उठाया। हॉकिन्स ने जहांगीर को पुर्तगालियों के खिलाफ भड़काया और जहांगीर से कुछ विशेष सुविधाएं और अधिकार प्राप्त कर लिए। उसने इस कृपा के बदले अपनी सैनिक शक्ति बनाई। पुर्तगालियों के जहाजों को लूटा। सूरत में उनके व्यापार को भी ठप्प करने के उपाय किए। और फिर इस तरह 6 फरवरी सन् 1613 को बादशाह जहांगीर से एक शाही फरमान जारी करवा लिया कि अंग्रेजों को सूरत में कोठी बनाकर तिजारत करने की इजाजत दी जाती है। इसी

के साथ जहांगीर ने यह इजाजत भी दे दी कि उसके दरबार में इंग्लैण्ड का एक राजदूत रह सकता है। इसके फलस्वरूप सर टॉमस रो सन् 1615 में राजदूत बनकर भारत आया। उसके प्रयत्नों से सन् 1616 में अंग्रेजों को कालीकट और मछलीपट्टन में कोठियां बनाने की अनुमति प्राप्त हो गई।

शाहजहां के शासनकाल में, सन् 1634 में अंग्रेजों ने शाहजहां से कहकर कलकत्ते से पुर्तगालियों को हटाकर केवल स्वयं व्यापार करने की अनुमति ले ली। उस समय तक हुगली के बंदरगाह तक अपने जहाज लाने पर अंग्रेजों को भी चुंगी देनी पड़ती थी। लेकिन शाहजहां की एक बेटी का इलाज करने वाले अंग्रेज डॉक्टर ने हुगली में जहाज लाने और माल की चुंगी चुकाना माफ करवा लिया।

औरंगजेब के शासनकाल में एक बार फिर पुर्तगालियों का प्रभाव बढ़ चुका था। मुंबई का टापू उनके अधिकार में था। सन् 1661 में इंग्लैण्ड के सम्राट को यह टापू, पुर्तगालियों से दहेज में मिल गया। बाद में सन् 1668 में इस टापू को ईस्ट इंडिया कंपनी ने इंग्लैण्ड के सम्राट से खरीद लिया। इसके बाद अंग्रेजों ने इस मुंबई टापू पर किलेबंदी भी कर ली।

सन् 1664 में, ईस्ट इंडिया कंपनी की ही तरह भारत में व्यापार करने के लिए फ्रांसीसियों की एक कंपनी आई। इन फ्रांसीसियों ने सन् 1668 में सूरत में, 1669 में मछलीपट्टन में, और सन् 1774 में पाण्डिचेरी में अपनी कोठियां बनाई। उस समय उनका प्रधान था-दूमास। सन् 1741 में दूमास की जगह डूप्ले की नियुक्ति हुई। लिखा है-"डूप्ले एक अत्यंत योग्य और चतुर सेनापति था। उसके पूर्वाधिकारी दूमास को मुगल शासन के द्वारा 'नवाब' का खिताब मिला हुआ था। इसलिए जब डूप्ले आया तो उसने खुद ही अपने को 'नवाब डूप्ले' कहना शुरू कर दिया। डूप्ले पहला यूरोपीय निवासी था जिसके मन में भारत के अंदर यूरोपियन साम्राज्य कायम करने की इच्छा उत्पन्न हुई। डूप्ले को भारतवासियों में दो खास कमजोरियां नजर आईं, जिनसे उसने पूरा-पूरा फायदा उठाया। एक यह कि भारत के विभिन्न नरेशों की उस समय की आपसी ईर्ष्या, प्रतिस्पर्धा और लड़ाइयों के दिनों में विदेशियों के लिए कभी एक और कभी दूसरे का पक्ष लेकर धीरे-धीरे अपना बल बढ़ा लेना कुछ कठिन न था, और दूसरे यह कि इस कार्य के लिए यूरोप से सेनाएं लाने की आवश्यकता न थी। बल, वीरता और सहनशक्ति में भारतवासी यूरोप से बढ़कर थे। अपने अफसरों के प्रति वफादारी का भाव भी भारतीय सिपाहियों में जबर्दस्त था। किन्तु 'राष्ट्रीयता' के भाव या 'स्वदेश' के विचार का उनमें नितांत अभाव था। उन्हें

बड़ी आसानी से यूरोपियन ढंग से सैनिक शिक्षा दी जा सकती थी और यूरोपियन अफसरों के अधीन रखा जा सकता था। इसलिए विदेशियों का यह सारा काम बड़ी सुन्दरता के साथ हिन्दुस्तानी सिपाहियों से निकल सकता था। डूप्ले को अपनी इस महत्त्वाकांक्षा की पूर्ति में केवल एक बाधा नज़र आती थी और वह थी अंग्रेजों की प्रतिस्पर्धा।" (भारत में अंग्रेजी राज: सुंदरलाल: प्रकाशन विभाग: पृष्ठ 121)

डूप्ले की शंका सही थी। अंग्रेजों की निगाहें भी भारत के खजाने और यहां शासन करने पर लगी हुई थीं। इसका एक प्रमाण यह मिलता है कि सन् 1746 में कर्नल स्मिथ नामक अंग्रेज ने जर्मनी के साथ मिलकर बंगाल, बिहार और उड़ीसा विजय करने और उन्हें लूटने की एक योजना गुपचुप तैयार करके यूरोप भेजी थी। अपनी योजना में उसने लिखा था–"मुगल साम्राज्य सोने और चांदी से लबालब भरा हुआ है। यह साम्राज्य सदा से निर्बल और असुरक्षित रहा है। बड़े आश्चर्य की बात है कि आज तक यूरोप के किसी बादशाह ने, जिसके पास जल सेना हो, बंगाल फतह करने की कोशिश नहीं की। एक ही हमले में अनन्त धन प्राप्त किया जा सकता है, जिससे ब्राज़ील और पेरु (दक्षिण अमेरिका) की सोने की खाने भी मात हो जाएंगी।"

"मुगलों की नीति खराब है। उनकी सेना और भी अधिक खराब है। जल-सेना उनके पास है ही नहीं। साम्राज्य के अंदर लगातार विद्रोह होते रहते हैं। यहां की नदियां और यहां के बंदरगाह, दोनों विदेशियों के लिए खुले पड़े हैं। यह देश उतनी ही आसानी से फतह किया जा सकता है, जितनी आसानी से स्पेन वालों ने अमरीका के नंगे बाशिंदों को अपने अधीन कर लिया था।"

"अलीवरदी खां के पास तीन करोड़ पाउण्ड (करीब पचास करोड़ रुपये) का खजाना मौजूद है। उसकी सालाना आमदनी कम से कम बीस लाख पाउण्ड होगी। उसके प्रान्त समुद्र की ओर से खुले हैं। तीन जहाजों में डेढ़ हजार या दो हजार सैनिक इस हमले के लिए काफी होंगे।" (फ्रांसिस ऑफ लॉरिन को कर्नल मिल का पत्र: 'कन्सीडरेशन्स ऑफ दि अफेयर्स ऑफ बेंगाल,' में लेखक बोल्ट द्वारा उद्धृत)

जनरल मिल ने कुछ अधिक ही सपना देखा था। किन्तु इससे इन्कार नहीं किया जा सकता कि ईस्ट इंडिया कंपनी के अंग्रेज भी अपने ऐसे ही मनसूबों को पूरा करने में जुटे हुए थे। दरअसल विदेशियों द्वारा भारत को गुलाम बनाने की ये कोशिशें, भारतवासियों के लिए बड़ी लज्जाजनक बातें थीं-विशेष रूप से इसलिए कि इस योजना में स्वयं भारत के लोगों ने साथ दिया और आगे

चलकर अपने पैरों में गुलामी की बेड़ियां पहन लीं। लिखा है-"अठारहवीं सदी के मध्य में बंगाल के अंदर हमें यह लज्जाजनक दृश्य देखने को मिलता है कि उस समय के विदेशी ईसाई कुछ हिन्दुओं के साथ मिलकर देश के मुसलमान शासकों के खिलाफ बगावत करने और उनके राज को नष्ट करने की साज़िशें कर रहे थे। अंग्रेज कंपनी के गुप्त मददगारों में खास कलकत्ते का एक मालदार पंजाबी व्यापारी अमीचंद था। उसे इस बात का लालच दिया गया कि नवाब को खत्म करके मुर्शिदाबाद के खजाने का एक बड़ा हिस्सा तुम्हें दे दिया जाएगा और इंग्लिस्तान में तुम्हारा नाम इतना अधिक होगा, जितना भारत में कभी न हुआ होगा। कंपनी के मुलाज़िमों को आदेश था कि 'अमीचंद की खूब खुशामद करते रहो।" (भारत में अंग्रेजी राज: सुंदरलाल: पृष्ठ 126)

कंपनी के वादों और अमीचंद की नीयत ने मिलकर, बंगाल के तत्कालीन शासक अलीवरदी खां के तमाम वफादारों को विश्वासघात करने के लिए तैयार कर दिया। उधर कलकत्ते में अंग्रेजों की और चन्द्रनगर में फ्रेंच लोगों की कोठियां बनाना और किलेबन्दी करना लगातार जारी था। अलीवरदी खां को इसकी जानकारी थी। फिर जब उसे अमीचंद और दूसरे विश्वासघातकों की चाल का पता चला तो उसने उनकी सारी योजना विफल कर दी। लेकिन इन सब घटनाओं से अलीवरदी खां सावधान हो गया और पुर्तगालियों, अंग्रेजों और फ्रांसीसियों-तीनों कौमों के मनसूबों का उसे पता चल गया।

बंगाल के नवाब अलीवरदी खां के कोई बेटा न था, इसलिए उसने अपने नवासे सिराजुद्दौला को, अपना उत्तराधिकारी बनाया था। अलीवरदी खां बूढ़ा हो चला था। वह बीमार रहता था और उसे अपना अंत समय निकट आता दिखाई दे रहा था। इसलिए एक दूरदर्शी नीतिज्ञ की तरह उसने अपने नवासे सिराजुद्दौला को एक दिन पास बुलाकर कहा-"मुल्क के अंदर यूरोपियन कौमों की ताकत पर नज़र रखना। यदि खुदा मेरी उम्र बढ़ा देता, तो मैं तुम्हें इस डर से भी आज़ाद कर देता-अब, मेरे बेटे, यह काम तुम्हें करना होगा। तैलंग देश में उनकी लड़ाइयां और उनकी कूटनीति की ओर से तुम्हें होशियार रहना चाहिए। अपने-अपने बादशाहों के बीच के घरेलू झगड़ों के बहाने इन लोगों ने मुगल सम्राट का मुल्क और शहंशाह की रिआया का धन-माल छीनकर आपस में बांट लिया है। इन तीनों यूरोपियन कौमों को एक साथ कमजोर करने का ख्याल न करना। अंग्रेजों की ताकत बढ़ गई है। पहले उन्हें खत्म करना। जब तुम अंग्रेजों को खत्म कर लोगे, तब बाकी दोनों कौमें तुम्हें अधिक तकलीफ न देंगी। मेरे बेटे, उन्हें किला बनाने या फौजें रखने की इजाजत न देना। यदि तुमने

यह गलती की, तो मुल्क तुम्हारे हाथ से निकल जाएगा।" ("बेंगाल इन 1756-1757", खण्ड 2, पृष्ठ 16)

10 अप्रैल सन् 1756 को नवाब अलीवरदी खां की मृत्यु हो गई। इसके बाद सिराजुद्दौला, अपने नाना की गद्दी पर बैठा। सिराजुद्दौला की आयु उस समय चौबीस साल थी। ईस्ट इंडिया कंपनी की नीतियों ने साज़िशों का पूरा जाल फैला रखा था। अंग्रेज नहीं चाहते थे कि सिराजुद्दौला शासन करे। इसलिए उन्होंने सिराजुद्दौला का तरह-तरह से अपमान करना और उसे झगड़े के लिए उकसाने का काम शुरू कर दिया। सिराजुद्दौला जब मुर्शिदाबाद की गद्दी पर नवाब की हैसियत से बैठा तो रिवाज के अनुसार उसके मातहतों को, वजीरों, विदेशी कौमों के वकीलों को, दरबार में हाजिर होकर नज़रे पेश करना जरूरी था। लेकिन अंग्रेज कंपनी की तरफ से सिराजुद्दौला को कोई नज़र नहीं भेंट की गई।

सिराजुद्दौला के साथ विश्वासघात

अंग्रेजों ने तय कर लिया था कि सिराजुद्दौला को एक दिन भी चैन से नहीं बैठने देना है। इस काम में सिराजुद्दौला के वफादार समझे जाने वाले लोग भी बड़ी संख्या में अंग्रेजों से मिले हुए थे। अंग्रेजों ने इस वक्त छल-कपट, झूठ, बेईमानी, धोखा, लालच देना आदि सभी किस्म की बुराइयों को अपना हथियार बना रखा था और भारतवासी लालच में आकर बड़ी-आसानी से गद्दारी करने के लिए तैयार हो जाते थे। सिराजुद्दौला का एक रिश्तेदार, मुर्शिदाबाद के नवाब के अधीन, पूर्णिया का नवाब था। अंग्रेजों ने इस नवाब को, जिसका नाम शौकतगंज था, अपनी ओर मिलाया और उसे मुर्शिदाबाद की गद्दी पर सिराजुद्दौला की जगह बिठाने का वादा करके, उससे सिराजुद्दौला के खिलाफ बगावत करा दी। इस पर सिराजुद्दौला सेना लेकर पूर्णिया की ओर चल दिया। शौकतगंज डर गया। और उसने रास्ते में ही सिराजुद्दौला से मिलकर उसे नज़राने पेश किये। उसने वे सारी चिट्ठियां दिखाईं जो अंग्रेजों ने उसे भड़काने के लिए लिखी थीं। इस पर सिराजुद्दौला ने हुक्म जारी कर दिया कि न तो अंग्रेज और न फ्रांसीसी-कोई नया किला बनाएं और न ही किसी पुराने किले की मरम्मत करें। फ्रांसीसियों ने तो यह आदेश मान लिया था, किन्तु अंग्रेजों ने नहीं माना।

दरअसल सिराजुद्दौला अत्यंत उदार और अच्छे स्वभाव का व्यक्ति था। हालांकि यही बात उसकी कमजोरी बनी और आगे चलकर उसे भारी नुकसान हुआ। अंग्रेजों ने अब मुर्शिदाबाद के एक दीवान राजा वल्लभ को अपनी ओर

मिला लिया। राजा वल्लभ के इस आचरण से सिराजुद्दौला नाराज़ हुआ। कुलकत्ते में अमीचंद नामक पंजाबी व्यापारी, पहले ही अंग्रेजों के हाथों बिक चुका था। अंग्रेजों ने अब राजा वल्लभ के बेटे राजा किशनदास को कलकत्ता बुलाकर, अमीचंद के घर में रखवा दिया। राजा वल्लभ की तमाम सम्पत्ति भी किशनदास के साथ कलकत्ते आ गई। इससे सिराजुद्दौला को और भी बुरा लगा। उसने अंग्रेजों को हुक्म दिया कि किशनदास को वापस भेजो। लेकिन अंग्रेज तो उलझना चाहते थे, इसलिए उन्होंने उसे भेजने से मना कर दिया।

अंग्रेजों द्वारा सिराजुद्दौला के हुक्म को न मानकर, इस तरह उसका जो अपमान किया-उसे सिराजुद्दौला ने अपने नम्र स्वभाव के कारण दरकिनार करते हुए, अंग्रेजों को समझाने की कोशिश की। उसने कासिम बाज़ार में अंग्रेजों की कोठी के मुखिया वाट्स को बुलाकर कहा-"यदि अंग्रेज शांत व्यापारियों की तरह देश में रहना चाहते हैं, तो अब भी बड़ी खुशी के साथ रहें, किन्तु सूबे के शासक की हैसियत से मेरा यह हुक्म है कि वे फौरन उन सब किलों को गिराकर ज़मीन से मिला दें, जो उन्होंने हाल में बिना मेरी इजाजत के बना डाले हैं।" लेकिन अंग्रेज व्यापारी भला ऐसे हुक्म क्यों मानते, क्योंकि वे तो झगड़ा करना चाहते थे। आखिर सिराजुद्दौला के सब्र का बांध टूट गया। 24 मई सन् 1756 को उसने अंग्रेजों की कोठी घेर लेने के लिए सेना कासिम बाज़ार भेजी। अंग्रेजों की तोपों के बावजूद, सिराजुद्दौला की सेना ने कासिम बाज़ार की कोठी अपने अधिकार में ले ली। कोठी के सारे अंग्रेज बंदी बना लिए गये। सिराजुद्दौला चाहता तो उन्हें मौत के घाट उतार देता। पर उसने ऐसा नहीं किया। उनका माल भी नहीं लूटा। केवल हथियारों और गोलाबारूद को ज़ब्त कर लिया।

अंग्रेज जानते थे कि वे सैनिक शक्ति के सहारे सिराजुद्दौला को कभी परास्त न कर पाएंगे-इसलिए वे धोखा, बेईमानी, फरेब, विश्वासघात आदि का सहारा लेकर सिराजुद्दौला को गद्दी से हटाना चाहते थे। और सिराजुद्दौला अपनी शराफत के कारण बार-बार अंग्रेजों की छेड़खानियों के लिए उन्हें क्षमा कर रहा था और समझाने की कोशिश कर रहा था। लिखा है, सिराजुद्दौला ने कहा, "यदि अंग्रेज अपने इस समय तक के अपराधों के बदले में बतौर जुर्माने या हर्जाने के थोड़ा-बहुत भी धन देने को तैयार हों और आइन्दा अमन से रहने का वायदा करें, तो सुलह हो सकती है। कलकत्ते के अंग्रेज अफसरों को भी इसकी सूचना दे दी गई थी। यदि वे चाहते, तो उस समय भी सिराजुद्दौला के साथ सुलह कर सकते थे। किन्तु ये लोग अपने षड्यंत्रों के बल सिराजुद्दौला का नाश

करने की ठान चुके थे।" (भारत में अंग्रेजी राज: सुंदरलाल: पृष्ठ 130)

अंग्रेजों की छल-कपट की नीति बढ़ती जा रही थी। वे सिराजुद्दौला को कुछ भी न समझ रहे थे। इस कारण सिराजुद्दौला ने उन्हें सबक सिखाने के लिए सेना तैयार की। 16 जून सन् 1756 को सिराजुद्दौला कलकत्ता पहुंचा। उसने अंग्रेजों को घेरा। अंग्रेजों ने उसका मुकाबला किया और हार गए। सिराजुद्दौला ने हुक्म दिया किसी अंग्रेज को जान से न मारा जाए। 20 जून को कोठी के सारे अंग्रेज कैद कर लिए गए। सिराजुद्दौला चाहता तो इन सबको मौत के घाट उतार देता, लेकिन उसने इन्हें छोड़ दिया। बदले में अंग्रेजों ने एक किस्सा गढ़कर सिराजुद्दौला को बदनाम किया। उन्होंने कहा कि उसने 146 अंग्रेज कैदियों को एक छोटी-सी कोठरी में बंद करवाकर मार डाला। अंग्रेज इतिहासकारों ने इसे 'ब्लैक होल' की घटना कहकर सिराजुद्दौला को बदनाम किया। किन्तु उस समय के इतिहास की खोज करने वालों पर अब यह बात अच्छी तरह प्रकट हो चुकी है कि 'ब्लैक होल' का यह सारा किस्सा बिल्कुल झूठा है और केवल सिराजुद्दौला के चरित्र को कलंकित करने और अंग्रेजों के बाद के कुचक्रों को जायज़ करार देने के लिए गढ़ा गया था। (भारत में अंग्रेजी राज: सुंदरलाल: पृष्ठ 133)

सिराजुद्दौला 24 जून सन् 1756 को कलकत्ते से मुर्शिदाबाद लौटा। कलकत्ता से जो अंग्रेज भागे थे, वे बंगाल की खाड़ी के ऊपर फलता नामक स्थान पर जाकर ठहर गए। लिखा है कि सिराजुद्दौला की नीयत यदि कुछ और होती, तो कलकत्ता या फलता में से कहीं भी इन विदेशी व्यापारियों का एक-एक का खात्मा कर डालना और साथ ही उनके सब षड्यंत्रों का अंत कर देना उसके लिए बहुत ही आसान काम था। यदि ऐसा वह कर डालता, तो कोई निष्पक्ष इतिहास लेखक उसे दोषी न ठहरा सकता था। किन्तु उस भोले भारतीय नरेश को इन विदेशियों के चरित्र और उनकी चालों का अभी तक पता न था। इस भोलेपन की कीमत सिराजुद्दौला और उसके देश, दोनों ही को बहुत ज़बरदस्त चुकानी पड़ी।

जो अंग्रेज फलता में थे, उन्होंने मद्रास में रहने वाले अंग्रेजों को लिखा कि मद्रास से नई सेना जमा करके बंगाल भेजी जाए। इसके जवाब में अक्टूबर महीने में आठ सौ यूरोपियन और तेरह सौ हिन्दुस्तानी सिपाही मद्रास से रवाना किये गये। जलसेना का नेतृत्व एडमिरल वाट्सन को और थलसेना का नेतृत्व कर्नल क्लाइव को दिया गया। मद्रास के अंग्रेज अफसरों ने 13 अक्टूबर सन् 1756 को लिखे एक पत्र में वाट्सन और क्लाइव को यह निर्देश दिया–"आप

लोग बंगाल पहुंचकर नवाब के आदमियों को अपनी ओर मोड़कर किसी दूसरे को नवाबी का हकदार खड़ा करके और हर तरह के दूसरे उपायों और षड्यंत्रों से नवाबी को पलट देने का प्रयत्न करें।" ('बंगाल इन 1756-1757', खण्ड 1, पृष्ठ 239-240)

बंगाल पहुंचकर वाट्सन और क्लाइव ने अपनी चालों से और लोगों से विश्वासघात करवाकर अंग्रेजों ने बजबज, तान्नाह, कलकत्ता और हुगली के किले कब्जे में कर लिए। अंग्रेजों ने हुगली में लूटमार की और प्रजा पर अत्याचार किए। यह जानकर सिराजुद्दौला सेना लेकर मुर्शिदाबाद से चला और हुगली के निकट आकर अंग्रेज सेनापति वाट्सन को एक पत्र लिखा जो इस प्रकार था: "तुम लोगों ने हुगली का नगर ले लिया, उसे लूटा और मेरी प्रजा के साथ युद्ध किया। इस तरह के काम व्यापारियों को शोभा नहीं देते। इसलिए मैं मुर्शिदाबाद से चलकर हुगली के पास आ गया हूं। इसी तरह मैं अपनी सेना सहित नदी पार कर रहा हूं और मेरी सेना का एक भाग तुम्हारे पड़ाव की ओर आ रहा है। फिर भी, यदि तुम चाहते हो कि कंपनी का कारोबार पहले की तरह फिर से जम जाए और कंपनी का व्यापार चलने लगे तो किसी बाअख्तियार आदमी को मेरे पास भेज दो, जो अपनी इच्छाएं और आवश्यकताएं मुझे बता सके और इस मामले में मुझसे पूरी तरह बातचीत कर सके। इस बात का परवाना जारी करने में मुझे कोई संकोच न होगा कि कंपनी की तमाम कोठियां तुम्हें वापस दे दी जाएं और जिन शर्तों पर तुम इस मुल्क में पहले तिजारत करते थे, उन्हीं शर्तों पर आइन्दा करते रहो।" ("ईव्स वायजेज़: पृष्ठ 109)

इस पत्र से सिराजुद्दौला की शान्तिप्रियता, उसकी बर्दाश्त, उसकी उदारता और उसकी प्रजापालकता, इन सबका पता चलता है। लेकिन अंग्रेजों ने इसका गलत फायदा उठाया। उन्होंने सिराजुद्दौला से संधियां कीं, लेकिन पीठ पीछे वे विश्वासघात और छल-कपट की योजनाएं बनाते रहे। उन्होंने सिराजुद्दौला को कदम-कदम पर अपनी सच्चाई का भरोसा दिलाया और उसी के साथ धोखा और फरेब भी करते गये। इस तरह उन्होंने बंगाल में सिराजुद्दौला के खिलाफ बगावत कर पूरा इन्तज़ाम कर लिया। अंग्रेजों ने रिश्वतों के लिए थैलियां खोल दी और सिराजुद्दौला के मंत्रियों और वफादारों को अपनी ओर मिलाकर उन्हें विश्वासघात करने के लिए तैयार कर लिया। सेनाओं के सिपाहियों को भी मिला लिया। मीर जाफर उन दिनों सिराजुद्दौला का सेनापति था। उसे मुर्शिदाबाद का नवाब बना देने का लालच देकर अंग्रेजों ने अपनी ओर मिला लिया। मीर जाफर, सिराजुद्दौला के नाना अलीवरदी खां का बहनोई था। इसलिए सिराजुद्दौला

उस पर बहुत विश्वास करता था। अंग्रेजों ने सिराजुद्दौला को मनाकर मुर्शिदाबाद के दरबार में अपना एलची रखना मंजूर करा लिया था। सेनापति वाट्स को एलची के रूप में नियुक्त करवाकर क्लाइव अपनी सारी विश्वासघाती योजनाओं को तैयार कर रहा था। इसी वाट्स ने सिराजुद्दौला के वफादारों को अपनी ओर मिला लिया था। 26 अप्रैल सन् 1757 को वाट्स ने क्लाइव को पत्र लिखा: "मीर जाफर और उसके साथी नवाब को गद्दी से उतारने में अंग्रेजों को मदद देने के लिए तैयार हैं।" इसके बाद 4 जून सन् 1757 को वाट्स ने मीर जाफर से एक गुप्त संधि की जिसमें यह कहा गया था कि जितने अधिकार सिराजुद्दौला ने अंग्रेजों को दे रखे थे, मीर जाफर सूबेदार बनने पर उन सबको कायम रखे।

लड़ाई की पूरी भूमिका बनाने के बाद वाट्स और मुर्शिदाबाद में रहने वाले दूसरे अंग्रेजों ने वहां से चुपचाप रातोंरात भाग जाना उचित समझा। जब सिराजुद्दौला को अगले दिन यह बात पता चली वह सावधान हो गया। इतिहासकार लिखते हैं कि सिराजुद्दौला को अपने कुछ अफसरों और यहां तक कि मीर जाफर के बारे में शक हो गया था कि वे कुछ गलत हरकतें करने का इरादा रखते हैं। लेकिन उसने इनके खिलाफ कुछ भी कार्रवाई नहीं की। उधर वाट्स का संदेश कलकत्ते पहुंच चुका था कि योजना पूरी हो चुकी है। लिखा है कि 12 जून सन् 1757 को मीर जाफर का खत कलकत्ते पहुंचा, जिसमें लिखा था कि "यहां सब काम तैयार है।" और फिर 13 जून को अंग्रेजों की सेना ने कलकत्ते से कूच किया।

सिराजुद्दौला को जब अंग्रेजों के इरादों का पता चला तो उसने भी अपनी सेना तैयार की। उसने प्रधान सेनापति मीर जाफर के महल में जाकर स्वयं मुलाकात की। मीर जाफर ने उसके सामने कुरान हाथ में लेकर वफादारी की कसम खाई। ऐसे में सिराजुद्दौला का उस पर शक करने का कोई कारण ही न था।

प्लासी का युद्ध

स्वतंत्रता संग्राम के इतिहास में प्लासी का युद्ध अत्यंत महत्त्वपूर्ण घटना रही है, क्योंकि इसके बाद ही भारत में अंग्रेजों ने अपने शासन की नींव रखी थी और भारत को गुलाम बनाकर उस पर दो सौ बरस तक राज किया।

पलाश वृक्षों का एक जंगल, मुर्शिदाबाद से बीस मील दूर था। यह 'पलाशी बाग' भी कहलाता था। इसी जंगल के पास बड़ा मैदान था। जहां 23 जून सन्

1757 को अंग्रेजों और सिराजुद्दौला की सेना का आमना-सामना हुआ। सिराजुद्दौला की सेना में प्रधान सेनापति मीर जाफर के अलावा तीन और सेनापति थे-यारलुत्फ खां, राजा दुर्लभराम और मीर मुमउद्दीन उर्फ मीर मदन। मीर जाफर यारलुत्फ खां और राजा दुर्लभराम के अधीन पैंतालीस हजार सैनिकों की सेना थी, और मीर मदन के अधीन बारह हजार सैनिक थे। युद्ध के आरंभ होने के कुछ ही देर बाद सिराजुद्दौला की सेना अंग्रेजों पर भारी पड़ने लगी और विजय की ओर बढ़ने लगी। ठीक इसी समय मीर जाफर ने पैंतरा बदला और अपनी सेना को पीछे हटाने लगा। अंग्रेज इतिहासकार कर्नल मालेसन लिखता है, "खबर पाते ही सिराजुद्दौला ने अपना शक दूर करने के लिए मीर जाफर को अपने पास बुलवाया। उसने मीर जाफर को, अपने और मीर जाफर के संबंधों तथा अपने नाना अलीवरदी खां की याद दिलाई। इसके बाद, अपनी पगड़ी सिर से उतार कर सिराजुद्दौला ने मीर जाफर के सामने जमीन पर फेंक दी और कहा-"मीर जाफर, इस पगड़ी की लाज तुम्हारे हाथों में है।" मीर जाफर ने बड़े आदर के साथ पगड़ी उठाकर सिराजुद्दौला के हाथों में दी और अपने दोनों हाथ छाती पर रखकर, बड़ी गंभीरता के साथ फिर एक बार झुककर, सिराजुद्दौला की वफादारी की कसम खाई। मीर जाफर उस समय अपनी आत्मा और सिराजुद्दौला, दोनों को जान बूझकर धोखा दे रहा था। वह विश्वासघात पर कमर कस चुका था। सिराजुद्दौला के सामने से हटते ही उसने इस घटना की सूचना क्लाइव को दी।" (कर्नल मालेसन: 'डिसीसिव्ह बैटल्स इंडिया':, पृष्ठ 72) आगे लिखा गया है कि सिराजुद्दौला की सेना में मीर जाफर ही अकेला विश्वासघातक न था। वास्तव में, उसकी अधिकांश सेना विश्वासघातकों से छलनी-छलनी हो चुकी थी। राजा दुर्लभराम और यारलुत्फ खां भी अपने को अंग्रेजों के हाथों बेच चुके थे। ऐन मौके पर, जबकि विजय सिराजुद्दौला के पैरों के पास खेलती दिखाई दे रही थी, मीर जाफर, राजा दुर्लभराम और यारालुत्फ खां-तीनों अपनी पैंतीलस हजार सेना सहित मुड़कर अंग्रेजों की तरफ जा मिले। इसी बीच सिराजुद्दौला का एक मात्र विश्वासपात्र मीर मदन ने वीरगति प्राप्त की। इससे सिराजुद्दौला का हौंसला कमजोर पड़ गया। विश्वासघातियों की हरकतों से उसका दिल पहले ही टूट चुका था, मीर मदन की मृत्यु से उसको बड़ी निराशा हुई। 23 जून की शाम तक क्लाइव ने विजय प्राप्त कर ली थी। और सिराजुद्दौला को हाथी पर सवार होकर मुर्शिदाबाद की और भागना पड़ा। स्पष्ट है कि प्लासी के युद्ध में गद्दारी की ऐसी मिसाल कायम हुई कि आज भी लोग मीर जाफर का नाम नफरत से लेते हैं।

इतिहास में लिखा है-"शुक्रवार 24 जून 1757 को सवेरे के समय क्लाइव ने मीर जाफर को अपने खेमे में बुलाया। उस वक्त मीर जाफर अकेले न जाकर अपने बेटे मीरन के साथ क्लाइव के कैम्प में पहुंचा। मालूम होता है, मीर जाफर का पाप इस समय उसकी छाती पर सवार था। संभव है, क्लाइव की ओर से मीर जाफर के दिल में दगा का डर रहा हो। क्लाइव के सामने पहुंचते ही ठीक उस समय, जबकि सिपाही-गारद (गार्ड) उसकी पेशवाई के लिए आगे बढ़ी, मीर जाफर घबराकर चौंक पड़ा। उसका चेहरा एकदम स्याह पड़ गया। क्लाइव ने फौरन उसे गले लगाकर "तीनों प्रान्तों का सूबेदार" कहकर सम्बोधित किया। और फिर मीर जाफर को सलाम किया। यह सुनकर मीर जाफर ने अपने आप को संभाला। क्लाइव ने उसे विश्वास दिलाया कि अंग्रेज अपना धर्म समझकर, अपने वादे को पूरा करेंगे इसके बाद, क्लाइव ने उसे सिराजुद्दौला का पीछा करने की सलाह दी। इस पर मीर जाफर वहां से चलकर 25 जून की सुबह मुर्शिदाबाद पहुंच गया।" (भारत में अंग्रेजी राज: सुंदरलाल: पृष्ठ 156)

उधर सिराजुद्दौला एक दिन पहले ही यानी 24 जून सन् 1757 की सुबह मुर्शिदाबाद पहुंच गया था। उसके पास अकूत धन था। उसने सोचा कि चाहे कितना ही धन क्यों न खर्च करना पड़े, पर एक बार फिर विश्वासपात्र सेना इकट्ठी करके, क्यों न अंग्रेजों से बदला लिया जाए। लेकिन उसको विश्वासघातियों से इतनी गहरी निराशा हुई थी कि उसने इरादा बदल दिया। इतिहासकार लिखते हैं-"प्लासी की पराजय की खबर सारे देश में फैल चुकी थी। सिराजुद्दौला के इकबाल का सूर्य अस्त हो रहा था। और अस्त होने वाले सूर्य की कोई पूजा नहीं करता। सिराजुद्दौला ने देख लिया था कि अब कोई मेरा साथ देने के लिए तैयार नहीं है। उसके कुछ दरबारियों ने सलाह दी कि आप हार मानकर विदेशियों के साथ संधि कर लें, किन्तु उस वीर ने अत्यंत तिरस्कार के साथ इस सलाह को ठुकरा दिया। अंत में देशद्रोही मीर जाफर के आने की खबर सुनकर और कोई चारा न देखकर 24 जून की आधी रात को सिराजुद्दौला केवल अपने तीन अनुचरों सहित महल की एक खिड़की से होकर फकीर के वेश में भगवान भोला नामक नगर की ओर निकल गया।" (भारत में अंग्रेजी राज: सुंदरलाल: पृष्ठ 156)

क्लाइव ने जब यह देख लिया कि मुर्शिदाबाद के लोग उसे अपना शत्रु या सिराजुद्दौला को गद्दी से उतारने का अपराधी नहीं मानेंगे तो वह मुर्शिदाबाद आया। 29 जून सन् 1757 को दोपहर बाद मीर जाफर को मुर्शिदाबाद के नवाब

की गद्दी पर बिठाया जाना तय था। लेकिन मीर जाफर ने जो कुछ किया था, वह इतना घृणित था कि शायद उसकी स्वयं की आत्मा उसे धिक्कार रही थी। यही वजह थी कि ऐन मौके पर, जब उसे सिराजुद्दौला की गद्दी पर बिठाया जाना था, उसने उस पर बैठने से इन्कार कर दिया। और घबराकर पीछे हट गया। कहते हैं उस वक्त क्लाइव वहां मौजूद था। उसने मीर जाफर का हाथ पकड़कर उसे गद्दी पर बिठा दिया। फिर सबसे पहले क्लाइव ने मुर्शिदाबाद के नये नवाब को सलाम किया, इसके बाद बाकी दरबारियों ने सलामी दी।

मुर्शिदाबाद का खजाना लबालब भरा हुआ था। क्लाइव ने उस पूरे खजाने को सात सौ संदूकों में भरवाकर इंग्लैंड भिजवा दिया। यहां यह उल्लेख करना आवश्यक है कि अंग्रेजों की विश्वासघात कराने और स्वयं भी धोखा, छल, कपट को अपना हथियार बनाने की नीति में भारतीयों ने ही मदद की और फिर स्वयं भी धोखा खाया। अमीचंद नामक कलकत्ते के व्यापारी के साथ यही हुआ। लिखा है कि निस्संदेह बिना अमीचंद की सहायता के न बंगाल में अंग्रेजों का व्यापार इतना बढ़ता, न वे चन्द्रनगर विजय कर सकते और न सिराजुद्दौला सूबेदारी की गद्दी से उतारा जा सकता। आज ही के दिन की आशा में अमीचंद ने सिराजुद्दौला के भारतीय दरबारियों और मुलाज़िमों को विदेशी अंग्रेजों की और से रिश्वतें देने में अपने धन को पानी की तरह बहाया था। अमीचंद ने अपनी आत्मा के साथ, अपने राजा और मालिक के साथ और अपनी कौम के साथ दगा किया। और जब लूट का माल बांटने का वक्त आया तो अमीचंद को कुछ भी न मिला। इतिहासकार लिखते हैं कि "जो संधि अंग्रेजों ने मीर जाफर के साथ की, उसमें तेरह शर्तें थीं। अमीचंद का उनमें कहीं जिक्र न था। यह संधि सफेद कागज पर लिखी हुई थी। उसी के साथ एक दूसरी जाली संधि चौदह शर्तों की लाल कागज पर लिखकर अमीचंद को दिखाई गई थी जिसमें एक चौदहवीं शर्त यह भी थी कि मीर जाफर को गद्दी दिये जाने के समय अमीचंद को तीस लाख रुपये नगद और उसके अलावा नवाब के तमाम खजाने का पांच प्रतिशत दिया जाएगा। वाट्सन ने इस जाली संधि पर दस्तखत करने से इन्कार कर दिया था, किन्तु क्लाइव ने लूशिंगटन नामक एक शख्स के हाथ से वाट्सन के जाली दस्तखत उस पर बनवा दिए थे। मीर जाफर के नवाब बन जाने के बाद एक दिन जगत सेठ के मकान पर पहली बार जब संधि पत्र पढ़कर सुनाया गया, तो अमीचंद चकित होकर चिल्ला पड़ा-यह वह संधि नहीं हो सकती जो मैंने देखी थी-वह लाल कागज पर थी।" इस पर क्लाइव ने शांति के साथ उत्तर दिया-"ठीक है अमीचंद, किंतु यह संधि सफेद कागज पर लिखी

हुई है।" (संदर्भ-पार्लियामेन्टरी के समक्ष क्लाइव का बयान) इस घटना से अमीचंद के दिल पर इसका जबर्दस्त सदमा पहुंचा। बाद में स्वास्थ्य ठीक करने के लिए क्लाइव ने उसे तीर्थयात्रा की सलाह दी। वह तीर्थयात्रा के लिए गया, किंतु इसी सदमें से डेढ़ साल के अंदर अमीचंद की मृत्यु हो गई।" (भारत में अंग्रेजी राज: सुंदरलाल: पृष्ठ 158-159)

कुछ ही दिनों बाद सिराजुद्दौला को राजमहल नामक शहर से गिरफ्तार करके मुर्शिदाबाद लाया गया। कुछ इतिहास लेखक तो यह लिखते हैं कि मीर जाफर उसे मुर्शिदाबाद में नज़रबंद करके रखना चाहता था। किंतु फारसी में लिखी किताब "रियाज़स्सलातीन" का लेखक लिखता है-"अंग्रेजों और जगतसेठ की साज़िश से सिराजुद्दौला को कत्ल किया गया।"

क्लाइव के प्रयासों से, जिस अंग्रेजी राज की नींव प्लासी के मैदान में रखी गई थी, उसे अब नई तरकीबों से विस्तार दिया जाने का षड्यंत्र सोचा जा रहा था और यह सब क्लाइव ही कर रहा था। उसकी नीयत और षड्यंत्र का खुलासा उसके इस पत्र से हो जाता है जो उसने 7 जनवरी सन् 1759 को, इंग्लैण्ड के तत्कालीन प्रधानमंत्री विलियम पिट के नाम लिखा था। उस पत्र में क्लाइव ने लिखा था-"अंग्रेजी फौजों की कामयाबी के जरिये एक महान क्रांति इस देश में की जा चुकी है। उस संधि के बाद एक संधि की गई है, जिससे कंपनी को बड़े जबरदस्त फायदे हुए हैं। मुझे मालूम है कि इन सब बातों की तरफ एक दर्जे तक अंग्रेज कौम का ध्यान आकर्षित हो चुका है। किन्तु मौका मिलने पर अभी बहुत कुछ और किया जा सकता है, बशर्ते कि कंपनी इस तरह के प्रयत्नों में लगी रहे, जो उसके आजकल के इतने बड़े इलाके और आगे की जबरदस्त संभावनाओं दोनों के अनुरूप हों। मैंने कंपनी को अत्यंत जोरदार शब्दों में इस बात की जरूरत दर्शा दी है कि उन्हें इतनी सेना हिन्दुस्तान भेज देनी चाहिए और बराबर हिन्दुस्तान में रखनी चाहिए, जिससे कि वे अपने इस समय के धन और इलाके को और बढ़ाने के सबसे पहले मौके से फायदा उठा सके। दो साल की मेहनत और तजुर्बे से मैंने इस देश की हुकूमत के बारे में और यहां के लोगों के स्वभाव के बारे में जो परिपक्व ज्ञान प्राप्त किया है, उससे मैं साहस के साथ कह सकता हूं कि इस तरह का मौका जल्दी ही फिर आने वाला है। मौजूदा सूबेदार बूढ़ा है और उसका जवान बेटा इतना जालिम और निकम्मा है और अंग्रेजों का इतना खुला दुश्मन है कि इस नवाब के बाद उसे गद्दी पर बैठने देना, करीब-करीब खतरनाक होगा। केवल दो हजार यूरोपियनों की छोटी-सी सेना हमें इन दोनों की ओर से बेखटके कर देगी और यदि इनमें

से कोई हमारे साथ लड़ने की हिम्मत करेगा, तो इस सेना द्वारा हुकूमत की पूरी बागडोर हम खुद अपने हाथों में ले सकेंगे। हिन्दुस्तान के राजाओं के साथ, यहां की प्रजा को किसी प्रकार का प्रेम नहीं है, इसलिए इस तरह का काम कर डालने में हमें और भी कम कठिनाई महसूस होगी। किन्तु मुमकिन है कि इतना बड़ा राज एक तिजारती कंपनी के लिए बहुत ज्यादा हो जाए और मुझे डर है कि बिना अंग्रेज कौम की सहायता के अकेली कंपनी इतने बड़े राज को संभाल नहीं सकती। खूब सोचने की बात है कि यह तमाम नक्शा बिना अपनी मातृभूमि पर खर्च का बोझ डाले, पूरा किया जा सकता है। जबकि अमरीका में अपना राज कायम करने के लिए इंग्लिस्तान से एक छोटी-सी सेना इसके लिए काफी होगी क्योंकि हम जब चाहें अपने काले सिपाही यहां जमा कर सकते हैं। मैं केवल इतना और कहूंगा कि मैंने सिवाय आपके और किसी को यह बात नहीं लिखी और मैं आपको भी कष्ट न देता, यदि मुझे इस बात का विश्वास होता कि अपनी कौम के फायदे की जो तजबीज़ भी आपके सामने रखी जाएगी, आप उसका अच्छी तरह स्वागत करेंगे।" इस पत्र से सिद्ध होता है कि क्लाइव ने किस प्रकार, भारत में अंग्रेजी राज की स्थापना का ब्लू-प्रिंट बनाया था।

मीर जाफर के साथ दगा

जिस मीर जाफर के आगे सिराजुद्दौला ने अपनी पगड़ी फेंककर मदद मांगी थी, और जिसके साथ झूठी कसमें खाकर मीर जाफर ने इतिहास का वह विश्वासघात किया जिसने भारत को दो सौ वर्षों की गुलामी में जकड़ दिया, उसी मीर जाफर को अच्छी तरह लूटने के बाद, अंग्रेज उसे एक दिन भी चैन से नवाब की गद्दी पर नहीं बैठे रहने देना चाहते थे। वह उसे तरह-तरह से परेशान करने लगे थे।

प्लासी में अंग्रेजी राज की नींव मजबूत हो जाने और देश में बगावत तथा विश्वासघात का माहौल देखकर अंग्रेज भारत में राज करने के मनसूबों को पूरा करने में जुट गये थे। मुगल बादशाह शाहआलम से अब तक संधि के आधार पर ठीक-ठीक चल रहा था, पर अब उसके खिलाफ 'खुली बगावत' करके युद्ध करना चाहते थे। लेकिन मीर जाफर और मीरन-दोनों ही बादशाह शाहआलम से लड़ने के खिलाफ थे। उधर कलकत्ते से अंग्रेज सेनापति कर्नल केलो फौज लेकर चल दिया था और वह चाहता था कि मीर जाफर और मीरन, बादशाह के खिलाफ इस लड़ाई में उसका साथ दें। बादशाह की सेनाएं भी बड़ी

मुस्तैदी से बढ़ीं लेकिन फिर बादशाह और अंग्रेजों में क्या संधि हुई, यह किसी को नहीं मालूम, बहरहाल शाही फौजें बिना लड़े ही लौट गईं।

"कर्नल केलो मीर जाफर और मीरन से मन ही मन खफा था। कहा जाता है कि पूर्णिया का नवाब खुद्दाम हुसैन जिसे मीर जाफर ने दो साल पहले युगल सिंह की जगह वहां का नवाब नियुक्त किया था, अब अपनी सेना सहित मीर जाफर के खिलाफ सम्राट की सहायता के लिए आ रहा था। केलो और मीरन उसके मुकाबले के लिए बढ़े। मीरन पूर्णिया के नवाब से लड़ना नहीं चाह रहा था, किन्तु अंग्रेज मीरन को पूर्णिया के नवाब से लड़ाकर, पूर्णिया के नवाब का भी नाश करना चाहते थे। कंपनी की सेना और पूर्णिया की सेना में कुछ लड़ाई हुई भी, किन्तु केलो का बयान है कि मीरन ने इस काम में अंग्रेजों को मदद न दी, इसलिए अकेले अंग्रेज पूर्णिया के नवाब पर विजय प्राप्त न कर सके। लिखा है कि 2 जुलाई तक केलो और मीरन की सेनाएं साथ-साथ नवाब पूर्णिया की सेना के पीछे-पीछे चलती रहीं। खुद्दाम हुसैन पर दोबारा अकेले हमला करने की कर्नल केलो की हिम्मत न थी और मीरन इसमें केलो का साथ देने को किसी तरह राजी न था केलो और मीरन में बदगुमानी बढ़ी। 2 जुलाई की आधी रात को मीर जाफर का बेटा और मुर्शिदाबाद का युवराज, मीरन एकाएक अपने बिस्तर पर मरा हुआ पाया गया। कह दिया गया कि मीरन पर बिजली गिर पड़ी। सुप्रसिद्ध अंग्रेज विद्वान एडमंड बर्क ने इंग्लिस्तान की पार्लियामेंट के सामने बड़ी सुन्दरता के साथ दिखलाया कि वह कैसी विचित्र बिजली थी। जिस खेमे के नीचे मीरन सो रहा था, उस पर या उसके कपड़े पर बिजली का जरा भी असर नहीं हुआ और उसके नीचे सोया हुआ मीरन मर गया। बिजली के गिरने की आमतौर पर बड़ी जबर्दस्त आवाज होती है, जो मीलों तक सुनाई देती है। किन्तु जो बिजली मीरन पर गिरी, उससे खेमे के चारों ओर सोए हुए लाखों सिपाहियों और दूसरे आदमियों में से किसी एक की भी आंख न खुली। मीरन उस समय सचमुच अंग्रेजों के पहलू में एक कांटा था। इसमें कोई संदेह नहीं हो सकता कि मीरन को मार डाला गया और इस हत्या में कर्नल केलो का खास हाथ था। (भारत में अंग्रेजी राज: सुंदरलाल: पृष्ठ 171)

बंगाल में कंपनी का राज स्थापित हो जाने के बाद, वहां का हाल बुरा होने लगा था। कंपनी के लोग बंगाल को हर तरह से चूस लेना चाहते थे और उन्होंने भारतीयों को इस योग्य नहीं रखा था कि वे उनके शोषण का विरोध कर सकें। उस समय बंगाल में ईस्ट इंडिया कंपनी की जो ज्यादतियां हो रही

थीं उनके बारे में लिखा है-"बंगाल की प्रजा ने अपनी गाढ़ी कमाई के पैसों से संचित मुर्शिदाबाद के खजाने को अपनी आंखों के सामने ढुल-ढुलकर विदेशियों के हाथों में जाते हुए देखा। आए दिन के संग्रामों और फौजों के आने-जाने के कारण देश की खेती पर मिट्टी छितर गई थी और उद्योग-धन्धों का नाश हो रहा था। इस पर देश के एक-एक व्यापार के ऊपर कंपनी अपना जबर्दस्ती अधिकार जमाती जा रही थी। मिसाल के लिए नमक, छालियां, इमारती लकड़ी, तम्बाकू, सूखी मछली इत्यादि का व्यापार देशवासियों की रोजी और सूबेदार की आमदनी, दोनों का उन दिनों एक खास जरिया था। इसीलिए इस तरह की कई चीजों का व्यापार शुरू से यूरोप निवासियों के लिए इस देश से बंद कर दिया गया था। इस सबसे राज की आमदनी में बहुत बड़ी कमी होती जा रही थी और प्रजा के अंदर दुख, दरिद्रता और बदअमनी जोरों के साथ बढ़ती जा रही थी। इस पर तारीफ यह कि जब कभी मीर जाफर अपने राज के आर्थिक, सैनिक या किसी प्रबंध में भी किसी तरह का सुधार करना चाहता था, तो उसे फौरन रोक दिया जाता था। मीर जाफर भी गद्दी पर बैठने के चंद महीने के अंदर अपनी बेबसी को समझने लगा था और अनुभव करने लगा था कि अंग्रेजों की नई मित्रता ने उसे और उसके देश: दोनों को चुपचाप नाग की लपेटों (कुंडली) की तरह जकड़ लिया था। सिराजुद्दौला के साथ उसके विश्वासघात का फल अब मीर जाफर और उसकी प्रजा, दोनों को भोगना पड़ रहा था। (भारत में अंग्रेजी राज: सुंदरलाल: पृष्ठ 172)

भारत पर अपना शिकंजा बढ़ाने की नीयत से क्लाइव और उसके जैसे विचारों वाले दूसरे अंग्रेज अफसर और सेनापति लगातार अपनी नई-नई चालों को अंजाम देने में लगे हुए थे। दूसरी ओर वे मीर जाफर को एक पल भी चैन से नहीं बैठने देना चाहते थे। इतिहास लेखक मिल लिखता है-"मीर जाफर की हालत शुरू से शोकजनक थी। खजाना खाली हो चुका था, देश लुट चुका था, बड़े-बड़े अनिवार्य खर्च उसके सामने थे और इस पर कड़ी से कड़ी मांगें पूरी करने के लिए उसे मजबूर किया जाता था।" (मिल: खण्ड 3 पृष्ठ 213, 214) आखिर परेशान होकर मीर जाफर ने अपने विश्वस्त, नौजवान और होशियार दामाद मीर कासिम को अंग्रेजों से बातचीत करने के लिए कलकत्ते भेजा। इतिहास लेखक मालेसन लिखता है: "27 सितंबर सन् 1760 को कलकत्ते की अंग्रेज कौंसिल और मीर कासिम में एक गुप्त संधि हो गई जिसमें यह तय हुआ कि मीर कासिम को मुर्शिदाबाद दरबार का वज़ीर-ए-आज़म बना दिया जाए, वज़ीर-ए-आज़म की हैसियत से सूबेदारी के तमाम अधिकार मीर कासिम को

दिलवा दिए जाएं और मीर जाफर को केवल 'सूबेदार' की सूखी उपाधि और व्यक्तिगत खर्च के लिए एक सालाना रकम बतौर पेन्शन जिन्दगी भर मिलती रहे, अंग्रेजों और मीर कासिम में स्थायी मित्रता रहे, मीर कासिम को जब जरूरत हो, अंग्रेज अपनी सेना से उसकी मदद करें, इसके बदले में मीर कासिम वर्धमान, मेदिनीपुर और चट्टग्राम-तीनों जिले हमेशा के लिए कंपनी के नाम कर दे, जो जवाहरात मीर जाफर ने कंपनी के पास गिरवी रखे थे, उन्हें मीर कासिम नकद रुपया देकर छुड़वा ले, बादशाह शाहआलम के साथ अंग्रेज या मीर कासिम बिना एक-दूसरे से सलाह किए कोई समझौता न करें: बंगाल, बिहार और उड़ीसा-तीनों प्रान्तों में से किसी में बादशाह के पैर न जमने दिए जाएं, श्रीहट्ट जिले में चूना खरीदने के लिए अंग्रेजों को विशेष सुविधा दी जाए, मीर कासिम अधिकार मिलते ही इस उपकार के बदले में वन्सीटार्ट को पांच लाख हावेल को दो लाख सत्तर हजार और इसी तरह कौंसिल के दूसरे मैम्बरों में से किसी को ढाई लाख, किसी को दो लाख, इत्यादि-कुल मिलाकर बीस लाख रुपये दे और इनके अलावा पांच लाख रुपये कंपनी को बतौर कर्ज दे।" इस संधि पर वन्सीटार्ट गवर्नर के भी हस्ताक्षर हो गये। यहां यह बात ध्यान देने योग्य है कि अंग्रेजों से यह संधि करने वाला व्यक्ति मीरन वही था जिसे मीर जाफर ने अपना विश्वासपात्र समझकर अंग्रेजों के पास भेजा था। पाठक देख सकते हैं कि भारत को अंग्रेजों का गुलाम बनाने में, भारतीयों ने किस-किस प्रकार से, अपने स्वार्थों के लिए, एक दूसरे के साथ भयंकर विश्वासघात किया-इतना बड़ा विश्वासघात कि इतना महान् देश उन्होंने विदेशियों के हाथों बेचकर उसे गुलाम बनवा दिया।"

इतिहास में लिखा है- "30 सितंबर सन् 1760 को सौदा पक्का करके मीर कासिम कलकत्ते से मुर्शिदाबाद के लिए रवाना हुआ। 2 अक्टूबर को मीर जाफर पर दबाव डालने के लिए गवर्नर वन्सीटार्ट और उसके कुछ साथी कलकत्ते से चले। मुर्शिदाबाद भागीरथी के एक ओर और कासिम बाजार की कोठी दूसरी ओर थी। 15, 16 और 18 अक्टूबर को वन्सीटार्ट और मीर जाफर में बातचीत हुई। मीर जाफर अंग्रेजों की नई तजवीजें और मीर कासिम के इरादों का हाल सुनकर घबरा गया। उसने मीर कासिम के हाथों में शासन सौंपने से इन्कार कर दिया। मीर कासिम और अंग्रेजों के लिए अब पीछे हट सकना संभव न था। 20 अक्टूबर को सवेरे, सूरज निकलने से कुछ घंटे पहले कंपनी की सेना ने अचानक मीर जाफर को महल में सोते हुए जा घेरा। मीर जाफर की उस समय की मानसिक स्थिति को अंग्रेज इतिहासकार मालेसन ने बड़े सुन्दर

शब्दों में चित्रित करने का प्रयत्न किया है। इतिहासकार मालेसन लिखता है: "निस्संदेह उस महत्त्वपूर्ण सुबह को बूढ़े नवाब को तीन साल से कुछ अधिक पहले के उस दिन की अवश्य याद आई होगी, जब प्लासी के मैदान में, इन्हीं अंग्रेजों के साथ गुप्त समझौता करके, उस गद्दी के लिए, जिसे अब उसका एक दूसरा संबंधी उसी तरह के उपायों द्वारा उसके हाथों से छीन रहा था, उसने अपने मालिक और रिश्तेदार सिराजुद्दौला के साथ विश्वासघात किया था। मीर जाफर अवश्य उस समय सोचता होगा कि-"जिस सत्ता को मैंने इतने नीच और कलंकित उपाय से प्राप्त किया था, उससे मुझे क्या लाभ पहुंचा? मैंने सिराजुद्दौला से उसका महल छीना। उस महल में तीन साल तक रहकर नवाबी की। किन्तु इन तीन सालों के अंदर जो यातनाएं मुझे सहनी पड़ीं, उनके सामने मेरे जीवन के पहले 58 सालों के तमाम कष्ट फीके हैं; वे लोग, जिनके हाथों मैंने अपना मुल्क बेचा था, आज मुझे डर दिखला रहे हैं। यदि प्लासी में मैं अपने उस बालक रिश्तेदार के साथ वफादार रहा होता, जिसने अत्यंत हसरत भरे शब्दों में मुझसे अपनी पगड़ी की लाज रखने की प्रार्थना की थी, तो मेरी इस समय हालत कितनी अच्छी होती। निस्संदेह, जो गुस्ताख विदेशी प्लासी से अब तक मुझ पर हुक्म चलाते रहे और जो अब मुझे गद्दी से उतारने की धमकी दे रहे हैं, यदि प्लासी के मैदान में मैंने उनके नाश का मुख्य साधन बनने का यश प्राप्त कर लिया होता, तो इस समय मेरे हाथों में वास्तविक सत्ता होती, मेरा नाम इज्जत से लिया जाता और मेरा मुल्क बच गया होता। किन्तु अब, अपने महल की खिड़की से बाहर नज़र डालते ही मुझे लालवर्दी वाले अंग्रेज सिपाही दिखाई दे रहे हैं, मेरे ही बागी रिश्तेदार के झंडे के नीचे जमा है। जैसा व्यवहार मैंने स्वयं सिराजुद्दौला के साथ किया; क्या मैं मीर कासिम से अधिक दया की आशा कर सकता हूं?' निस्संदेह अपने मालिक और रिश्तेदार के साथ मीर जाफर ने जो व्यवहार किया था, उसकी याद इस समय मीर जाफर की आंखों के सामने से फिर गई होगी।" (दि डिसीसिव्ह बैटल्स ऑफ इंडिया-कर्नल मालेसन: पृष्ठ 131-132)

मीर जाफर को 20 अक्टूबर की सुबह, मुर्शिदाबाद की गद्दी से हटाकर कलकत्ते भेज दिया गया और मीर कासिम को उसकी जगह सूबेदारी की गद्दी पर बैठा दिया गया। उस समय मीर जाफर की आयु लगभग साठ वर्ष थी और मीर कासिम की चालीस वर्ष। मीर जाफर को कलकत्ते में नज़रबंद रखा गया। उसे दो हजार रुपये माहवार खर्च के लिए दिए जाते थे।

बंगाल में इसके बाद जबर्दस्त जुल्म फैल गया। लिखा है-"संदेह होने

लगता है कि उन दिनों बंगाल में किसका राज था। वास्तव में, राज न मुगल बादशाह का था, न मुर्शिदाबाद के सूबेदार का: राज था विदेशियों की कूटनीति और अराजकता और इस देश के दुर्भाग्य का और यह नतीजा था थोड़े से भारतवासियों की लज्जाजनक देशघातकता का और जनता में राजनैतिक समझ और साहस की कमी का। वास्तव में अठारहवीं सदी के उत्तरार्ध में बंगाल के अंदर अंग्रेजों के अत्याचारों की मिसाल, संसार के इतिहास के किसी दूसरे पन्ने पर मिलनी कठिन है। बंगाल और बिहार भर में इस समय कंपनी की कोठियां फैली हुई थीं। नमक से लेकर इमारती लकड़ी तक अनेक चीजों का सारा व्यापार अंग्रेजों के हाथों में आ गया था। किसानों की खड़ी खेती कंपनी के अंग्रेज नौकर जिस भाव चाहे, खरीद लेते थे। देश के हजारों-लाखों व्यापारियों की रोजी छिन चुकी थी और किसानों की हालत इससे भी अधिक करुणाजनक थी।" (भारत में अंग्रेजी राज: सुंदरलाल: पृष्ठ 187-188)

भारत की उस समय स्थिति

भारत की उस समय जो स्थिति थी, उसके लिए बहुत कुछ मुगल बादशाह की दुर्बलता जिम्मेदार थी। लिखा है-"भारत का राजशासन उस समय खासी बिगड़ी हुई हालत में था। औरंगजेब की संकीर्ण नीति और उसके अविश्वासी स्वभाव तथा बाद के दिल्ली के बादशाहों की विलासप्रियता और अयोग्यता ने मुगल साम्राज्य को अंग-भंग और खोखला कर दिया था। अनेक छोटे-बड़े नरेशों के अलावा अवध के नवाब और दक्षिण के निज़ाम अपने-अपने सूबों के स्वच्छंद शासक बन बैठे थे। बंगाल अभी तक नाममात्र को दिल्ली के अधीन था। किन्तु बंगाल से भी दिल्ली खिराज जाना कई साल से बंद हो गया था, जिसकी वजह से शाहआलम द्वितीय को बिहार पर चढ़ाई करनी पड़ी। उधर दिल्ली के पास भरतपुर के जाट राजा और रामपुर के रुहेला नवाब, दोनों अपने-अपने स्वाधीन राज कायम कर रहे थे। मराठों की शक्ति दिनों दिन बढ़ती जा रही थी। दिल्ली के बादशाह अभी तक भारत के बादशाह कहलाते थे, किन्तु इस समय वे बहुत दर्जे तक केवल नाममात्र के लिए रह गये थे। पश्चिम में सिंध और पंजाब के सूबे, अफगानिस्तान के शासक अहमदशाह अब्दाली के अधीन हो चुके थे और पूरब में बंगाल, बिहार: दोनों के अन्दर अंग्रेजों की साजिशे सफल हो रही थीं। वास्तव में, सारे भारत पर अपनी हुकूमत जमा लेने के लिए उस समय अफगानों, मराठों और अंग्रेजों के बीच एक तरह से तिकोना संग्राम जारी था।" (भारत में अंग्रेजी राज: सुंदरलाल: पृष्ठ 187-190)

पानीपत का तीसरा युद्ध

दिल्ली की गद्दी पर सन् 1759 में शाहआलम बैठा। अंग्रेजों ने अपनी चालों से शाहआलम को अपनी ओर मिलाने की कोशिशें शुरू कर दीं। यूं भी शाहआलम कमज़ोर शासक था। अंग्रेजों ने उसे बंगाल और बिहार के हालात में उलझा रखा था। उस समय देश को विदेशी शक्तियों से बचाये रखने के लिए एक ही उपाय था कि सभी देशवासी किसी एक झंडे के नीचे एकत्र होकर संगठित शक्ति बन जाते। किन्तु ऐसा संभव होता नहीं दिखा। कारण यह था कि दिल्ली की सत्ता पर कब्जा करने का ख्याल मराठों और अफगानों को परेशान कर रहा था।

मराठों की ताकत उस समय काफी बढ़ी-चढ़ी थी। सेनापति सदाशिव भाऊ बीस हजार सवार, दस हजार पैदल और तोपखाना लेकर अहमदशाह के मुकाबले के लिए पूना से रवाना हुआ। पेशवा का पुत्र विश्वासराव भी सदाशिव के साथ था। रास्ते में होल्कर और सिंधिया की सेनाएं भी साथ हो गईं। राजपूत राजाओं ने भी अपने-अपने बहादुर सरदारों के साथ सैनिक भेजे। भरतपुर के जाट राजा ने, तीस हजार सेना लेकर स्वयं सदाशिव भाऊ का स्वागत किया। दिल्ली में भी सदाशिव भाऊ की बड़ी आवभगत हुई। अवध का नवाब सुजाउद्दौला भी सदाशिव भाऊ की मदद के लिए तैयार हो गया। "उस समय ऐसा लग रहा था कि भारत के सब हिन्दू और मुसलमान विदेशियों से अपने देश की रक्षा करने के लिए कमर कसकर मैदान में उतर आए थे।" (भारत में अंग्रेजी राज: सुंदरलाल: पृष्ठ 190) किन्तु यह संगठन अधिक देर तक न रह सका। सदाशिव भाऊ का स्वार्थी स्वभाव और दिल्ली में उसके द्वारा की गई लूट ने, लोगों को नाराज कर दिया। जो लोग उसकी मदद को आए थे, उनसे भी उसका व्यवहार अच्छा नहीं था, इस कारण वे नाराज हो गये। उधर अफगानिस्तान से अहमदशाह अब्दाली सेना लेकर आ गया। 6 जनवरी सन् 1761 को पानीपत के ऐतिहासिक मैदान में घमासान युद्ध हुआ। सदाशिवराव और विश्वासराव-दोनों ही युद्ध में मारे गये। कहा जाता है कि इस युद्ध में लाखों की संख्या में लोग मारे गये। उनकी लाशों और घायलों का हाल देखकर, अहमदशाह अब्दाली ने विजयी होकर भी आगे युद्ध करने से मना कर दिया। वह अफगानिस्तान लौट गया।

इधर बादशाह शाहआलम बिहार में था। वहां मीर कासिम भी उसके साथ था और उसने बादशाह को काफी बड़ी रकम पिछले ख़िराज के बदले में दी

और 24 लाख रुपया सालाना दिल्ली में बादशाह के खजाने में भेजने का वादा किया। अंग्रेजों ने शाहआलम के सामने यह प्रस्ताव रखा कि सूबेदार मीर कासिम को भले ही सूबेदार बनाए रखें, लेकिन तीनों प्रान्तों की 'दीवानी' के अधिकार सूबेदार से लेकर कंपनी को दे दिये जाएं। इस दीवानी का मतलब था कि अंग्रेज सूबेदार के मातहत तीनों प्रान्तों से सरकारी मालगुजारी वसूल करके उसका हिसाब सम्राट और सूबेदार दोनों को दे दें। और वसूली का खर्च निकालकर बाकी सब रुपया सूबेदार के सुपुर्द कर दें। सूबेदार इस धन से सरकारी फौजों को रखने का खर्च, प्रान्तों की शासन-व्यवस्था का खर्च, बादशाह को सालाना खिराज भेजना-आदि पूरा किया जाए। लेकिन शाहआलम ने इसे मंजूरी नहीं दी। वह दरअसल दिल्ली लौटने के लिए उत्सुक था क्योंकि वहां भी शत्रुओं के सिर उठाने का खतरा था।

मीर कासिम के खिलाफ षड्यंत्र

कर्नल मालेसन लिखता है–"मीर कासिम मामूली चरित्र वाला इन्सान नही था। मीर जाफर और उसमें बड़ा फर्क था। मीर जाफर अयोग्य, निर्बल, स्वार्थी, अदूरदर्शी और भीरु था। इसके विपरीत, मीर कासिम की योग्यता, उसके बल, अपनी प्रजा के लिए उसकी हित चिन्ता, उसकी दूरदर्शिता, उसकी वीरता और शासक की हैसियत से उसकी कार्यकुशलता की करीब-करीब सब इतिहास लेखकों ने प्रशंसा की है। मीर कासिम अत्यंत योग्य और व्यवहार कुशल मनुष्य था। अपने इरादों का वह लोहे की तरह पक्का था, हर बात को समझकर उसका जल्दी से फैसला कर सकता था। उसके विचार उदार थे––उसका दिमाग साफ था और उसका चरित्र मजबूत था।" (दि डिसीसिव्ह बैटल्स ऑफ इंडिया: कर्नल मालेसन: पृष्ठ 127, 145)

इतिहासकार लिखते हैं कि मीर कासिम ने कई शासकीय सुधार किए। उसने माल और खजाने के विभागों में, व्यवस्था संबंधी सुधार किये। सन् 1762 तक उसने न केवल अपनी फौज की तमाम पिछली तनख्वाहों को अदा कर दिया और अंग्रेजों की एक-एक पाई चुकता कर दी, बल्कि शासन का इतना सुंदर प्रबंध किया कि सूबेदारी की आमदनी सालाना खर्च से बढ़ गई है। उसने मुर्शिदाबाद से हटकर मुंगेर को अपनी नई राजधानी बनाई। उसने अधिकतर मुंगेर में ही रहना शुरू कर दिया। मुंगेर की उसने बड़ी सुन्दर और मजबूत किलेबन्दी की। करीब चालीस हजार फौज वहां जमा की। उस फौज को यूरोपियन ढंग से हथियारों की शिक्षा देने के लिए अपने यहां कई योग्य

यूरोपियन नौकर रखे। एक बहुत बड़ा नया कारखाना तोपे ढालने का उसने कायम किया। उस कारखाने की तोपों के लिए कहा जाता था कि वे यूरोप की बनी हुई तोपों से हर तरह से बढ़कर थीं। मीर कासिम की प्रजा उससे संतुष्ट और प्रसन्न थी। और अंग्रेजों के लिए यही बात उनकी आंख में कांटा बनकर चुभ रही थी। इसलिए उसे गद्दी से उतारने की तजवीजें शुरू हो गईं। कर्नल मालेसन ने स्पष्ट लिखा है- "मीर कासिम ने अंग्रेजों के साथ अपने सब वादे पूरे कर दिए, किन्तु लालची अंग्रेजों को अपनी धन पिपासा शांत करने का सबसे अच्छा उपाय यही दिखाई दिया कि मीर कासिम का नाश करके उसके उत्तराधिकारी के साथ नये सिरे से सौदा किया जाए।" (दि डिसीसिव्ह बैटेल्स ऑफ इंडिया: कर्नल मालेसन: पृष्ठ 134)

मीर कासिम पर अंग्रेजों ने तमाम झूठे इल्ज़ाम लगाये और उसे अयोग्य ठहराया। जब मीर कासिम अंग्रेजों की धमकियों में नहीं आया तो कलकत्ते से एक ऐलान प्रकाशित हुआ कि अंग्रेज कौंसिल ने मीर कासिम की जगह मीर जाफर को फिर से बंगाल की गद्दी पर बैठा दिया है। यह भी ऐलान किया गया कि मीर कासिम से युद्ध होगा और प्रजा उसमें अंग्रेजों का साथ दे। 5 जुलाई को कंपनी की सेना मेजर एडम्स के अधीन कलकत्ते से मुर्शिदाबाद के लिए चल दी थी। मीर कासिम की सेना भी सिपहसालार मोहम्मद तकी खां के अधीन मुंगेर से चली। तकी खां एक बहादुर और योग्य सेनापति था। लेकिन अंग्रेजों ने मीर कासिम की सेना में विश्वासघात के बीज बो दिये थे और वे ही अब मीर कासिम की सेना की सारी राणनीति को विफल करने में जुटे हुए थे। इनमें वे ईसाई अफसर भी थे जिन्हें मीर कासिम ने सेना को ट्रेनिंग देने के लिए रखा था।

मीर कासिम की सेना और अंग्रेजों की मुठभेड़ उदवा नाला नामक ऐतिहासिक स्थान पर हुई। विश्वासघातकों ने एक बार फिर सफलता पाई और मीर कासिम की पराजय हुई। उदवा नाला की पराजय से मीर कासिम को हालांकि बहुत बड़ा धक्का लगा, किन्तु फिर भी उसने विदेशियों की अधीनता स्वीकार न की और इतनी जल्दी हिम्मत न हारा। अवध का नवाब शुजाउद्दौला इस समय मुगल साम्राज्य का प्रधानमंत्री और बादशाह का विशेष संरक्षक था। उस समय सम्राट शाहआलम इलाहाबाद के पास फाफामऊ में था। मीर कासिम ने शाहआलम और शुजाउद्दौला दोनों से मिलकर उन्हें अंग्रेजों और बंगाल का सब हाल कह सुनाया। इस पर शुजाउद्दौला ने कुरान हाथ में लेकर अंग्रेजों को सजा देने और मीर कासिम को फिर से मुर्शिदाबाद की गद्दी पर बैठाने की

कसम खाई।

'सीअरुल-मुताखरीन' नामक पुस्तक को विद्वान लेखक सैय्यद गुलाम हुसैन ने लिखा था। वह अपने पिता के साथ बादशाह की सेना के साथ रहता था। अपनी पुस्तक में उसने उस समय के हालात बड़े प्रामाणिक तरीके से लिखे हैं। उसी के अनुसार अंग्रेजों को जब पता चला कि मीर कासिम बादशाह शाहआलम और शुजाउद्दौला को साथ लेकर बिहार लौटने वाला है, अंग्रेज डर गये। शुजाउद्दौला के बल की ख्याति और उसकी सेवा का महत्त्व और वीरता का हाल सुनकर वे डर गए और उन्होंने अपने आपको मैदान में शुजाउद्दौला का मुकाबला करने के नाकाबिल समझा। उन्होंने शाहआलम को विश्वास दिलाया कि हम आपके सच्चे 'वफादार और खैरखाह हैं।' अंग्रेज जानते थे कि शाहआलम को इस समय दिल्ली में अपने विपक्षियों के विरुद्ध मदद की जरूरत है। इस तरह अंग्रेजों ने शाहआलम को मन ही मन अपने पक्ष में कर लिया।

उधर 15 सितंबर सन् 1764 को बक्सर में शुजाउद्दौला की सेना पर अंग्रेज सेनापति मेजर मनरों ने आक्रमण कर दिया। शाहआलम ने इस घटना को खास महत्त्व न देकर उसकी उपेक्षा की। परिणाम यह हुआ कि दिन भर के घमासान युद्ध तक करीब पांच-छह हजार आदमी काम आए और असहाय शुजाउद्दौला को अपनी सेना सहित मैदान से हट जाना पड़ा। मीर कासिम भी बक्सर से भागकर सीधा इलाहाबाद पहुंचा। वहां से चलकर उसने बरेली में दम लिया और अंत में उसने बारह वर्ष से भी अधिक का समय, एक निष्काषित व्यक्ति के रूप में जीवन जीकर बिताया। सन् 1777 ई. में दिल्ली में उसकी मृत्यु हुई। मीर जाफर के साथ भी अंग्रेजों ने अपनी महत्त्वाकांक्षा के शिखर तक पहुंचाने के लिए बतौर एक सीढ़ी के इस्तेमाल किया। और ज्यों ही वे ऊपर तक पहुंच गये, उन्होंने बिना संकोच उसे लात मारकर अलग कर दिया। उसकी जिन्दगी के आखिरी दिनों को उन्होंने अत्यंत दुखमय बना दिया। अक्टूबर सन् 1764 में उससे पांच लाख रुपये माहवार कंपनी को देने का वादा करा लिया, जिससे वह अंत तक बहुत तंग रहा और शिकायतें करता रहा। अंग्रेज उससे नई-नई और बढ़-चढ़कर मांगे करते रहे। आए दिन इन जबर्दस्ती की मांगों ने उसके स्वास्थ्य और आयु दोनों पर असर डाला। प्रसिद्ध इतिहासकार सर विलियम हंटर लिखता है; "मीर जाफर जनवरी सन् 1765 में मरा और कहा जाता है कि जिस बेजा तरीके से कलकत्ते के अंग्रेजों ने अपने व्यक्तिगत नुकसानों के हर्जाने की अदायगी के लिए उससे तकाजे शुरू किए, उससे उसकी मौत और जल्दी हो

गई।" (स्टेटिस्टिकल एकाउन्ट ऑफ बंगाल: सर डब्ल्यू.डब्ल्यू. हंटर: खण्ड 9, पृष्ठ 191)।

मीर जाफर की मृत्यु के विषय में, 'भारत में अंग्रेजी राज' में लिखा है– "वास्तव में, मीर जाफर की मृत्यु फरवरी, सन् 1765 के आरंभ में मुर्शिदाबाद के महल में हुई। उसकी आयु उस समय 65 वर्ष की थी। अंत समय में मीर जाफर की इच्छा के अनुसार: उसके अनेक संबंधियों और बेटों के रहते हुए, उसके चिर मित्र नंदकुमार ने एक हिन्दू मंदिर से गंगाजल लाकर मीर जाफर के मुंह में डाला और उसी जल से अपने हाथों से उसने मीर जाफर को आखिरी स्नान कराया।

मीर जाफर की मृत्यु के बाद देश के हालात में एकदम बदलाव आया। दरअसल कंपनी का करोबार काफी बढ़ गया था। कंपनी के डायरेक्टरों ने अपनी महत्त्वाकांक्षा को पूरा करने के लिए 'क्लाइव' को, जिसे अब लॉर्ड की उपाधि मिल गई थी–दुबारा भारत भेजना आवश्यक समझा। क्लाइव एक बार फिर 'फोर्ट विलियम का गवर्नर' नियुक्त हुआ। उसकी दिली ख्वाहिश थी कि किसी भी तरह बंगाल, बिहार और उड़ीसा की दीवानी के अधिकार शाहआलम से प्राप्त कर लिये जाएं। इतिहासकार व्हीलर लिखता है–"मीर जाफर की मृत्यु की खबर सुनकर क्लाइव बहुत खुश हुआ। वह अब बंगाल प्रान्तों के राजशासन में उस नई पद्धति को जारी करने के लिए उत्सुक था, जिसका ज़िक्र वह सात साल पहले इंग्लैंड के प्रधानमंत्री पिट से कर चुका था। वह चाहता था कि एक ऐसे नये आदमी को नवाब बना दिया जाए जो केवल शून्य मात्र हो, सारा शासन-प्रबंध हिन्दुस्तानी कर्मचारी करें, असली मालिक अंग्रेज रहें। वे ही मालगुजारी वसूल करें, वे ही बाहर के हमलों ओर भीतर के विद्रोहियों से तीनों प्रान्तों की रक्षा करें, जंग करें, संधि करें, किन्तु अंग्रेजों की बादशाहत जन-सामान्य की आंखों से छिपी रहे। अंग्रेज इस तरह नवाब के नाम पर और मुगल सम्राट के दिए हुए अधिकार से शासन करते रहें।"

लॉर्ड क्लाइव ने अपने मनसूबे पूरे करने के लिए बादशाह शाहआलम से मिलने का निश्चय किया। शाहआलम उस समय इलाहाबाद में था। 9 अगस्त सन् 1765 को लॉर्ड क्लाइव ने शाहआलम से भेंट की। शाहआलम पहले से ही अंग्रेजों के दबाव में चल रहा था। लिखा है–"उसी रोज़ बंगाल, बिहार और उड़ीसा की दीवानी के अधिकार अंग्रेज कंपनी को देकर, निर्बल और अदूरदर्शी शाहआलम ने मुर्शिदाबाद की सूबेदारी और मुगल साम्राज्य, दोनों की मौत के परवाने पर दस्तखत कर दिये। इसका मतलब यह था कि आइंदा से तीनों प्रान्तों

का लगान और दूसरे सरकारी टैक्स वसूल करने और उसमें से 26 लाख रुपये सम्राट की मालगुजारी दिल्ली भेजते रहने और मुर्शिदाबाद दरबार के खर्च के लिए रकम अदा करने का काम कंपनी के सुपुर्द हो गया। तीनों प्रान्तों का शेष शासन प्रबंध सूबेदार के हाथों में रहा और जो मालगुजारी बची, वह कंपनी की संपत्ति हो गई। इस समय से बंगाल में दो अलग-अलग सरकारे साफ दिखाई देने लगीं। - एक मुर्शिदाबाद की दिखावटी सरकार और दूसरी कलकत्ते की असली अंग्रेज सरकार। सम्राट से इस महत्त्वपूर्ण परवाने पर दस्तखत हासिल करने में बल प्रदर्शन से भी काम लिया गया। 'सीरुल-मुताखरीन' में लिखा है कि सम्राट और वजीर दोनों को "अपनी इच्छा के विरुद्ध, मजबूर होकर यह प्रार्थना स्वीकार करनी पड़ी।" (भारत में अंग्रेजी राज: सुंदरलाल: पृष्ठ 219)

लॉर्ड क्लाइव अपना उद्देश्य पूरा करने कलकत्ता लौट आया। उस समय मुर्शिदाबाद में नवाब नजमुद्दौला गद्दी पर बैठा था। उसे अपनी चालों से क्लाइव ने मरवा डाला, क्योंकि वह नजमुद्दौला को बिल्कुल पसंद नहीं करता था। उसे तो गद्दी पर मात्र एक 'कठपुतली' चाहिए थी। अब वास्तव में बंगाल में सूबेदार का नामो-निशान तक मिटा दिया गया और बंगाल भर में अंग्रेज सरकार दिखाई देने लगी।

इसके बाद सारे बंगाल में तबाही, भुखमरी और अकाल का शासन फैल गया। अंग्रेजों ने बंगाल को चूसकर कंगाल बना दिया। लिखा है कि उन दिनों कंपनी के हर अंग्रेज मुलाज़िम का काम केवल यह था कि जितनी जल्दी हो सके, भारतवासियों से दस या बीस लाख रुपये लूट-खसोटकर इंग्लैण्ड वापस लौटा जाए। इतिहासकार व्हीलर लिखता है-"तीन साल के अंदर पचास लाख पाउंड (पांच करोड़ रुपये) से ऊपर का सोना-चांदी बंगाल से विदेशों को गया। जबकि कुल पांच लाख पाउंड (पचास लाख रुपये) का सोना-चांदी बाहर से बंगाल आया। 'सीकस मुताखरीन' का बयान है: "इस समय यह देखा गया कि बंगाल में रुपया कम होता जा रहा था----हर साल बेशुमार नकदी लादकर इंग्लैण्ड भेजी जाती थी। यह एक मामूली बात थी कि हर साल पांच या छह या इससे भी अधिक अंग्रेज बड़ी-बड़ी पूंजियां साथ लेकर अपने वतन को लौटते दिखाई देते थे।"

2

ईस्ट इंडिया कंपनी अपनी ताकत और सत्ता जिस तरह बढ़ा रही थी, उसमें मराठों की ताकत, उनकी आंख का कांटा बनी हुई थी। दक्षिण भारत के बारे में उस समय कंपनी की नीति के बारे में प्रसिद्ध इतिहास लेखकर ग्राण्ट डफ लिखता है कि उस समय "कंपनी के डायरेक्टर इस बात के लिए इच्छुक थे कि मराठों की बढ़ती हुई सत्ता को किसी तरह धक्का पहुंचे। और यदि देश की दूसरी शक्तियां मराठों के खिलाफ मिल सकतीं, तो यह देखकर उन्हें बहुत संतोष होता।" (हिस्ट्री ऑफ द मराठाज: ग्राण्ट डफ) उस समय मराठों की शक्ति की डोर पेशवा के हाथों में थी। पेशवा के अलावा मराठा साम्राज्य के चार प्रमुख स्तंभ यानी 'महाराष्ट्र मंडल' चार मुख्य सदस्य-सिंधिया, होल्कर, गायकवाड़ और भोंसले थें। ये चारों चार बड़े-बड़े राज्यों के स्वतंत्र शासक थें, किन्तु सब पेशवा को अपना अधिराज मानते थे। उसे बराबर खिराज देते थे और हर लड़ाई में आज्ञा मिलने पर अपनी सेनाओं सहित पेशवा की सहायता के लिए पहुंच जाते थे। दिल्ली के सम्राट की निर्बलता के कारण उस समय मराठों की सत्ता, वास्तव में, स्वाधीन सत्ता थी। पेशवा ही हिन्दुस्तान के उत्तर से दक्षिण और पूरब से पश्चिम तक, यानी कटक से कर्नाटक और बंगाल की सरहद से खंभात तक फैले हुए इस विशाल मराठा साम्राज्य का क्रियात्मक शासक था। किन्तु सन् 1761 में जब पानीपत के ऐतिहासिक मैदान में अहमदशाह अब्दाली की सेना ने मराठों की संयुक्त सेना को हराकर उत्तर भारत से सदा के लिए निकाल बाहर किया, उसी समय से दिल्ली के सम्राट पर से मराठों का प्रभाव उठ गया और उस समय धीरे-धीरे गायकवाड़, भोंसले, होल्कर और सिंधिया-एक-एक कर पेशवा की अधीनता से अपने आपको स्वतंत्र समझने लगे।

पानीपत के युद्ध के कुछ हफ्तों बाद ही बालाजी बाजीराव पेशवा की मृत्यु हो गई। बालाजी का नाबालिग बेटा माधोराव पेशवा की गद्दी पर बैठा और माधोराव का चाचा रघुनाथ राव, जिसे इतिहास में 'राघोबा' के नाम से भी जाना गया, अपने भतीजे पेशवा का संरक्षक बना। लिखा है कि राघोबा वीर किन्तु अदूरदर्शी था। वह महत्त्वाकांक्षी भी था और महत्त्वाकांक्षा ने उसकी नीतिज्ञता

पर पर्दा डाल दिया था। इसलिए जब अंग्रेजों ने अपने मतलब के लिए, मराठों की सत्ता नष्ट करने का विचार किया तो राघोबा आसानी से उनके हाथों में खेल गया। (भारत में अंग्रेजी राज: सुंदरलाल: पृष्ठ 242) राघोबा की अदूरदर्शिता से पेशवा माधोराव और बंबई के अंग्रेज गर्वनर-दोनों के बीच यह संधि हो गई कि यदि निजाम मराठों पर हमला करे, तो अंग्रेज सेना और सामान-दोनों से मराठों की मदद करेंगे और इसके बदले में पश्चिमी तट पर साष्टी का टापू और बसई का किला-दोनों पेशवा की ओर से अंग्रेजों को दे दिए जाएंगे। दरअसल यह सब अंग्रेजों की कूटनीति का खेल था और निजाम के हमलों का झूठा भय दिखाया गया था। न तो माधोराव और न राघोबा, इस चाल को समझे। लेकिन अंग्रेजों को इस संधि का पूरा लाभ यह मिला कि पेशवा दरबार के अंदर अंग्रेजों की पहुंच हो गई और इस तरह उन्हें मराठों की अन्दरूनी बातों, चालों और कमजोरियों का पता लगने लगा और मराठा साम्राज्य के अंदर अपनी साजिशों को फैलाने का मौका मिलने लगा।

लेकिन अंग्रेजों की इस कूटनीति को समझने वाला एक व्यक्ति उस समय पेशवा दरबार में मौजूद था। वह दूरदर्शी नीतिज्ञ: राघोबा की स्वार्थपरता और अंग्रेजों की चालों-दोनों को खूब समझता था। यह नीतिज्ञ सुप्रसिद्ध नाना फड़नवीस था। इतिहास लेखक टॉरेन ने अपनी पुस्तक 'एम्पायर इन एशिया' में लिखा है- "नाना फड़नवीस अंग्रेजों के प्रति आदर प्रकट करता था, उनकी तारीफ करता था, किन्तु उनके राजनैतिक आलिंगन से पीछे हटता था और चाहे कोई कैसी भी आपत्ति क्यों न सामने खड़ी हो, वह अंग्रेजों से स्थायी सैनिक सहायता स्वीकार करने से सदा इन्कार करता रहा।" दरअसल नाना फड़नवीस की यही नीति, तत्कालीन भारतीय शासकों के लिए एकमात्र कुशल नीति हो सकती थी कि वे अंग्रेजों के जाल में न फंसने पाएं। इसीलिए राघोबा और अंग्रेजों के बीच जो संधि हो चुकी थी, नाना फड़नवीस उसके खिलाफ था। पेशवा माधोराव भी नाना के प्रभाव में था। अंग्रेज अपना स्वार्थ सिद्ध करने के लिए माधोराव और राघोबा में फूट डालने की कोशिश करने लगे थे। माधोराव बालिग हो गया तो उसने पेशवा के अधिकार इस्तेमाल करना शुरू कर दिया। राघोबा से उसकी अनबन इतनी बढ़ गई कि उसने मजबूर होकर राघोबा को गिरफ्तार कर बंदी बना लिया। फिर जल्दी ही उसे छोड़ भी दिया गया। 18 नवम्बर सन् 1772 को 28 साल की अल्पायु में माधोराव की मृत्यु हो गई। उसकी कोई औलाद न थी। उसने अपने भाई नारायणराव को पेशवा की गद्दी के लिए नियुक्त कर दिया था और राघोबा से प्रार्थना की थी कि आप

नारायणराव की सहायता और रक्षा कीजिएगा। राघोबा ने अपनी महत्त्वाकांक्षा पूरी करने के लिए 30 अगस्त 1773 को अपने भतीजे नारायणराव पेशवा की हत्या करवा दी। इसके बाद राघोबा पेशवा की गद्दी पर बैठ गया। इस प्रकार राघोबा अंग्रेजों के हाथ की कठपुतली बन चुका था। नाना फड़नवीस ने मराठा राज्य को अंग्रेजों के चंगुल से बचाने की भरसक कोशिश की। इतिहासकार कहते हैं कि नाना फड़नवीस ने कर्नाटक के वीर हैदरअली से मिलकर जिस तरह अंग्रेजों की चालों को नाकाम करने की कोशिश की थी, उसमें अगर उसे सफलता मिल जाती तो उसी समय देश से विदेशी सत्ता का अंत हो गया होता।

वॉरेन हेस्टिंग्स

लॉर्ड क्लाइव के बाद सन् 1772 ई. में कंपनी की ओर से वॉरेन हेस्टिंग्स कलकत्ते के फोर्ट विलियम किले का गर्वनर नियुक्त हुआ। वॉरेन हेस्टिंग्स पढ़ा-लिखा कम था लेकिन वह था चतुर बुद्धि वाला इन्सान। इससे पहले वह सन् 1750 में एक क्लर्क की हैसियत से हिन्दुस्तान आया था और बहुत दिनों तक चालीस रुपये महावार तनख्वाह पर मुर्शिदाबाद के एक अंग्रेज वकील के पास काम कर रहा था। मुर्शिदाबाद में रहकर वह क्लाइव की देखरेख में भारतवासियों के तौर-तरीके और भारतीय कूटनीति के दांव पेंच सीखता रहा। धीरे-धीरे वह क्लाइव से बढ़कर चतुर साबित हुआ। इतना नहीं दुष्टता, क्रूरता, अन्याय आदि के मामले में भी वह क्लाइव से बहुत आगे था।

वॉरेन हेस्टिंग्स ने जब भारत की शासन-डोर संभाली तो उस वक्त तक कुछ इलाका बंगाल के अंदर, बंगाल, बिहार और उड़ीसा-तीनों की दीवानी और थोड़े-थोड़े इलाके मद्रास और बम्बई की और कंपनी को मिल चुके थे। मुर्शिदाबाद का गद्दी नशीन नवाब केवल अधिकार शून्य खिलौना था, और तीनों प्रान्तों का सारा प्रबंध पटना में महाराज शिताबराय, मुर्शिदाबाद में मोहम्मद रजा खां और उड़ीसा में जरारत खां-इन तीनों नायबों के हाथों में था, और ये तीनों हर तरह अंग्रेजों के हाथों की कठपुतली थी।

लिखा है- "वॉरेन हेस्टिंग्स के समय में हिन्दुस्तान क अंदर कंपनी का इलाका तो नहीं बढ़ा, फिर भी वॉरेन हेस्टिंग्स का शासनकाल ब्रिटिश भारत के इतिहास में अत्यंत महत्त्वपूर्ण माना जाता है। क्लाइव ने इस देश के अंदर अंग्रेजी राज की जो बुनियादें डाली थीं; वॉरेन हेस्टिंग्स ने भारत की राजशक्तियों को और अधिक कमजोर करके, उन बुनियादों को पक्का कर दिया था।" (भारत में अंग्रेजी राज: सुंदरलाल: पृष्ठ 229)

वॉरेन हेस्टिंग्स के मन में कितनी दुष्टतापूर्ण चालें थीं और उन्हें वह किस तरह अंजाम देने में जुटा था। इसके दो ही नमूने काफी हैं। पहला यह कि अभी तक लॉर्ड क्लाइव के समय से संधि के अनुसार कंपनी की ओर से सम्राट शाहआलम को छब्बीस लाख रुपये वार्षिक ख़िराज भेजी जाती थी, उसे वॉरेन हेस्टिंग्स ने गवर्नर नियुक्त होते ही बंद कर दिया। इलाहाबाद और कड़ा का इलाका क्लाइव ने शुजाउद्दौला के लिए सम्राट से लिया था, लेकिन अब हेस्टिंग्स ने वही इलाका पचास लाख रुपये के बदले में फिर शुजाउद्दौला को बेच दिया। इसी के साथ यह शर्त थी कि इलाहाबाद के किले में कंपनी की सेना बराबर रहा करेगी। वॉरेन हेस्टिंग्स की दुष्टता का दूसरा नमूना रुहेलखण्ड पर अत्याचार था। लंदन में बैठे कंपनी के डायरेक्टर वॉरेन हेस्टिंग्स पर बार-बार जोर दे रहे थे कि जिस तरह हो सके अधिक से अधिक धन भारत से वसूल करके इंग्लिस्तान भेजा जाए। वॉरेन हेस्टिंग्स ने भी, लॉर्ड मैकाले के शब्दों में–"चाहे ईमानदारी से हो और चाहे बेईमानी से, जिस तरह हो सके, धन बटोरने का निश्चय कर लिया।"

उस समय रुहेलखण्ड पर रुहेला पठानों का राज था। इतिहास लेखक मिल के शब्दों में–"एशिया भर में जिन देशों का शासन सबसे अच्छा था, उसमें एक रुहेलखण्ड का इलाका था। वहां की प्रजा सुरक्षित थी, उनके उद्योग धंधे को राज की ओर से सहायता दी जाती थी। इन उपायों से और अपने पड़ोसियों का इलाका फतह करने के स्थान पर कोशिश करके सबके साथ मेल-जोल बनाए रखकर, उन लोगों ने अपनी स्वाधीनता को कायम रखा था।" (हिस्ट्री ऑफ इंडिया: मिल: खण्ड 5, अध्याय 1)

वॉरेन हेस्टिंग्स ने सन् 1773 में अवध के नवाब शुजाउद्दौला के साथ एक गुप्त-संधि कर ली जिसमें यह तय पाया गया कि कोई मुनासिब बहाना मिलते ही कंपनी और नवाब की सेनाएं मिलकर रुहेलखण्ड पर चढ़ाई करेंगी। रुहेला जाति को 'निर्मूल' कर उनका राज शुजाउद्दौला के हवाले कर दिया जाएगा और इस उपकार के बदले शुजाउद्दौला चालीस लाख रुपये नकद और युद्ध का सारा खर्च कंपनी को अदा करेगा। इस बारे में इतिहास लेखक मिल के विवरण से पता चलता है कि शुजाउद्दौला इस संधि के पक्ष के बिल्कुल न था, किन्तु वॉरेन हेस्टिंग्स के दबाव में उसे ऐसा करना पड़ा। इतिहास लेखक टॉरेन्स लिखता है–"17 अप्रैल सन् 1774 को इस जबर्दस्त अन्याय में एक दूसरे को मदद देने वाली दोनों सेनाओं ने रुहेलखण्ड में प्रवेश किया। रुहेले वीर थे, किन्तु उनकी तादाद बहुत कम थी। उन्होंने पहले दया की प्रार्थना की, किन्तु

व्यर्थ। मजबूर होकर उन्होंने वीरता के साथ मुकाबला किया, किन्तु क्या हो सकता था? अंत में 23 अप्रैल को रामपुर की मशहूर लड़ाई में उनकी किस्मत का फैसला हो गया। उनका नेता, नवाब फैजुल्ला खां पहाड़ों की ओर भाग गया।" एक-एक आदमी, जो रुहेला कहलाता था, या तो अपना देश छोड़कर भाग गया या चुन-चुनकर मार डाला गया। सारा हराभरा देश लूट खसोट कर उजाड़ दिया गया। रुहेलखण्ड की लूट से चालीस लाख रुपये कंपनी को मिले और दो लाख नकद वॉरेन हेस्टिंग्स की जेब में गये।" (टॉरेन्स: एम्पायर इन एशिया: पृष्ठ 111)

दक्षिण की ओर: हैदर अली और टीपू सुल्तान

वॉरेन हेस्टिंग्स की साजिशें देश के दूसरे भागों में भी जारी थीं। नाना फड़नवीस, निज़ाम और हैदरअली -दक्षिण की ये तीन बड़ी शक्तियां लामबंद होने की तैयारी कर रही थीं। हेस्टिंग्स ने निज़ाम और हैदरअली दोनों को अपनी कूटनीति के जाल में फंसाकर अपने साथ मिलाना चाहा। निज़ाम के साथ तो उसे सफलता मिल भी गई, लेकिन हैदरअली को अपनी ओर न कर सका। इसका कारण यह था कि निज़ाम और हैदरअली के चरित्र में बड़ा अंतर था।

हैदरअली एक देशभक्त, सच्चा और वीरपुरुष था। हैदरअली एक मामूली फकीर का बेटा था। लेकिन वह बचपन से ही घुड़सवारी, निशानेबाजी, हथियार चलाना और लड़ाई के तौर तरीके सीखता रहा। इसी कारण केवल अपनी योग्यता और वीरता के बल पर वह एक मामूली सिपाही से बढ़ते-बढ़ते एक विशाल राज्य का स्वामी बन गया था। बड़ा होकर हैदरअली मैसूर की फौज में भर्ती हो गया था। हैदरअली की वीरता और साहस ने कुछ ही समय में उसे मैसूर का प्रधान सेनापति बना दिया था। उस समय रियासत का प्रधानमंत्री एक मराठा सरदार खांडेराव था। उसने मराठों से मिलकर मैसूर पर हमला करवा दिया। इस युद्ध में हैदरअली ने विजय पाई और खांडेराव के विश्वासघात का सबको पता लग गया। मैसूर के महाराजा ने प्रसन्न होकर हैदरअली को अपना प्रधानमंत्री बना लिया।

उस समय मराठे अपना साम्राज्य चारों ओर फैलाने में लगे थे। चार बार उन्होंने मैसूर पर हमला किया किन्तु इन हमलों से मराठों को कोई खास लाभ नहीं हो सकता। हैदरअली का बल कुछ कम न था। वह कभी लड़कर और कभी थोड़ा बहुत जर ज़मीन देकर मराठों से छुटकारा पाता रहा। अंत में जो थोड़ा बहुत इलाका मराठों ने इस तरह हैदरअली का ले लिया था, वह भी उन्हें

वापस लौटा देना पड़ा और दोनों को अपने-अपने हित के लिए एक दूसरे के साथ संधि करनी पड़ी।

उन दिनों अंग्रेजों की हालत यह थी कि वे किसी भी स्वाधीन भारतीय नरेश के इस प्रकार बढ़ते हुए बल को बर्दाश्त नहीं कर सकते थे। इसलिए वे हैदरअली को कुचलने की तदबीरे करने लगे। हैदरअली के साथ उनका पहला युद्ध सन् 1767 में हुआ। कर्नाटक के कई छोटे-छोटे किलों पर अंग्रेजों ने कब्जा कर लिया। आखिर हैदरअली ने अंग्रेजों से टक्कर लेने की तैयारी की और बारी-बारी से सारे किले अंग्रेजों से छीन लिए।

हैदरअली का बेटा फतहअली टीपू भी बचपन से ही युद्ध कला सीखने लगा था। अंग्रेजों से युद्ध के समय टीपू की उम्र अठारह वर्ष थी। वह भी अपने पिता के साथ युद्ध भूमि में लड़ने लगा था। कर्नाटक के किले वापस लेने के लिए हैदरअली ने टीपू को पांच हजार सैनिकों के साथ मद्रास भेजा, जहां अंग्रेजों का जमाव था। टीपू ने मद्रास के किले को फतह करने के लिए इस गति से कदम बढ़ाए कि मद्रास का गर्वनर और उसकी कौंसिल टीपू को अचानक मद्रास के सामने देखकर घबरा गये। वे किसी तरह एक जहाज में बैठकर वहां से बचकर भाग गये। टीपू ने मद्रास के किले से पांच मील दूर सेंट टॉमस की पहाड़ी पर कब्जा कर लिया और आसपास के अंग्रेजी इलाके को अपने अधीन कर लिया। इसके कुछ ही दिनों बाद हैदरअली भी अपनी सेना लेकर मद्रास की ओर बढ़ा। अंग्रेज घबरा उठे। हैदरअली ने मद्रास में अंग्रेजों को भारी नुकसान पहुंचाया होता यदि अंग्रेजों ने सुलह का प्रस्ताव न किया होता। एक फ्रांसीसी इतिहासकार लिखता है कि इस विजय के अवसर पर हैदर ने अंग्रेजों से कहकर मद्रास के सेंट जार्ज किले के सदर फाटक पर एक चित्र बनवाया, जिसमें हैदर एक शामियाने के नीचे तोपों के ढेर के ऊपर बैठा है। पीछे की ओर सेंट जार्ज का किला, जिसकी फसील पर गवर्नर और उसकी कौंसिल के सब अंग्रेज मैम्बर दो जानू बैठे हैं। डूप्ले की नाक की जगह हाथी की सी सूंड बनी है, हैदर उसकी सूंड को पकड़े हुए है और उसमें से अशर्फियां खनाखन हैदर के सामने गिर रही हैं। दूसरी ओर पराजित अंग्रेज सेनापति स्मिथ संधि पत्र हाथ में लिए हुए, अपने हाथ से अपनी तलवार के दो टुकड़े कर रहा है।

अंग्रेजों की इस हार का यह फल हुआ कि इंग्लैंड में ईस्ट इंडिया कंपनी के शेयरों की दर गिरकर 40 प्रतिशत रह गई। हैदर और टीपू की विजय की खबरें पहुंचते ही इंग्लैण्ड में कम्पनी की साख गिरने लगी। उधर हैदरअली ने

नाना फड़नवीस के साथ मिलकर, अंग्रेजों को जिस तरह पराजित करना शुरू किया, उससे अंग्रेजों के पैर उखड़ने लगे।

इतिहासकार लिखते हैं कि एक बात साफ मालूम होती थी कि हैदरअली दक्षिण भारत से अंग्रेजों को निकाल बाहर कर देगा। नाना फड़नवीस पूना में बैठा हुआ यह सब समाचार सुन रहा था और इन्हीं आशाओं के आधार पर सालबाई के संधि पत्र पर दस्तखत करने से इन्कार करता रहा था। जिस समय गायकवाड़, सिंधिया और भोंसले-तीन-तीन जबर्दस्त मराठा नरेश, मराठा मंडल और अपने देश-दोनों के साथ विश्वासघात कर चुके थे, और निज़ामुलमुल्क भी अंग्रेजों की चालों में फंस चुका था, उस समय इन विदेशियों के विरुद्ध नाना फड़नवीस की समस्त आशाओं का आधार केवल वीर हैदरअली था। यदि हैदरअली एक बार मद्रास प्रान्त से अंग्रेजों को निकाल सकता तो निस्संदेह, नाना फड़नवीस मराठा मंडल को मजबूत करके उत्तर में अंग्रेजों के साथ फिर से युद्ध शुरू कर देता। उत्तर भारत में अंग्रेज अपने दुश्मन पैदा कर चुके थे और इस हालत में नाना को सफलता प्राप्त होने की बहुत संभावना थी। किन्तु मालूम होता है कि भारतवासियों के अनेक पापों के प्रायश्चित और सच्ची भारतीय आत्मा के विकास के लिए अभी इस देश का, विदेशी शासन के अग्नि-स्नान में से निकलना आवश्यक था। ठीक समय, जबकि हैदरअली जबकि वीर हैदरअली इलाके पर इलाके और गढ़ों पर गढ़ विजय करता हुआ बढ़ता चला जा रहा था, जबकि भारत के अंदर स्वतंत्रता और परतंत्रता के इस द्वन्द्व को एशिया और यूरोप की समस्त जागरूक शक्तियां ध्यान से देख रही थीं, जबकि हैदरअली का नाम सुनकर भारत के अंग्रेज चौंक पड़ते थे और इंग्लिस्तान में कंपनी के हिस्सों की दर धड़ाधड़ गिर रही थी, अचानक 7 दिसंबर सन् 1782 की रात को, आरकाट के किले में हैदरअली की मृत्यु हो गई। हैदरअली की मृत्यु ने नाना फड़नवीस की आशाओं को चूर-चूर कर दिया और लाचार होकर उसने सालबाई की संधि पर हस्ताक्षर कर दिए। अंग्रेजों के लिए हैदरअली की मृत्यु दरअसल बड़ी लाभदाई साबित हुई। (भारत में अंग्रेजी राज: सुंदरलाल: पृष्ठ 281)

हैदरअली लिखना-पढ़ना बिल्कुल नहीं जानता था, फिर भी तमाम भारतीय और विदेशी इतिहास लेखक मुक्त कण्ठ से स्वीकार करते हैं कि उसकी बुद्धिमत्ता, दूरदर्शिता, नीतिज्ञता और शासन-प्रबंध, सभी में उसकी योग्यता ऊंचे दरजे की थी। वीरता और युद्ध कौशल में वह अपने समय में, अपना सानी नहीं रखता था। हैदरअली अपनी धार्मिक उदारता के लिए प्रसिद्ध था। अपनी हिन्दू

मुसलमान प्रजा के साथ वह एक सामान उदार व्यवहार करता था। उसने अनेक हिन्दू मंदिर बनवाए और अनेक मंदिरों को जागीरें अदा कीं। हैदरअली अपने दरबार के अंदर हिन्दू त्यौहारों को बड़े समारोह के साथ मनाया करता था। हैदरअली का इन्साफ उस समय दूर-दूर तक प्रसिद्ध था। उसके जीवन चरित्र का एक फ्रांसीसी लेखक लिखता है कि उसकी प्रजा में किसी भी निर्धन से निर्धन पुरुष या स्त्री को अधिकार था कि वह हैदर के सामने आकर अपनी दार-फरियाद पेश करे।

हैदरअली अपनी प्रजापालकता के लिए भी प्रसिद्ध था। उसकी प्रजा उससे अत्यंत खुश थी, उसके राज्य में चारों ओर खुशहाली थी। तिजारत, उद्योग धंधों और खेतीबाड़ी को खूब प्रोत्साहन दिया जाता था। वह खुद कारीगरों और सौदागरों की खूब मदद करता था।

हैदरअली वीर था और वीरता की बड़ी कद्र करता था। हैदर का कद मझोला था। उसका रंग सांवला था, किन्तु उसके शरीर की बनावट सुंदर थी। वह मजबूत और निहायत फुर्तीला था। वह बहुत अच्छा घुड़सवार था। इन सब बातों के बाद वह अंग्रेजों का कट्टर शत्रु था। और उसने जीवन भर अंग्रेजों को भारत से निकालने का प्रयत्न किया।

हैदरअली के बाद उसका बेटा फतहअली टीपू कर्नाटक का शासक बना। टीपू का जन्म सन् 1749 ई. में हुआ। वह इतिहास में टीपू सुल्तान के नाम से मशहूर हुआ। पराक्रम और युद्ध कौशल में टीपू अपने पिता के मुकाबले का था। हैदरअली ने जिस तरह अंग्रेजों की नाक में दम कर दिया था, उसे अंग्रेज भूले नहीं थे। इसलिए टीपू के शासक बनते ही वे उससे छेड़छाड़ करने लगे। लेकिन टीपू ने अंग्रेजों से, जिस शान से युद्ध जारी रखा, और उसका अंग्रेजों में जो खौफ था-वह अंग्रेज कभी भूल नहीं सकते। पादरी डब्ल्यू.एच. हटन लिखता है कि अंग्रेज माताएं टीपू का नाम लेकर नटखट बच्चों को डराती थीं। लिखा है कि टीपू एक वीर और सुयोग्य शासक था। उसने अपनी प्रजा के साथ कभी बुरा व्यवहार नहीं किया। उसके राज्य में चारों ओर ऐसी उन्नति और खुशहाली नज़र आती थी, जैसी उस समय के किसी ब्रिटिश भारतीय इलाके में न थी। किन्तु टीपू भी अपने ही लोगों के विश्वासघात का शिकार हुआ। कारण यह था कि अंग्रेजों की सेनाओं का साथ निज़ाम हैदराबाद और मराठों की सेनाओं ने दिया था।

टीपू सुल्तान

टीपू एक बहादुर इन्सान था, लेकिन तीन-तीन सेनाओं से टक्कर लेना उसके लिए कठिन था। टीपू ने अपनी मुट्ठी भर शक्ति से भी युद्ध जारी रखा। किन्तु, जैसा कि मीर हुसैन अली खां किरमानी ने भी लिखा है- "टीपू के कुछ अमीरों और सरदारों को भी अंग्रेजों ने अपनी ओर मोड़ लिया था। टीपू, जो इस युद्ध के लिए पहले से तैयार न था, एक ओर अंग्रेजों, मराठों और निज़ाम-तीन-तीन ताकतों द्वारा कई तरफ से घिर गया था और दूसरी ओर उसकी अपनी सेना में विश्वासघाती पैदा हो गये थे।" फिर भी टीपू अपनी अंतिम सांस तक लड़ता रहा और बहुत बहादुरी से लड़ा। उसने कहा- "दो दिन शेर की तरह जीना ज्यादा अच्छा है, बजाय दो सौ वर्ष भेड़ की तरह जीने के।"

"टीपू के खिलाफ जिस तरह देशवासी ही षड्यन्त्र कर रहे थे और अंग्रेजों का साथ दे रहे थे, उससे टीपू अच्छी तरह समझ गया कि जिन विदेशियों को हैदर ने पूरी तरह परास्त करके भी उनके साथ दया और उदारता का व्यवहार किया, जिन्हें स्वयं टीपू ने एक बार अपनी मुट्टी में लाकर उनके वादों पर विश्वास करके छोड़ दिया, जिन्होंने अभी छह साल पहले उसके साथ मित्रता की संधि की थी, वे अब भी उस पर झूठे दोष मढ़कर उसे मिटा देने पर कमर कसे हुए थे। 3 फरवरी सन् 1799 को कंपनी की सेना टीपू के राज्य की ओर बढ़ीं। टीपू इस युद्ध के लिए तैयार न था। 13 फरवरी को उसने गवर्नर लॉर्ड वेल्सली को पत्र लिखा कि मामले को शांति से तय करने के लिए मेजर डवटन को मेरे दरबार में भेज दिया जाए। इसके बाद भी टीपू ने कई बार कहा कि पहले बातचीत से ही मामले को तय करने की कोशिश कर ली जाए। किन्तु वेल्सली ने टीपू की बातों पर कोई ध्यान नहीं दिया। इसके बदले कंपनी की तरफ से 22 फरवरी को टीपू के साथ युद्ध का ऐलान कर दिया गया। जनरल हैरिस कंपनी की सेनाएं लेकर आगे बढ़ा और उसने जल-थल-दोनों ओर से टीपू को घेर लिया। मजबूर होकर टीपू को भी युद्ध की तैयारी करनी पड़ी।

टीपू के खिलाफ छेड़े गये इस युद्ध के बारे में गवर्नर वेल्सली जानता था कि कंपनी की सेना के लिए टीपू को हरा पाना आसान नहीं है। इसलिए उसने टीपू को कमजोर करने के लिए उसके लोगों को अपनी तरफ मिलाने की चालें चलीं। उसने मद्रास के गवर्नर हैरिस को लिखा- "मेरे पास यह मानने के लिए काफी वजह है कि टीपू सुल्तान के बहुत से सामन्त सरदार, मुख्य-मुख्य अफसर और प्रजा के दूसरे लोग अपने नरेश के खिलाफ बगावत करके कंपनी

और उसके साथियों की पनाह में आने के लिए तैयार हैं। सुल्तान की दगाबाज़ी और ज्यादती की वजह से जिस युद्ध में हमें फिर से लड़ना पड़ रहा है, उसमें सुल्तान के आदमियों के असंतोष और उनकी बगावत से, जहां तक हो सके, लाभ उठाना हमारे लिए जायज और मुनासिब है।" (जनरल हैरिस को लिखा मार्किवस वेल्सली का पत्र: वेल्सली डिस्पैचेज: पृष्ठ 442)

मीर हुसैन अली खां किरमानी ने अपनी पुस्तक 'निशाने हैदारी' (फारसी में) में, विस्तार के साथ बयान किया है कि किस तरह कंपनी की सेनाओं ने एकाएक चारों ओर से टीपू को जा घेरा, किस तरह वीरता और आन के साथ टीपू ने मरते दम तक शत्रुओं का मुकाबला किया और किस तरह टीपू के दरबार और उसकी सारी सेना को विश्वासघातकों से छलनी-छलनी करके अंत में अंग्रेजों ने विजय प्राप्त की।

'निशाने हैदरी' के अनुसार इस युद्ध में निज़ाम और उसके वज़ीर, मीर आलम ने अंग्रेजों को फिर खूब सहायता दी। उस समय कुल तीस हजार सेना ने चारों तरफ से टीपू पर आक्रमण किया था।

कंपनी की सेना का आक्रमण सुनकर टीपू ने अपने विश्वस्त ब्राह्मण मंत्री और सेनापति पूर्निया के अधीन कुछ सवार शत्रु के मुकाबले के लिए भेजे। रायकोट नामक स्थान पर कंपनी की सेना से पूर्निया की सेना की मुलाकात हुई। लेकिन चूंकि पूर्निया अंग्रेजों से भीतर-ही-भीतर मिला था, इसलिए उसने युद्ध न करके कंपनी की सेना के दांए-बांए चक्कर लगाकर दूर निकल गया। उधर कंपनी की सेना राजधानी श्रीरंगपट्टन की तरफ बढ़ती रही। पूर्निया की सेना, उस कंपनी की सेना की रक्षक और मार्गदर्शक बनकर चलती रही।

जब टीपू सुल्तान को पता चला कि कंपनी सेना आगे बढ़ रही है और उसे कोई नहीं रोक रहा है, तो टीपू स्वयं, अपनी सेना के साथ आगे बढ़ा। लेकिन उसके विश्वासघाती सलाहकारों ने उसे गलत सूचनाएं देकर गुमराह किया। दरअसल जनरल हैरिस की सेना एक खास रास्ते से श्रीरंगपट्टन की ओर बढ़ रही थी। टीपू के सलाहकारों ने उसे दूसरा रास्ता बता दिया और टीपू गलत जगह पर अपनी सेना का पड़ाव डालकर, शत्रु के आने का इन्तज़ार करने लगा। फिर जब काफी देर बाद टीपू को इस विश्वासघात का पता चला तो वह फौरन तेजी से गुलशनाबाद की ओर भागा और वहां जाकर हैरिस की सेना को रोका। कुछ देर तक घमासान युद्ध हुआ। कंपनी की सेना को, खासकर उसके तोपखाने को काफी नुकसान पहुंचा। इसके बाद टीपू ने अपने एक सेनापति कमरूद्दीन खां को सवारों के साथ आगे बढ़कर शत्रु को मिटा देने का हुक्म

दिया। कमरूद्दीन खां भी अंग्रेजों से मिला हुआ था। उसने आगे बढ़कर दिखावे के लिए शत्रु को रोका और फिर पलटकर अपनी ही सेना पर हमला कर दिया जिससे टीपू के कई बहादुर सिपाही मारे गये। कमरूद्दीन के विश्वासघात का नतीजा ये हुआ कि टीपू को पीछे हटना पड़ा और कंपनी की सेना की जीत हो गई।

उधर बम्बई से आई सेना जनरल स्टुअर्ट के नेतृत्व में श्रीरंगपट्टन की तरफ बढ़ रही थी। टीपू अपने कुछ वीर सरदारों को लेकर स्टुअर्ट का रास्ता रोकने के लिए बढ़ा। इस मुकाबले में कंपनी की सेना को काफी नुकसान उठाना पड़ा। अब टीपू श्रीरंगपट्टन पहुंचा तो वहां जनरल हैरिस की सेना आ गई। 'निशाने हैदरी' में दिये गये वर्णन के अनुसार उस वक्त, अंग्रेजी सेना के सामने की ओर श्रीरंगपट्टन का किला था और पीछे नगर। कंपनी की सेना ने नगर पर तोप के गोले बरसाना शुरू किया। उसके कुछ सलाहकारों ने अंग्रेजों से सुलह कर लेने की राय दी, पर टीपू वीर पुरुष था। वह युद्ध में अब पीछे नहीं हट सकता था। उसने अंत समय तक युद्ध करने का निश्चय कर लिया था।

इतिहासकार लिखते हैं कि संभवत: अभी तक टीपू सुल्तान को यह नहीं मालूम था कि उसके पूर्निया और कमरूद्दीन जैसे विश्वासपात्र, उसके घोर विश्वासघातक बन चुके हैं। उन पर टीपू को अब भी भरोसा था और इस कारण उसने फिर इन्हीं दोनों सेनापतियों के अधीन सेना किले के बाहर भेजी ताकि वे शत्रु को रोककर पीछे हटा दें। मीर हुसैन अली किरमानी लिखता है कि दोनों सेनापति, अपनी-अपनी सेना लेकर, कंपनी की सेना के इधर-उधर चक्कर लगाते रहे। तब तक बम्बई से आई स्टुअर्ट की सेना भी हैरिस की मदद के लिए आ गई। उस समय टीपू का एक वफादार सैय्यद गफ्फार महताब बाग का संरक्षक था। उसने बड़ी वीरता से अंग्रेजी सेना को रोका। यह देखकर विश्वासघातकों ने टीपू को झूठी सूचनाएं देकर सैय्यद गफ्फार को महताब बाग से हटाकर किले में बुलवा लिया। महताब बाग में एक विश्वासघाती को नियुक्त करवा दिया–जिसने अंग्रेजी सेना को बेखटके श्रीरंगपट्टन के किले का दरवाज़ा पारकर अन्दर जाने दिया। टीपू को अभी भी खबर न होने दी गई कि शत्रु की सेना किले में घुस चुकी है।

हमारे भारतीय स्वतंत्रता संग्राम के इतिहास में यों तो विश्वासघात के पन्ने भरे पड़े हैं जो भारतवासियों के शर्मनाक चरित्र को उजागर करते हैं, लेकिन टीपू सुल्तान के विश्वासघात की कहानी तो संभवत: इतिहास के सबसे काले पृष्ठ हैं, जिन्होंने शेर जैसे वीर को घेरकर गीदड़ों से मरवा दिया। मीर हुसैन

अली खां किरमानी 'निशाने हैदरी' में इन सारे तथ्यों को बड़े विस्तार से लिखता है। उसने लिखा है कि टीपू का मुख्य सलाहकार उस समय उसका दीवान मीर सादिक था। भोले टीपू को बहुत देर तक इसका पता न चल सका कि यह मीर सादिक भी उसके दुश्मन से मिला हुआ था। यहां तक कि मीर सादिक ने टीपू के एक विश्वस्त अफसर गाजी खां को कत्ल करवा दिया और किले की दीवारें टूट जाने पर भी टीपू से इस खबर को छिपाए रखा। अंत में, जब टीपू को अपने कुछ विश्वस्त आदमियों द्वारा इन बातों का पता चला, तो टीपू ने एक दिन सुबह को अपने हाथ से विश्वासघातकों की एक लम्बी सूची तैयार करके मीर मुइनुद्दीन के हाथ में दी और आज्ञा दी कि आज ही रात इन सब नमकहरामों का, जिस तरह हो, काम तमाम कर दिया जाए। संयोगवश जिस समय मीर मुइनुद्दीन ने इस लिस्ट को खोलकर पढ़ा तो महल का एक फर्राश, जो पढ़ना जानता था और मीर सादिक से मिला हुआ था, मीर मुइनुद्दीन के पीछे खड़ा हुआ था। इस फर्राश ने मीर सादिक का नाम सूची में सबसे ऊपर पढ़ लिया और फौरन जाकर मीर सादिक को इसकी खबर दे दी। मीर सादिक इससे सावधान हो गया।

अपनी किताब 'निशाने हैदरी' में मीर हुसैन अली खां किरमानी ने आगे लिखा है कि उस दिन दोपहर के समय टीपू अभी खाना खाने बैठा ही था और अभी पहला ही कौर उसके मुंह में गया था कि किसी ने बाहर आकर सूचना दी कि विश्वासघातकों ने सुल्तान के विश्वस्त सेवक सैय्यद गफ्फार का कत्ल कर दिया है। वह इस वक्त किले का प्रधान संरक्षक था। यह खबर सुनते ही टीपू के लिए दूसरा कौर हराम हो गया। वह तुरंत उठा और घोड़े पर सवार होकर खुद सैय्यद गफ्फार की जगह लेने के लिए, अपने कुछ सरदारों के साथ, पीछे की ओर से किले के अंदर घुस गया। उधर विश्वासघातियों ने सैय्यद गफ्फार को मारते ही; फौरन दीवार पर चढ़कर सफेद रूमाल दिखाकर, बाहर खड़ी अंग्रेजी सेना को किले के अंदर आने का इशारा कर दिया। नतीजा ये हुआ कि जब तक टीपू मौके पर पहुंचकर, फिर से अपने आदमियों को जमा करता, शत्रु के सिपाही दीवार के टूटे हुए हिस्से से श्रीरंगपट्टन के किले के अंदर घुस गये।

दीवान मीर सादिक को पता चला कि सुल्तान खुद सेना जमा करके किले के अंदर घुस गया है तो उसने एक घोड़े पर चढ़कर सुल्तान का पीछा किया और जिस दरवाज़े से टीपू किले के अंदर गया था, उसे मजबूती से बंद करवा दिया ताकि टीपू किसी तरह बचकर न निकल सके। इसके बाद बाहर से मदद

पहुंचवाने के बहाने से मीर सादिक ने खुद किले से बाहर निकलना चाहा। इस दूसरे दरवाजे पर पहुंचते ही उसने वहां के पहरेदारों को हुक्म दिया कि जब मैं बाहर चला जाऊं तब तुम दरवाजे को मजबूती से बंदकर लेना और किसी के कहने पर भी न खोलना, चाहे वह सुल्तान ही क्यों न हो। लेकिन अभी वह इन पहरेदारों को अपना हुक्म ठीक से समझा ही रहा था कि टीपू के एक वीर सिपाही ने सामने आकर ललकारा-"ऐ कमबख्त मलऊन! अपने खुदातर्स सुल्तान को दुश्मनों के हवाले करके अब तू जान बचाकर भागना चाहता है? ले, यह तेरे गुनाह की सज़ा है।" यह कहकर उसने अपनी तलवार के एक ही वार से मीर सादिक के दो टुकड़े कर डाले।

किरमानी आगे लिखता है कि विश्वासघातकों की इतनी बड़ी संख्या थी और उन्होंने इस तरह जाल बिछा रखा था कि अब कोई भी वफादार सैनिक कुछ न कर सकता था। टीपू अपने विश्वासघातकों से इस कदर घिर जाएगा या दूसरे शब्दों में टीपू के वफादार, एक दिन इतने नमकहराम और दगाबाज हो जाएंगे-इसकी उसने खुद भी कभी कल्पना न की होगी। इतिहास भी ऐसे भयानक नमकहरामों और दगाबाजों के नाम, अपने पन्नों पर घृणा से दर्ज करेगा और उनके वंशजों को सदियां लग जाएंगी इस कलंक को मिटाने में। लिखा है कि अब टीपू फिर लौटकर अपने मुट्ठी भर आदमियों सहित बढ़ते हुए शत्रु की तरफ लपका। उसने अपनी शक्ति भर, अपने इन रहे-सहे सिपाहियों को जोश दिलाया। उसने चिल्लाकर कहा- "आखिरी वक्त तक किले की रक्षा करना हमारा फर्ज है। इन्सान की मौत सिर्फ एक मरतबा आ सकती है, फिर क्या परवाह है कि ज़िन्दगी कब खत्म हो।" यह कहकर उसने शत्रु की ओर गोलियां चलाना शुरू किया। (हिस्ट्री ऑफ हैदराबाद एण्ड टीपू सुल्तान: प्रिंस गुलाम मोहम्मद)। टीपू की गोलियों से शत्रु के कई सिपाही और अफसर ढेर हो गये। लेकिन दुश्मन की तादाद बहुत ज्यादा थी। उसने टीपू पर गोलियों की बौछार कर दी। अंत में एक गोली टीपू की बांयी छाती में लगी। टीपू जख्मी हो गया, फिर भी उसने बंदूक न छोड़ी और न वह पीछे मुड़ा। इस जख्मी हालत में भी वह बराबर अपनी बंदूक से शत्रु पर गोलियां बरसाता रहा। थोड़ी देर बाद एक दूसरी गोली टीपू की छाती में दाहिनी ओर लगी। टीपू का घोड़ा अब जख्मों से छलनी-छलनी होकर गिर पड़ा। टीपू की पगड़ी ज़मीन पर जा गिरी। शत्रु अब और पास आ गये। ज़मीन पर नंगे सिर खड़े टीपू ने अब बंदूक फेंककर दाहिने हाथ में अपनी तलवार संभाली। टीपू की छाती से अब दो-दो धारे खून की बह रही थीं। उसके कुछ वफादार साथियों ने उसकी यह हालत देखकर,

सहारा देकर उसे एक पालकी में बैठा दिया। पालकी एक मेहराब के नीचे रख दी गई। इस हालत में टीपू के एक सिपाही ने उसे सलाह दी कि अब आप अपने को अंग्रेजों के हवाले कर दीजिए, लेकिन टीपू ने उसकी इस सलाह को अस्वीकार करते हुए तलवार से उसका सिर धड़ से अलग कर दिया। इतने में कुछ अंग्रेज सिपाही पालकी के पास तक आ पहुंचे। इनमें से एक ने टीपू को जख्मी देखकर उसकी कमर से हीरों जड़ी पेटी उतारने की कोशिश की तो टीपू की तलवार ने उसका एक झटके में काम तमाम कर दिया। तभी एक तीसरी गोली टीपू की दाहिनी कनपटी में आ लगी और एक पल में उस महान वीर का अंत हो गया। उसके हाथ से तलवार की मूठ मरते दम तक न छूटी थी। जब उसकी लाश निकालकर रखी गई तो दाहिने हाथ का पूरा पंजा तलवार की मूठ पर कसा था। टीपू की तरह वीर इन्सान की मिसाल मिलना मुश्किल है। उसे 'नूरे इस्लामोदीन' और 'शाहेशुदा' कहा गया है। टीपू की मृत्यु 4 मई सन् 1799 को हुई।

3

दक्षिण भारत में अंग्रेज अपनी सत्ता जमाने की कोशिशों में, हैदर अली और टीपू सुल्तान के साथ विश्वासघात कराकर भले ही सफल हो गए हों, लेकिन उनके सामने मराठा शक्ति अभी भी चुनौती बनी हुई थी। हैदर अली की मृत्यु से नाना फड़नवीस का सपना भले ही टूट गया हो, लेकिन वह यूं हार मानकर बैठने वाला न था। यूं भी मराठा मंडल की शक्ति कुछ कम न थी। अंग्रेज इस मराठा शक्ति को कमजोर बनाने की कोशिशों में जुटे थे। एक बार हम फिर लौटकर मराठा शक्ति के साथ अंग्रेजों के संघर्ष का जायजा लेने का प्रयास करते हैं। दरअसल कंपनी के रास्ते का एक जबरदस्त कांटा नाना फड़नवीस अभी मौजूद था। नाना फड़नवीस की नीति और सम्मान-दोनों में ही, महाराष्ट्र मंडल में, लगातार बढ़ोतरी हो रही थी। पूना में पेशवा के दरबार में उन दिनों चार्ल्स मैलेट नामक अंग्रेज प्रतिनिधि के रूप में रहता था। उसने पूना से अपने एक पत्र में लिखा–"जब तक पूना दरबार में नाना का जोर है, तब तक मराठा राज्य के अंदर मजबूती से अपना पैर जमा सकने की हमें सपने में भी आशा नहीं करनी चाहिए।" अंग्रेजों ने नाना फड़नवीस का कांटा रास्ते से हटाने की कोशिशें न की हों, ऐसा नहीं है–लेकिन उन्हें अपने उद्देश्य में सफलता नहीं मिली।

पेशवा की गद्दी पर उस समय माधोराव नारायण विराजमान था और वह पूरी तरह से नाना फड़नवीस के निर्देशों पर चलता था। ऐसी हालत में कंपनी अपनी किसी चाल में कामयाब नहीं हो सकती थी, क्योंकि न तो माधवराव नारायण उसके साथ था–न ही नाना फड़नवीस। लेकिन इसे दुर्भाग्य ही कहना होगा कि 25 अक्टूबर सन् 1795 को पेशवा माधोराव नारायण अपने महल के छज्जे से गिरकर मर गया। इस पेशवा की मृत्यु के बारे में ग्रांट डफ लिखता है–"25 अक्टूबर को सवेरे पेशवा जानबूझकर अपने महल के एक छज्जे से कूद पड़ा, उसके दो अंगों की हड्डियां टूट गईं और एक फव्वारे की नली से, जिसके ऊपर यह आकर गिरा और बहुत जख्मी हो गया। इसके बाद वह केवल दो दिन जिया।"

पेशवा माधोराव नारायण के कोई संतान न थी। मृत्यु के समय उसकी

आयु इक्कीस वर्ष की थी। उसके कोई पुत्र न होने के कारण, हिंदू रिवाज के अनुसार उसकी विधवा को गोद लेने का अधिकार मिला हुआ था। अंग्रेजों ने इस समय राघोबा के पुत्र बाजीराव को पेशवा बनाने का प्रयत्न किया। तुकाजी होलकर अंग्रेजों के कहने में था। जब वह पूना आया तो उसने पेशवा की गद्दी पर बाजीराव को बिठाने का पक्ष लिया। ग्रांट डफ लिखता है कि इस अवसर पर नाना फड़नवीस ने तुकाजी को यह कहकर समझाया था–"बाजीराव की मां ने शुरू से उसके दिल में तमाम पुराने मराठा नीतिज्ञों के खिलाफ द्वेष भर दिया है, बाजीराव के खानदान का अंग्रेजों के साथ जो संबंध है, वह मराठा साम्राज्य के लिए खतरनाक है। इस समय मराठा साम्राज्य के अंदर खास ऐक्य है, चारों ओर प्रजा खुशहाल है और यदि इसी नीति का सावधानी के साथ पालन होता रहा तो भविष्य में बहुत अधिक लाभ की आशा की जा सकती है।" ग्रांट डफ लिखता है कि इस तरह से समझाने पर तुकाजी होलकर और दूसरे सरदार भी नाना के साथ सहमत हो गए। नाना फड़नवीस दरअसल यह चाहता था कि पेशवा माधोराव नारायण की विधवा यशोदाबाई एक पुत्र गोद ले जिसे सब लोग मिलकर तय करें और वह पुत्र ही पेशवा की गद्दी पर बैठे। लेकिन नाना को अपनी यह योजना पूरी करने में सफलता न मिली।

उधर बाजीराव उस समय कैद में था। पूना का रेजीडेंट मैलेट नाना की चाल को समझ गया था। उसने बाजीराव को कैद से मुक्त कराकर, उसके समर्थकों से उसके पेशवा होने का ऐलान करा दिया। बाजीराव गद्दी पर बैठ गया और बैठते ही उसने महाराष्ट्र के सच्चे हितचिंतक नाना फड़नवीस को पकड़कर कैद में डलवा दिया। लिखा है–"बाजीराव निर्बल और कायर साबित हुआ। नाना फड़नवीस की भविष्यवाणी उसके विषय में बिल्कुल सच्ची निकली। बाजीराव आखिरी पेशवा था और उसके गद्दी पर बैठने के साथ ही साथ मराठा साम्राज्य के गौरव का अंत हो गया। बाजीराव की अयोग्यता से अंग्रेजों ने लाभ उठाकर भारत से पेशवा की सत्ता का सदा के लिए अंत कर दिया।" (भारत में अंग्रेजी राज : सुंदरलाल : पृष्ठ 311)

13 फरवरी सन् 1800 ई. को नाना फड़नवीस की मृत्यु हो गई। लिखा है–"पूना दरबार में नाना फड़नवीस ही एक जागरूक और दूरदर्शी नीतिज्ञ था, जो अंग्रेजों की चालों को थोड़ा बहुत समझता था। निस्संदेह, उसने अपने जीवन भर मराठा-मंडल के बल को बनाए रखने और भारत की स्वाधीनता की रक्षा करने के अनेक प्रयत्न किए। किंतु उसके रास्ते में कई रुकावटें थीं। एक तो वह स्वयं न पेशवा था और न सेनापति। दूसरे, मराठा मंडल के अंदर आए दिन

के परस्पर झगड़ों और अंग्रेज रेजिडेंटों की साजिशों ने उसे कामयाब न होने दिया। नाना की मृत्यु के साथ-साथ मराठा मंडल के पुनरुज्जीवन की रही सही आशा भी समाप्त हो गई और अंग्रेजों का रास्ता भारत के अंदर कहीं अधिक सरल हो गया। पेशवा बाजीराव स्वयं निर्बल और अदूरदर्शी था। जब तक दौलतराव सिंधिया और नाना फड़नवीस जैसे प्रौढ़ नीतिज्ञों का पूना के दरबार में प्रभाव रहा, तब तक अंग्रेज बाजीराव को जाल में न फंसा सके। बाजीराव को नाना और दौलतराव सिंधिया से लड़ाने के भी अंग्रेजों ने अनेक प्रयत्न किए। अब, जबकि नाना मर चुका था और सिंधिया उत्तर में था, बाजीराव को फंसाने की गवर्नर वेल्सली ने कोशिशें शुरू कर दीं। इस समय वेल्सली की मुख्य चाल यह थी कि दौलतराव के विरुद्ध बाजीराव के खूब कान भरे जाएं और किसी तरह बाजीराव को पूना से भगाकर एक बार अंग्रेजी इलाके में लाया जाए और वहां उससे सब्सिडियरी संधि पर दस्तखत करा लिए जाएं।" (भारत में अंग्रेजी राज : सुंदरलाल : पृष्ठ 387)

अंग्रेजों के चंगुल में बाजीराव

चूंकि बाजीराव पेशवा में कुटनीति की समझ न थी और न ही उसमें अंग्रेजों की चालों को समझने की दूरदर्शिता थी, इसलिए वेल्सली धीरे-धीरे अपने जाल में ऐसे फंसाता गया कि बाजीराव समझ ही न सका उसने अपने ही विरुद्ध कितना खतरनाक जाल बुन लिया है। गवर्नर जनरल यह चाहता था कि बाजीराव पेशवा हमारा मित्र होने के कारण, अंग्रेजी सेना को-जहां-जहां जरूरत हो, पेशवा के राज्य से होकर बे रोक-टोक आने-जाने की इजाजत दे दे। बाजीराव वेल्सली की इस चाल को समझ नहीं पाया कि इस इजाजत से पूरे पेशवा साम्राज्य पर अंग्रेजी सेना फैल जाएगी और अपना कब्जा जमा लेगी। इतिहासकार लिखते हैं कि बाजीराव ने सबसे पहली गलती यह की कि इतने महत्त्वपूर्ण मामले में, बिना दौलतराव सिंधिया से सलाह लिए, वेल्सली की बात मान ली और वही हुआ कि कर्नल वेल्सली ने तत्काल सैनिक आवश्यकता के बहाने, पेशवा के राज्य में घुसकर अनेक मौके के स्थानों पर चुपके से कब्जा कर लिया। इससे धीरे-धीरे वेल्सली की चाल का पता चल गया कि अंग्रेजी सेना का, पेशवा के राज्य में फैल जाने का उद्देश्य पूना पर चढ़ाई करना था।

अब वेल्सली यह कोशिश करने लगा कि पेशवा बाजीराव अंग्रेजों से सब्सिडियरी संधि पर हस्ताक्षर कर दे। जिसके तहत बाजीराव ने स्थायी तौर पर कंपनी की छह पैदल पलटनों और उसी के अनुसार तोपखाने का खर्च देना

स्वीकार कर लिया। लेकिन वेल्सली यह चाहता था कि यह सेना पेशवा के राज्य में रहे, जबकि बाजीराव का कहना था कि उस सेना को पेशवा के राज्य से बाहर रखा जाए और केवल आवश्यकता पड़ने पर ही बुलाया जाए और इसी बात पर मामला अटक गया। वेल्सली की इस चाल के पीछे जो गहरा उद्देश्य था वह 23 जून सन् 1802 को लिखे उस पत्र से स्पष्ट है जो वेल्सली के सेक्रेटरी एडमंस्टन ने कर्नल क्लोज को 'अत्यंत गोपनीय' पत्र बनाकर लिखा था। उसने लिखा–"एक ब्रिटिश सेना का खर्च बर्दाश्त करने का अर्थ यह है कि पेशवा ने जो शर्तें लगाई हैं, उनको मान लेने के बाद भी इतना तो हो ही जाता है कि वह रियासत कुछ हद तक ब्रिटिश साम्राज्य के अधीन हो जाती है और जब कोई भी राज्य किसी हद तक किसी दूसरी शक्ति के अधीन हो जाता है, तो फिर स्वभावत: उसकी पराधीनता बढ़ती जाती है। जब वह एक बार किसी विदेशी ताकत की मदद के सहारे अपने तईं सुरक्षित समझने लगता है, तब फिर उसकी सावधानी और जागरूकता में ढीलापन आने लगता है। जिस तरह की संधि का प्रस्ताव किया जा रहा है; उसका एक परिणाम यह भी होगा कि पूना का दरबार मराठा साम्राज्य के दूसरे सदस्यों से फूट जाएगा, जिससे ब्रिटिश सत्ता के ऊपर पेशवा की पराधीनता और भी अधिक गति से बढ़ती जाएगी। यदि हमने पेशवा के साथ इस तरह की संधि कर ली, तो फिर समस्त मराठा राज्यों के आपस में मिल जाने की संभावना जाती रहेगी।"

बाजीराव को अंग्रेज किसी न किसी तरह अपदस्थ और पराजित करना चाहते थे। विट्टोजी होलकर नामक पेशवा के एक शासक ने उनके विरुद्ध विद्रोह कर दिया और पेशवा की सेना ने उसे कत्ल कर दिया। वेल्सली ने इस हत्या के विरुद्ध जसवंतराव होलकर को भड़काया और पूना पर आक्रमण करने को उकसाया। जसवंतराव होलकर पूना की ओर बढ़ा। यह सुनकर 11 अक्टूबर सन् 1802 को पेशवा बाजीराव ने घबराकर वेल्सली की सारी शर्तें स्वीकार कर लीं।

उधर जसवंतराव होलकर ने पूना पर आक्रमण कर दिया। बाजीराव को अंत समय तक यही उम्मीद थी कि अंग्रेजों की सेना पूना पहुंचकर उसकी रक्षा करेगी। पर ऐसा न हुआ, न होना था। फिर अंग्रेजों ने बाजीराव को एक बार और गुमराह किया। उससे कहा कि तुम्हें फिर से पूना ले जाकर पेशवा की गद्दी पर बिठा दिया जाएगा, लेकिन इससे पहले एक नए संधि पत्र पर हस्ताक्षर करने होंगे और 31 दिसंबर 1802 को बाजीराव ने एक नए संधि पत्र पर दस्तखत कर दिए। इस संधि द्वारा बाजीराव ने सब्सिडियरी सेना का जुआ अपने कंधे पर रख

लिया, सबसीडियरी सेना को राज्य में रहने की इजाजत दे दी, उसके खर्च के लिए अपना एक इलाका कंपनी के नाम कर दिया और आइंदा के लिए वादा किया कि बिना अंग्रेजों की सलाह के पेशवा दरबार किसी दूसरे भारतीय नरेश के साथ किसी तरह का संबंध स्थापित न करेगा, और अन्य अनेक ऐसी शर्तें स्वीकार कर लीं जिन्हें पूना में रहते हुए वह कभी स्वीकार न करता। पेशवा बाजीराव अब सर्वथा अंग्रेजों की इच्छा के अधीन हो गया। इतिहासकार लिखते हैं–"बसई की संधि से पूरे मराठा मंडल की सत्ता और स्वाधीनता; दोनों समाप्त हो गईं, और अंग्रेजों तथा राघोबा के परस्पर संबंध के कारण, राघोबा के अदूरदर्शी और निर्बल पुत्र के पेशवा की गद्दी पर बैठाए जाने से, नाना फड़नवीस ने जो आशंकाएं बरसों पहले प्रकट की थीं, वे सच्ची साबित हुईं।"
(भारत में अंग्रेजी राज : सुंदरलाल : पृष्ठ 397)

बाजीराव फिर से पेशवा की गद्दी पर

गवर्नर जनरल वेल्सली की अब सारी इच्छाएं पूरी होती जा रही थीं। उसने बाजीराव को अब पेशवा की गद्दी पर फिर से बिठाकर उसे कठपुतली की तरह इस्तेमाल करने का निश्चय किया। फलत: 27 अप्रैल सन् 1803 को बसई से चलकर बाजीराव अंग्रेजों की सेना के साथ फिर पूना लौटा और पेशवा की गद्दी पर बैठ गया। लिखा है–"इस तरह गवर्नर जनरल और उसके साथियों की इच्छा पूरी हुई। किंतु महाराष्ट्र भर में अथवा पूना में बहुत कम लोग ऐसे थे जिन्होंने इस कार्रवाई में वास्तविक उत्साह अनुभव किया हो, अथवा उसे मराठा साम्राज्य के लिए अपमानजनक और भविष्य के लिए अशुभ सूचक न समझा हो।"

उस समय अंग्रेजों के दिल में क्या था और वे किस तरह की चालें चल रहे थे इसे मराठा मंडल के नरेश खूब समझ रहे थे। वे यह भी समझ रहे थे कि पेशवा का इस तरह विदेशियों के फंदे में फंस जाना, भविष्य में दूसरे मराठा नरेशों की स्वाधीनता के लिए शुभ सूचक नहीं हो सकता और न इसके बाद मराठा साम्राज्य ही अधिक समय तक कायम रह सकता है।

गवर्नर जनरल मार्क्विस वेल्सली की कौंसिल के एक प्रमुख सदस्य बारलो ने 12 जुलाई 1803 को जो पत्र लिखा था, उससे अंग्रेजों के उस समय के इरादे स्पष्ट हो जाते हैं। उसके उस पत्र का एक अंश इस प्रकार है: "हिंदुस्तान के अंदर कोई भी देशी राज्य ऐसा बाकी नहीं रहने देना चाहिए; जो या तो अंग्रेजों की ताकत के सहारे कायम न हो और या जिसका समस्त राजनीतिक कारोबार पूरी तरह अंग्रेजों के हाथों में न हो। वास्तव में मराठा साम्राज्य के प्रधान यानी

पेशवा को अंग्रेजी सत्ता के बल पर फिर से गद्दी पर बैठाने के कारण हिंदुस्तान की बाकी सब रियासतें भी अंग्रेज सरकार के अधीन हो गई हैं।"

दिल्ली सम्राट और अंग्रेज

दिल्ली के बादशाह शाहआलम के समय में अंग्रेज अपने को 'बादशाह की प्रजा' कहा करते थे। गवर्नर जनरल की मुहर पर भी 'दिल्ली के सम्राट का विशेष सेवक' शब्द लिखे रहते थे। सन् 1785 में माधवजी (महादजी) सिंधिया ने दिल्ली पर अपना प्रभाव जमा लिया था। मुगल सम्राट के सारे अधिकार माधवजी सिंधिया के पास आ गए थे। इसके बदले शाहआलम को केवल छह लाख रुपए सालाना दिए जाने लगे। शाहआलम सिंधिया परिवार से इतना खुश था कि उसने अपनी एक कविता में लिखा था–

"माधोजी सिंधिया फर्जन्द जिगर बंदेमन
हस्त मसरूफ तलाफिए सितमगारिए मा।"

अर्थात् माधोजी सिंधिया या मेरे जिगर का टुकड़ा और मेरा बेटा है। वह मेरे दुखों को दूर करने में लगा हुआ है।

ईस्ट इंडिया कंपनी का गवर्नर जनरल मार्क्विस वेल्सली एक चतुर कूटनीतिज्ञ था और वह दो लोगों में फूट डालकर अपना काम निकालने में माहिर था। उसने जब शाहआलम पर माधवजी सिंधिया का बढ़ता प्रभाव देखा तो यहां भी उसने फूट डालने की नीति चली। उसने शाहआलम को मराठों के खिलाफ भड़काया और दिल्ली को मराठों से खाली करवाकर ही दम लिया। अब मराठों की बजाए अंग्रेजों का दिल्ली पर अधिकार हो गया। बादशाह शाहआलम को खर्च के लिए बारह लाख रुपए सालाना दिए जाने लगे।

अंग्रेज चाहते थे कि किसी तरह मराठों को कमजोर कर दिया जाए। महाराजा दौलतराव सिंधिया और जसवंत राव होलकर–दो ऐसे मराठा वीर थे जो अंग्रेजों की आंख का कांटा बने हुए थे। अंग्रेजों ने जब इन दोनों के खिलाफ चालें चलीं तो ये दोनों एक हो गए। इस पर अंग्रेज घबरा गए। उन्होंने पहले दौलतराव सिंधिया से संधि की और ताप्ती तथा चंबल के बीच में सिंधिया ने जो इलाका जीता था वह उनका ही मान लिया। इसी तरह जसवंतराव होलकर से भी संधि कर ली गई। ताप्ती और गोदावरी के दक्षिण का सारा इलाका होलकर को वापस दे दिया गया।

जनरल वेल्सली ने गवर्नर जनरल को लिखे एक पत्र में (11 नवंबर सन् 1803) लिखा –"मैंने जगह-जगह अपने गुप्तचर नियुक्त कर रखे हैं, जो मुझे

मराठा सेनाओं की स्थिति, कूच इत्यादि की सूचना देते रहते थे। ये गुप्तचर सिंधिया और भोंसले की ही प्रजा के हैं और उन्हीं की मदद से सिंधिया की सेना के अनेक लोगों को अपनी तरफ मिला रखा है।" इस पत्र पर टिप्पणी करते हुए लिखा है–"अंग्रेजों का इस सरलता के साथ अनेक भारतीयों को अपने देश और अपने राजा के विरुद्ध विदेशियों की ओर मिला सकना प्रकट करता है कि भारतवासियों में उस समय देश और राष्ट्रीयता के भावों की भयंकर कमी थी।" (भारत में अंग्रेजी राज : सुंदरलाल : पृष्ठ 437)

दिल्ली में बादशाह शाहआलम की मृत्यु के बाद, उसका बेटा अकबरशाह गद्दी पर बैठा। अंग्रेजों ने अकबरशाह को अपमानित करने और उसे कमजोर बनाने की नीति चली। उससे उन्होंने जो वादे किए थे, उनसे वे मुकर गए।

अंग्रेजों का बढ़ता प्रभाव और विस्तारवादी नीति

11 सितम्बर सन् 1813 को मार्क्विस ऑफ हेस्टिंग्स नया गवर्नर जनरल बनकर भारत आया। अंग्रेजों का प्रभाव बढ़ाने और कंपनी का शासन फैलाने की दिशा में उसने सबसे खतरनाक काम यह किया कि भारत के उद्योग धंधों को नष्ट किया और भारत के धन से इंग्लैण्ड के उद्योगों को बढ़ाया। सन् 1813 में ब्रिटिश पार्लियामेंट में एक कानून भी पास किया गया जिसके जरिए भारत में केवल ईस्ट इंडिया कंपनी को व्यापार करने का जो अधिकार मिला हुआ था, वह छीन लिया गया और यह अधिकार हर अंग्रेज व्यापारी और हर अंग्रेज व्यक्ति के लिए सुलभ करा दिया गया। इसके अलावा सन् 1813 में ही पहली बार यह फैसला किया गया कि अब भारत के उद्योग धंधों को नष्ट किया जाए, इंग्लिस्तान के उद्योग धंधों को बढ़ाया जाए और फिर इंग्लिस्तान का बना हुआ माल जबरदस्ती भारतवासियों पर थोपा जाए।

'हिस्ट्री ऑफ ब्रिटिश इंडिया' का लेखक मिल, अंग्रेज इतिहासकार विलसन के हवाले से, इंग्लिस्तान में कपड़े के व्यापार की उन्नति और भारत में कपड़ा बनाने के धंधे का सर्वनाश करने के बारे में लिखता है–"यदि भारत स्वाधीन होता तो वह इसका बदला लेता, इंग्लिस्तान के बने हुए माल पर निषेधकारी महसूल लगाता और अपने यहां की कारीगरी को सर्वनाश से बचा लेता। किंतु उसे इस तरह की आत्मरक्षा की इजाजत न थी। वह विदेशियों के चंगुल में था। इंग्लिस्तान का बना माल बिना किसी तरह का महसूल दिए, जबरदस्ती उसके सिर मढ़ दिया गया और विदेशी कारीगरों ने एक ऐसे प्रतिस्पर्धी को दबाकर रखने और अंत में उसका गला घोंट देने के लिए, जिसके

 1857 स्वतंत्रता का महासंग्राम

साथ वे बराबरी की शर्तों पर मुकाबला न कर सकते थे, राजनैतिक अन्याय के शस्त्र का उपयोग किया।" (हिस्ट्री ऑफ ब्रिटिश इंडिया : मिल : खंड 7 पृष्ठ 385)

सुप्रसिद्ध इतिहासकार लेकी ने भी भारत का कपड़ा व्यापार नष्ट करने के लिए अंग्रेजों की निन्दा करते हुए लिखा है–"भारत के बने हुए कपड़े, उन दिनों इतने सुंदर, सस्ते और मजबूत होते थे कि 18वीं शताब्दी के शुरू में इंग्लिस्तान के कपड़ा बुनने वालों को, हिंदुस्तान के कपड़ों के मुकाबले में अपने रोजगार के नष्ट हो जाने का डर हो गया था। उसी समय से इंग्लिस्तान की पार्लियामेंट ने कानून बनाकर कई तरह के भारतीय कपड़ों का इंग्लिस्तान आना बंद कर दिया और दूसरे कई तरह के कपड़ों पर भारी महसूल लगा दिए। यह उपाय भी काफी साबित न हुए, तब सन् 1766 में इंग्लिस्तान के अंदर यदि कोई अंग्रेज महिला हिंदुस्तान के बने कपड़े की पोशाक पहनती थी तो उसे कानूनन सजा दी जाती थी।" (हिस्ट्री ऑफ इंग्लैण्ड इन दि एटीन्थ सेंचुरी : लेकी : खंड 7 पृष्ठ 255, 266, 320)

इस तरह कपड़ा, कागज, चीनी, जहाजरानी, लोहा आदि सभी महत्त्वपूर्ण उद्योगों को अंग्रेजों ने नष्ट कर दिया। लिखा है–"ईस्ट इंडिया कंपनी और अंग्रेज सरकार के जबरदस्त प्रयत्नों से उन्नीसवीं शताब्दी के अंत में भारत के प्राचीन उद्योग धंधे इतिहास मात्र रह गए और जो देश केवल करीब सौ साल पहले संसार का सबसे अधिक धनवान देश माना जाता था, वह सौ साल के विदेशी शासन के परिणामस्वरूप बीसवीं शताब्दी के शुरू तक संसार का सबसे अधिक निर्धन देश दिखाई देने लगा।" (भारत में अंग्रेजी राज : सुंदरलाल : पृष्ठ 584)

मार्क्विस ऑफ हेस्टिंग्स ने उद्योगों को नष्ट करने के साथ-साथ अपनी विस्तारवादी नीति भी चलाई। वह मराठों को कमजोर करके उनका इलाका हड़पना चाहता था। सन् 1811 में एलफिंस्टन पूना का रेजिडेंट नियुक्त किया गया। मार्क्विस ऑफ हेस्टिंग्स की खास नजर इस समय बाजीराव पेशवा के उर्वर प्रांतों पर थी, जिनकी सालाना मालगुजारी करीब डेढ़ करोड़ रुपए थी। ये इलाका किस तरकीब से हड़प लिया जाए, यह तरकीब खोजने की जिम्मेदारी हेस्टिंग्स ने एलफिंस्टन को सौंपी।

एलफिंस्टन ने बाजीराव को काफी परेशान करना शुरू किया और कई झूठे आरोप लगाए। इसी के साथ उसने पेशवा बाजीराव को बदनाम और कमजोर करने के कुछ "गुप्त उपाय" भी शुरू किए। इन "गुप्त उपायों" को सफल

बनाने का जिम्मा दो मराठा देशद्रोहियों को सौंपा गया था और इन्होंने वास्तव में पेशवाराज का अंत करने में एलफिंस्टन की बहुत मदद की। ये दो लोग थे-बालाजी पंत नातू और यशवंतराव घोरपदे।

पेशवाराज का अंत करने के लिए एलफिंस्टन चाहता था कि किसी बहाने से बाजीराव के साथ युद्ध हो जाए। उसने अपने रोजनामचे में 6 अप्रैल सन् 1817 को लिखा भी था-"मैं समझता हूँ, पेशवा के साथ कोई झगड़ा हो जाना अच्छा है।" स्पष्ट है कि अंग्रेज पूना पर आक्रमण करने की गुप्त तैयारी में जुट गए थे। उन्होंने अपने षड्यंत्र में बाजीराव को इस तरह फंसाया कि वह घबरा गया। उसने एक नई संधि के अनुसार सिंहगढ़, पुरंदर और रायगढ़ के किले कंपनी को सौंप दिए। फिर वह माहुली नामक तीर्थ में एक अंग्रेज अफसर सर जॉन मैलकम से मिला। उसने मैलकम से साफ कहा कि इस नई संधि पर मुझसे, संगीनों की नोंक पर, दस्तखत कराए गए हैं। उसने एलफिंस्टन के बुरे व्यवहार और विरोधी चालों की शिकायत भी की। मैलकम ने उत्तर में उसे यह सुझाव दिया कि आप एक सेना जमा करें जो पिंडारियों के खिलाफ अंग्रेजों की मदद करेगी। पेशवा बाजीराव मैलकम के कहने में आ गया और पूना आकर सेना जमा करने लगा। उधर सर जॉन मैलकम ने एलफिंस्टन को इशारा कर दिया। उसने बाजीराव द्वारा सेना जमा करने की बात गवर्नर जनरल को यह कहकर सूचित की कि वह अंग्रेजों से लड़ने की तैयारी कर रहा है। उसने यह भी लिखा कि बाजीराव के मुकाबले के लिए कंपनी की और अधिक सेना फौरन पूना भेजी जाए। बस, 30 अक्टूबर 1817 को जनरल स्मिथ और कर्नल बर के अधीन एक पूरी अंग्रेजी पलटन ने आकर, पूना शहर से चार मील दूर डेरा डाल दिया। पेशवा बाजीराव अंग्रेजों के इस विश्वासघात को समझ गया। उसके सेनापति बापू गोखले के नेतृत्व में सेना ने 5 नवंबर सन् 1817 को खड़की नामक स्थान पर अंग्रेजों की सेना से मुकाबला किया। घमासान युद्ध हुआ। किंतु बालाजी पंत नातू और यशवंतराव घोरपदे जैसे विश्वासघातियों के कारण पेशवा की सेना इतनी कमजोर हो गई थी कि विजय अंग्रेजों की हुई। बाजीराव के सामने अब अंग्रेजों के आगे समर्पण और सुलह करने के सिवाए कोई उपाए न था। सर जॉन मैलकम ने गवर्नर जनरल की आज्ञा के अनुसार बाजीराव को आठ लाख रुपया सालाना की पेंशन देकर कानपुर के पास गंगा किनारे बिठूर नामक स्थान पर भेज दिया। सर जॉन मैलकम ने यह जो कुछ किया, वह एक सोची समझी योजना के तहत किया। उसने इससे पहले गवर्नर जनरल को लिखा था-"मैं राजा से लेकर रंक तक-इस देश के सब लोगों की

          1857 स्वतंत्रता का महासंग्राम

भावनाओं से भली-भांति परिचित हूँ, इसलिए मैं निस्संकोच कह सकता हूँ कि अंग्रेज सरकार का यश और उसकी कुशल-दोनों इसी में है कि बाजीराव को कैद करने या मार डालने की बजाए, रजामंदी से उससे पदत्याग करवा कर पेंशन देकर कहीं भेज दिया जाए। यदि उसे मार डाला गया, तो लोगों को उस पर दया आएगी, कुछ की आकांक्षाएं जागेंगी और विदेशी शासन से असंतुष्ट लोग कभी भी, किसी भी नए हकदार के झंडे के नीचे जमा हो जाएंगे। यदि बाजीराव को कैद कर लिया गया, तो भी लोगों को सहानुभूति उसके साथ रहेगी और मराठों के दिलों में एक दिन बाजीराव के भाग निकलने और फिर से अपने देश को आजाद करने की आशा बनी रहेगी। किंतु यदि बाजीराव अपनी सेना को बरखास्त करके स्वयं पद त्याग दे, तो लोगों पर हमारे हित में बहुत अच्छा प्रभाव पड़ेगा।" (लाइफ ऑफ मालकम : सर जॉन के. : खंड 2 पृष्ठ 24)

इस तरह पेशवा बाजीराव का सारा राज्य कंपनी द्वारा शासित क्षेत्र में मिला लिया गया। इस तरह अंग्रेजों के हौंसले बढ़ते गए। उन्होंने महाराष्ट्र, मध्यप्रांत और मध्य भारत का बहुत सा इलाका अपने कब्जे में कर लिया। हेस्टिंग्स के जाने के बाद लॉर्ड विलियम बैंटिक गवर्नर जनरल बनकर आया और उसने भी भारत में अंग्रेजी राज की जड़ों को फैलाया और मजबूत बनाया।

अवध का राज्य कंपनी शासन में लिया

अवध के नवाब और कंपनी के बीच सन् 1801 में एक संधि हुई थी जिसमें अंग्रेजों ने वादा किया था कि नवाब का बाकी सब राज पीढ़ी दर पीढ़ी नवाब के शासन में कायम रहेगा और अंग्रेज उसमें कभी किसी तरह का दखल न देंगे। किंतु इसके बाद समय-समय पर अंग्रेज गवर्नर जनरलों ने किसी न किसी बहाने से अवध के नवाब से भारी मात्रा में धन वसूल किया। नतीजा यह हुआ कि अवध के नवाब की आर्थिक कठिनाइयां बढ़ने लगीं। इसके साथ ही एक अंग्रेज रेजीडेंट लखनऊ में रहने लगा जो शासन के छोटे-छोटे मामलों में भी दखल देने लगा।

सन् 1847 में वाजिदअलीशाह तख्त पर बैठे। नवाब वाजिदअलीशाह नौजवान, उत्साही और समझदार था। उसने अवध के शासन में अनेक सुधार किए। वह समझ गया था कि सेना को मजबूत बनाना जरूरी है। इसलिए उसने सेना के अनुशासन के लिए अनेक नए और कठोर नियम बनाए। उसने रोज अपने सामने सेना की परेड करानी शुरू की। वह स्वयं सूर्योदय से पहले

सेनापति की वर्दी पहनकर, घोड़े पर सवार होकर मैदान में पहुंच जाता था। यदि किसी पलटन को आने में देर हो जाती तो उससे दो हजार रुपए जुर्माना वसूल किया जाता। इतिहास लेखक मेटकाफ के अनुसार वाजिदअलीशाह अपने नियमों का इतना पाबंद था कि यदि कभी किसी कारण से उसे देर हो जाती तो इतना ही जुर्माना वह खुद अदा करता। पलटनों की यह परेड दोपहर तक चलती और वाजिदअलीशाह तब तक खुद मौजूद रहता था।

राज्य शासन और सैन्य संगठन में इतना अनुशासन और व्यवस्था भला अंग्रेजों को कैसे पसंद आ सकती थी। उन्होंने नवाब वाजिदअलीशाह पर अनेक तरह से दबाव डाला और कहा कि जब कंपनी की सेना आपकी रक्षा के लिए है तो आपको सेना रखने की क्या जरूरत है? आखिर दबाव इतना बढ़ा कि वाजिदअलीशाह को परेड में जाना बंद करना पड़ा। इससे प्रशासन में भी थोड़ा ढीलापन आ जाना स्वाभाविक था।

उस समय लॉर्ड डलहौजी गवर्नर जनरल था और अपनी विस्तारवादी नीति के तहत वह अवध को किसी न किसी बहाने से हड़पना चाहता था। इसलिए पहले उसने वाजिदअलीशाह को ऐयाश और चरित्रहीन कहकर बदनाम किया। फिर यह इल्जाम लगाया कि नवाब वाजिदअलीशाह रियासत में कोई सुधार नहीं कर रहे हैं। वह शासन के योग्य नहीं हैं, इसलिए अवध की सल्तनत को कंपनी राज में मिला लेना चाहिए। आखिर लॉर्ड डलहौजी के आदेश पर लखनऊ स्थित अंग्रेज रेजीडेंट आउटरम वाजिदअलीशाह के पास आया और उसने उनसे उस कागज पर हस्ताक्षर करने को कहा, जिस पर लिखा था–"मैं, वाजिदअलीशाह, खुशी से अपनी सल्तनत अंग्रेजों को देने के लिए राजी हूँ।" उस कागज को पढ़कर वाजिदअलीशाह ने दस्तखत करने से इंकार कर दिया। रेजीडेंट ने उन पर बहुत जोर डाला, धमकाया और रिश्वत देकर दस्तखत करवाने की कोशिश की। तीन दिन तक उसने इंतजार किया। पर वाजिदअलीशाह ने दस्तखत नहीं किए। इस पर कंपनी की सेना ने लखनऊ में जबरदस्ती प्रवेश किया। उसने वाजिदअलीशाह को कैद करके कलकत्ते भेज दिया। महलों को लूटा गया। बेगमों को अपमानित किया गया। वाजिदअलीशाह पर ऐयाशी के जो झूठे इल्जाम लगाए गए थे, उन्हीं के आधार पर, एक अच्छे चरित्र वाले नवाब की गलत छवि इतिहास की पुस्तकों में अंग्रेजों ने पेश की।

लॉर्ड डलहौजी की साम्राज्य-विस्तारवादी नीति

सन् 1857 के महासंग्राम के एक अत्यंत महत्त्वपूर्ण कारणों में लॉर्ड

डलहौजी की साम्राज्य विस्तारवादी नीति की चर्चा विस्तार से आवश्यक है। लिखा है कि लॉर्ड ऑकलैंड के समय में इंग्लिस्तान के अंदर लॉर्ड लैंसडाउन के मकान पर वहां के मंत्रियों और खास-खास नीतिज्ञों की एक सभा हुई थी, जिसमें यह निश्चय किया गया था कि हमें भारत में अपने मित्र देशी नरेशों के राज्यों को, जिस तरह बन पड़े, अपने साम्राज्य में मिलाकर अपनी सालाना आमदनी को बढ़ाना चाहिए। इसी निश्चित नीति के अनुसार लॉर्ड डलहौजी ने एक-एक कर भारत के रहे सहे देशी राज्यों का खात्मा करना शुरू कर दिया था।

पंजाब के महाराजा रणजीत सिंह के साथ कंपनी का जो समझौता हुआ था, उसे डलहौजी ने ठुकरा दिया था और पंजाब पर हमला कर दिया। इस युद्ध में सिख सेना की पराजय हुई। इतिहासकार ने लिखा है–"भारतीय चरित्र का वह पतन; जिसके कारण अंग्रेजों ने इस देश में अपना साम्राज्य कायम किया, किसी भी दूसरे प्रांत के इतिहास में इतनी बार और इतने जोरों के साथ नहीं चमकता, जितना पंजाब के इतिहास में। सौ साल पहले एक अंग्रेज अफसर ने लिखा था–"हमें फौरन यह स्वीकार कर लेना चाहिए कि भारत के एक संग्राम में हमारी विजय का कारण इतना अधिक हमारे अपने शानदार कारनामें नहीं हैं जितना कि एशियाई चरित्र की दुर्बलता। उसी उसूल पर हमें यह समझ रखना चाहिए कि जब कभी भारत की आबादी का बीसवां हिस्सा भी इतना दूरदर्शी और इतना चालाक हो जाएगा, जितने हम हैं, तो हमें फिर उतनी ही तेजी से पीछे हटकर वैसी ही एक तुच्छ चीज बन जाना पड़ेगा, जैसे हम पहले थे।" (एशियाटिक जर्नल सन् 1821 में कर्नाटिक्स) लिखा है, "निस्संदेह पंजाब के राजनैतिक पतन का मुख्य कारण, पंजाब के उस समय के राजनैतिक नेताओं और प्रभावशाली कुलों के चरित्र का आश्चर्यजनक पतन था। जो लोग सिख साम्राज्य के प्रमुख स्तंभ थे, वह भी स्वार्थी, विश्वासघाती और देशद्रोह की मूर्ति साबित हुए।" (भारत में अंग्रेजी राज : सुंदरलाल : पृष्ठ 758)

29 मार्च सन् 1849 को गवर्नर जनरल लॉर्ड डलहौजी ने एक ऐलान प्रकाशित किया जिसमें सिखों की हुकूमत का आइंदा के लिए खात्मा कर दिया गया। पंजाब पर अंग्रेजों की हुकूमत कायम हो गई और पंजाब ब्रिटिश भारतीय साम्राज्य का एक प्रांत बन गया। लिखा है–"यह ध्यान देने योग्य बात है कि जब पंजाब के बहुत से मुसलमानों ने अंग्रेजी सत्ता के बहकावे में आकर विदेशी आक्रामकों का साथ दिया, उसी समय अफगानिस्तान का अमीर दोस्त मोहम्मद खां, सिखों और लाहौर दरबार के साथ पूरी सहानुभूति प्रकट कर रहा था। इतना

ही नहीं, बल्कि लॉर्ड डलहौजी का बयान है कि दोस्त मोहम्मद खां और उसके पठान, सिखों को मदद तक दे रहे थे। हमें यह याद रखना चाहिए कि ठीक उसी समय बहावलपुर और दूसरे स्थानों के हजारों मुसलमान, दीवान मूलराज के झंडे के नीचे आकर जमा हो रहे थे। फिर भी, यदि पहले सिख युद्ध में तेजसिंह और लालसिंह मौजूद थे तो दूसरे सिख युद्ध में शमसुद्दीन और नूरुद्दीन मौजूद थे। हिंदू हों या मुसलमान-इसमें संदेह नहीं कि दूसरे भारतवासियों के समान पंजाब के लोगों का चरित्र भी उस समय देश के लिए अहितकर सिद्ध हो रहा था। राष्ट्रीयता की भावना का उनमें अभाव था। यही कारण था कि शासन की योग्यता, असीम वीरता, युद्ध कौशल और साहस के होते हुए भी वे अल्पसंख्यक, कायर; अकुशल किंतु चालाक विदेशियों के एक दो झोंकों के सामने निःसत्व होकर गिर पड़े।” (भारत में अंग्रेजी राज : सुंदरलाल : पृष्ठ 780)

वह उल्लेखनीय बात है कि डलहौजी ने बिना युद्ध लड़े आठ और हिंदुस्तानी राज्यों के अस्तित्व का अंत कर दिया। इस तरह उसने अपनी विस्तारवादी नीति से एक विशाल मराठा साम्राज्य को अंग भंग कर डाला। डलहौजी ने जिस नीति के अनुसार सतारा, नागपुर, झांसी, सम्बलपुर; जेतपुर, तंजौर और कर्नाटक को अंग्रेजी राज में मिलाया, उसे अंग्रेजी में “लैप्स” कहा गया। “लैप्स” का अर्थ यह था कि जिन देशी नरेशों ने कंपनी के साथ मित्रता की संधि कर रखी थी अथवा जिनके पूर्वजों की सहायता से कंपनी ने भारत में अपना राज कायम किया था, उनमें से किसी के मर जाने पर, यदि उसके कोई पुत्र न हो तो उसकी समस्त रियासत पर अंग्रेज कंपनी का हक हो जाता था और कंपनी तुरंत उस रियासत पर कब्जा कर लेती। पुत्र न होने की सूरत में अपने किसी नजदीकी रिश्तेदार को गोद लेने का हक हर भारतवासी को धर्म और रिवाज, दोनों के अनुसार सदा से रहा है। पति के पुत्रहीन मरने पर उसकी विधवा को गोद ले लेने का हक होता है। यह हक और गोद लेने की प्रथा अत्यंत प्राचीन समय से भारत में चली आ रही है। लेकिन डलहौजी की “लैप्स” नीति के अनुसार, उस भारतीय राजा को जिसने बदकिस्मती से अंग्रेजों से दोस्ती कर ली हो, या उसकी विधवा महारानी को गोद लेने का कोई हक न था। गोद लिए हुए पुत्र को गद्दी का अधिकारी न माना जाता था, और न ही ऐसी सूरत में किसी भाई, भतीजे, चाचा, पुत्री आदि को गद्दी का हकदार माना जाता था। इस विचित्र नीति पर अमल करके लॉर्ड डलहौजी ने रियासतों को हड़प लिया था। इनमें कई बड़ी और महत्त्वपूर्ण रियासतें थीं और उनका हड़पा

जाना, सन् 1857 के विद्रोह का एक कारण बना।

झांसी पर पेशवा का एक सूबेदार शासन किया करता था। कंपनी ने सन् 1817 में झांसी के राजा रामचंद्रराव के साथ मित्रता की संधि की थी, जिसमें वादा किया गया था कि झांसी का समस्त राज "सदा के लिए राजा रामचंद्रराव, उसके उत्तराधिकारियों और वंशजों के शासन में पैतृक रूप से रहने दिया जाएगा।" (एचिसंस ट्रीटीज, परिवर्द्धित संस्करण) उस समय झांसी पर राजा गंगाधर राव शासन कर रहे थे। उनका विवाह लक्ष्मीबाई से हुआ था जो पेशवा के एक सेवक मोरोपंत की बेटी थीं और बिठूर में पेशवा के यहां रहती थीं। 21 नवंबर सन् 1853 को गंगाधर राव का देहांत हुआ। मृत्यु के समय गंगाधर राव की उम्र अधिक थी और उनके कोई संतान न थी। इसलिए उन्होंने विधिवत् दामोदर राव नामक एक बालक को गोद ले लिया था। दामोदर राव, गंगाधर राव के कुल का ही था। मेजर ईवांस बेल लिखता है–"गोद लेने का संस्कार बिल्कुल ठीक-ठीक हिंदू शास्त्र की मर्यादा के अनुसार किया गया। अंग्रेज अफसर संस्कार में मौजूद थे और राजा ने मरने से पहले बाजाब्ता पत्र द्वारा अंग्रेज सरकार को उसकी सूचना दे दी थी।" (एम्पायर इन इंडिया : मेजर ईवांस बेल; पृष्ठ 212-13) लेकिन इसके बावजूद डलहौजी ने 27 फरवरी 1854 को फैसला किया कि दत्तक पुत्र को राज करने का कोई अधिकार नहीं है। 13 मार्च 1854 को एक ऐलान द्वारा झांसी की रियासत जबरदस्ती कंपनी के राज में मिला ली गई। यह डलहौजी का सरासर अन्याय था और अंग्रेज इतिहास लेखकों ने भी इसकी निंदा की है।

इसी प्रकार सन् 1801 की संधि के अनुसार कर्नाटक और कंपनी के बीच समझौता हुआ था। सन् 1855 में जब कर्नाटक के नवाब मोहम्मद गौस का देहांत हुआ और उसके उत्तराधिकारी अजीमशाह को अंग्रेजों ने नवाब स्वीकार करने से ही इंकार कर दिया। मद्रास के गवर्नर लॉर्ड हैरिस ने लॉर्ड डलहौजी को लिखा–"कर्नाटक के नवाब की सत्ता केवल एक दिखावटी तमाशा है, किंतु किसी भी समय वह हमारे विरुद्ध विद्रोह और आंदोलन का एक केंद्र बन सकती है। इसलिए इस तमाशे को जारी रखना अब बुद्धिमत्ता नहीं है।" डलहौजी को हैरिस का सुझाव ठीक लगा और उसने कर्नाटक का इलाका अंग्रेजी राज में मिला लिया।

पेशवा बाजीराव के साथ भी सन् 1818 में कंपनी ने एक संधि की थी और यह तय हुआ था कि "उसके कुटुम्बियों और उसके आश्रितों के पोषण के लिए आठ लाख रुपया सालाना देते रहने का वादा किया था। सन् 1827

में बाजीराव ने नाना धुंधूपंत को गोद लिया। नाना की आयु उस समय तीन साल की थी। कानपुर के पास बिठूर में उस समय पेशवा के साथ लगभग आठ हजार पुरुष, स्त्री और बच्चे रहा करते थे। इन सबका पोषण इसी आठ लाख रुपए सालाना की पेंशन से होता था। बाजीराव की मृत्यु से पहले पेंशन के 62 हजार रुपए कंपनी की तरफ बकाया थे। लॉर्ड डलहौजी ने न केवल नाना को उत्तराधिकारी मानने से इंकार किया बल्कि शेष 62 हजार रुपए देने से भी इंकार कर दिया। साथ में उसने नाना साहब को यह नोटिस भी दे दिया कि बिठूर की जागीर भी तुमसे जिस समय चाहे-छीन ली जाएगी। यह नाना साहब के साथ अन्याय था और इसे सर जॉन के, चार्ल्स बाल, ट्रेवेलियन और मार्टिन-चारों अंग्रेज इतिहासकारों ने स्वीकार किया है कि न्याय नाना के पक्ष में था।

लॉर्ड डलहौजी की इस अपहरण और विस्तारवादी नीति के क्या परिणाम होते थे, इसे मद्रास कौंसिल के सदस्य जॉन सुलिवान ने लिखा है-"जब किसी देशी रियासत का अंत किया जाता है, तो वहां के नरेश को हटाकर एक अंग्रेज उसकी जगह नियुक्त कर दिया जाता है। उस अंग्रेज को 'कमिशनर' कहा जाता है। तीन या चार दर्जन खानदानी देशी दरबारियों और मंत्रियों के स्थान पर कमिशनर के तीन या चार सलाहकार नियुक्त कर दिए जाते हैं। यह पुराना छोटा-सा दरबार लुप्त हो जाता है, वहां का व्यापार ढीला पड़ जाता है, राजधानी वीरान हो जाती है, लोग निर्धन हो जाते हैं, अंग्रेज फलते हैं और स्पंज की तरह गंगा के किनारे से धन खींचकर उसे टेम्स के किनारे जाकर निचोड़ देते हैं।" (ए प्ली फॉर दि प्रिंसेस ऑफ इंडिया : जॉन सुलिवान : पृष्ठ 67)

भारतीय रियासतों के अपहरण की प्रतिक्रिया को इतिहास लेखक लुडलो ने इन शब्दों में व्यक्त किया है: "निस्संदेह यदि इस तरह के हालात में जिन नरेशों की रियासतें अंग्रेजी राज में मिला ली गईं, उनके पक्ष में अंग्रेजों के विरुद्ध भारतवासियों के भाव न भड़क उठते, तो भारतवासियों को मनुष्यता से गिरा हुआ कहा जाता। निस्संदेह एक भी स्त्री ऐसी न होगी, जिसे इन रियासतों के अपहरण ने हमारा शत्रु न बना दिया हो; एक भी बच्चा ऐसा न होगा जिसे हमारे इन कामों के कारण फिरंगी राज के विरुद्ध आरंभ से घृणा की शिक्षा न दी जाती हो।" (थॉट्स ऑन दि पॉलिसी ऑफ द क्राउन; लुडलो ; पृष्ठ 35-36)

दिल्ली का अंतिम मुगल सम्राट

शाहआलम के बेटे अकबरशाह की मृत्यु सन् 1837 में हुई। अकबरशाह

को अंग्रेजों ने बहुत परेशान किया था और उसे अपमान और नफरत भरी जिंदगी बिताने पर मजबूर किया। अकबरशाह ने अपने बेटे मिर्जा जहांगीर को युवराज बनवाना चाहा। लेकिन अंग्रेजों ने उसके इस प्रस्ताव को कोई महत्त्व नहीं दिया, कारण यह था कि मिर्जा जहांगीर अंग्रेजों से नफरत करता था। उसे युवराज बनाने की कोशिशों को देखकर अंग्रेजों ने किसी बहाने से उसे इलाहाबाद भेजकर वहां नजरबंद कर दिया। सन् 1837 में अकबरशाह की मृत्यु हो गई। तब उसका बेटा बहादुरशाह जफर गद्दी पर बैठा।

शाहआलम के साथ अंग्रेजों ने जो ‘इकरारनामा’ किया था, उसकी पूरी शर्तें अंग्रेज मानने में टालमटोल करते रहे। अकबरशाह ने बहुत कोशिशें कीं, लेकिन अंग्रेजों ने उन शर्तों को पूरा करने की कोई परवाह न की। इसके बाद जब बहादुरशाह गद्दी पर बैठा तो उसने भी ‘इकरारनामे’ की शर्तें पूरी करने के लिए अंग्रेजों को कहा। उसने यह भी कहा कि मुझे खर्च के लिए जो रकम दी जाती है, वह भी बढ़ा दी जाए। इस समय बहादुरशाह को जवाब दिया गया कि यदि आप अपने और अपने वंशजों के रहे-सहे अधिकार भी विधिवत् कंपनी को सौंप दें तो खर्च की रकम बढ़ाई जा सकती है। लेकिन बहादुरशाह ने इस प्रस्ताव को मंजूर न किया। इससे बादशाह और उसकी प्रजा के दिल में अंग्रेजों के प्रति नफरत और गुस्सा भर गया।

दिल्ली में जो अंग्रेज रेजीडेंट रहता था वह गवर्नर जनरल से मिलकर यह कोशिश कर रहा था कि कुछ ऐसा खेल खेला जाए कि ‘बादशाह’ की उपाधि भी खत्म कर दी जाए। बाकी सब जो नष्ट किया जा चुका था, उसका खुलासा इस एक पत्र से लगता है जो रेजीडेंट को गवर्नर जनरल ने उसके प्रस्ताव के उत्तर में लिखा था कि क्यों न ‘बादशाह’ की उपाधि खत्म कर दी जाए। गवर्नर जनरल लॉर्ड डलहौजी ने लिखा–“सम्राट के ऊपरी वैभव और ऐश्वर्य के अनेक भूषण उतर चुके हैं, जिससे उस वैभव की पहले-सी चमक-दमक नहीं रही, और सम्राट के वे अधिकार, जिन पर तैमूर के कुल वालों को घमंड था, एक-दूसरे के बाद छिन चुके हैं, इसलिए बहादुरशाह के मरने के बाद, कलम के एक डोब से ‘बादशाह’ की उपाधि का अंत कर देना कुछ भी कठिन नहीं है। बादशाह की नजर, जो गवर्नर जनरल और कमांडर इन चीफ देते थे, बंद हो गई है। कंपनी का सिक्का, जो बादशाह के नाम से ढाला जाता था, वह भी बंद कर दिया गया। गवर्नर जनरल की मोहर में जो पहले ‘बादशाह का फिदवी-ए-खास’ (बादशाह का खास सेवक) ये शब्द रहते थे, वे निकाल दिए गए और हिंदुस्तानी रईसों को मनाही कर दी गई कि वे भी अपनी मोहरों में

बादशाह के प्रति ऐसे शब्दों का प्रयोग न करें। इन सब बातों के बाद अब अंग्रेज सरकार ने फैसला कर लिया है कि दिखावे की कोई भी ऐसी बात बाकी न रखी जाए, जिससे हमारी गवर्नमेंट, बादशाह के अधीन मालूम हो। इसलिए दिल्ली के 'बादशाह' की उपाधि, एक ऐसी उपाधि है, जिसका रहने देना हमारी गवर्नमेंट की इच्छा पर निर्भर करता है।" (ख्वाजा हसन निजामी कृत "देहली की जांकनी" से)

अंग्रेजों का बहादुरशाह के साथ लगातार अपमानजनक व्यवहार, उसके बेटे जवांबख्त को युवराज बनाने से इंकार, खर्च की राशि बढ़ाने से इंकार और बादशाह के खिलाफ गुप्त साजिशों ने बादशाह और उसकी प्रजा के दिल में नफरत और गुस्से की आग भड़का दी थी।

भारत में ईसाई मत का प्रचार

ईस्ट इंडिया कंपनी के अंग्रेजों ने, भारत में व्यापार और साम्राज्य स्थापित करने के मामलों में तो खुलेआम काम किया। लेकिन इसी के साथ धीरे-धीरे, अपने बढ़ते प्रभाव का उपयोग करते हुए, उनके अंदर के ईसाई-धर्म के प्रचार संबंधी भावों ने भी प्रकट होना शुरू किया। गवर्नर जनरल मार्क्विस वेल्सली ने जिस उत्साह से अपने राजनैतिक उद्देश्यों की पूर्ति की, उसी तरह ईसाई धर्म के प्रचार में भी दिलचस्पी ली और इस दिशा में भी अपनी कोशिशें शुरू कर दीं। लिखा है–"वेल्सली ने भारत आते ही सबसे पहले ईसाई धर्म के अनुसार अंग्रेजी इलाके के अंदर रविवार को छुट्टी मनाया जाना जारी किया। उस दिन समाचार पत्रों का छपना तक कानूनन बंद कर दिया गया। कलकत्ते के फोर्ट विलियम में उसने एक कॉलेज की स्थापना की। इस कॉलेज का एक उद्देश्य विदेशी सरकार के लिए सरकारी नौकर तैयार करना था। वेल्सली के जीवन-चरित का लेखक आर.आर. पियर्स साफ लिखता है कि यह कॉलेज भारतवासियों में ईसाई धर्म को फैलाने का भी एक मुख्य साधन था। इस कॉलेज के जरिए भारत की सात अलग-अलग भाषाओं में इंजील का अनुवाद करवाकर, उसका भारतीयों में प्रचार किया गया। मार्क्विस वेल्सली न अपने व्यक्तिगत जीवन में चरित्रवान था और न सार्वजनिक जीवन में अपने से पहले के किसी भी गवर्नर जनरल से अधिक ईमानदार था, फिर उसकी इस ईसाई धर्मनिष्ठा के लिए अंग्रेज इतिहासकारों ने उसकी प्रशंसा की।" (भारत में अंग्रेजी राज : सुंदरलाल : पृष्ठ 322)

जैसे-जैसे भारत में अंग्रेजों का शासन बढ़ता गया, उनकी ईसाई-धर्म-प्रचार

की नीति को भी विस्तार मिलता गया। शुरू में मद्रास प्रांत में लोगों ने बड़ी संख्या में ईसाई धर्म स्वीकार किया। लॉर्ड विलियम बैंटिंक जब मद्रास का गवर्नर था सर जॉन क्रेडक सेना-प्रमुख था-तो इन दोनों ने मिलकर मद्रास प्रांत में बड़े उत्साह से ईसाई धर्म को बढ़ावा दिया। यह भी लिखा गया है कि लॉर्ड विलियम बैंटिंक ने एक फ्रांसीसी ईसाई पादरी को आठ हजार रुपए नकद देकर भारतवासियों के धार्मिक और सामाजिक रस्मोरिवाज पर एक किताब लिखी। इस किताब में भारतवासियों की घोर निंदा की गई और उनको अपशब्द कहे गए। इस किताब को भारत के ही खर्च पर छपवाया गया और उसकी प्रतियां इंग्लैण्ड में बांटी गईं। दरअसल इस किताब के जरिए यह जताने की कोशिश की गई थी कि हिंदुस्तानी लोग एकदम जंगली हैं और उनके उद्धार के लिए अंग्रेजों का शासन आवश्यक है।" (इंसाइक्लोपीडिया ब्रिटेनिका : खंड 8, पृष्ठ 624; ग्यारहवां संस्करण)

सुप्रसिद्ध अंग्रेज विद्वान हरबर्ट स्पेंसर ने लिखा है कि अंग्रेजों ने बड़े ही "कपटी स्वेच्छाशासन" के जरिए इस देश की पराधीनता को बनाए रखने के उपाय किए और इसके लिए देशी सिपाहियों का ही उपयोग किया। इसी तरह हमको ही हथियार बनाकर, हमारे खिलाफ ही उसका प्रयोग करके उन्होंने अपने कपटी चरित्र का परिचय भारतवासियों को ईसाई बनाकर दिया। उस समय ईसाई शासक, ईसाई मत प्रचारकों को हर तरह की सुविधा ओर सहायता देते थे। पादरी लोग जहां कहीं जाना चाहते थे, अंग्रेज सरकार से उन्हें पासपोर्ट मिल जाते थे। उनके नोटिस, प्रचार पत्रिकाएं आदि सब सरकारी छापाखानों में मुफ्त छापकर दी जाती थीं। किले के अंदर भारतीय सिपाहियों में प्रचार करने की उन्हें खास सुविधाएं दी गई थीं। त्रिवांकुर जैसी देशी रियासतों में भी राजाओं और दीवानों के ऊपर जोर देकर ईसाई मत प्रचार के लिए खास सुविधाएं करा दी जाती थीं। (रेवरेंड सिडनी स्मिथ : एडिनबर्ग रिव्यू, फॉर 1807, ऑन दि कनवर्शन ऑफ इंडिया) इसी के साथ मद्रास प्रांत की हिंदुस्तानी सेना को यह ओदश किए गए कि कोई सिपाही परेड के समय ड्यूटी पर या वर्दी पहने हुए अपने माथे पर तिलक आदि धार्मिक चिह्न न लगाएं और न कानों में बालियां पहनें। हिंदू मुसलमान सब सिपाहियों को हुक्म दिया गया कि अपनी दाढ़ियां मुंडवा दें और सब लोग एक तरह की कटी हुई मूछें रखें। (मद्रास के सिपाहियों को निर्देश 1806)

निष्कर्ष यह कि एक ओर कंपनी सरकार भारत के पूर्व, पश्चिम, उत्तर, दक्षिण और मध्य प्रांत की तमाम रियासतों पर कब्जा कर रही थी और अपना

प्रभाव बढ़ा रही थी और दूसरी ओर ईसाई मत का प्रचार भी होने लगा था। उस समय अंग्रेजों ने जो नीति अपनाई थी उसका परिचय एक अंग्रेज विद्वान रेवरेंड केनेडी के इन शब्दों में मिलता है-"हम पर कुछ भी आपत्तियाँ क्यों न आएं, जब तक भारत में हमारा साम्राज्य कायम है, तब तक हमें यह नहीं भूलना चाहिए कि हमारा मुख्य कार्य उस देश में ईसाई मत को फैलाना है। जब तक कन्याकुमारी से लेकर हिमालय तक सारा हिंदुस्तान ईसा के मत को ग्रहण न कर ले और हिंदू-मुसलमानों के धर्मों की निंदा न करने लगें, तब तक हमें लगातार प्रयत्न करने चाहिए। इस काम के लिए हम जितने भी प्रयत्न कर सकें, हमें करना चाहिए। हमारे हाथों में जितने अधिकार और जितनी सत्ता है, उसका इसी के लिए उपयोग करना चाहिए।"

ईसाई मत के प्रचार की इस नीति के कारण भारतीय जनता में असंतोष फैलने लगा था। अंग्रेज यह भी मानते थे कि किसी जाति को अधिक समय तक पराधीन रखने के लिए उनमें किसी तरह का राष्ट्रीय अभिमान या अपनी प्राचीन श्रेष्ठता तथा आन-बान की भावना नहीं रहने देनी चाहिए। अंग्रेजों की इसी नीति ने देश में असंतोष, आक्रोश और विद्रोह भड़काया।

4

1857 : क्रांति के कारण

"स्वतंत्रता प्रत्येक का प्रकृतिप्रदत्त अधिकार है और इसलिए इस पवित्र अधिकार का अपहरण करने की इच्छा के अत्याचार को मिटाना भी प्रत्येक का प्रकृतिप्रदत्त कर्तव्य है। व्यक्ति की, राष्ट्र की एवं मनुष्य की जाति की प्रगति के लिए उसमें चैतन्य चाहिए। परंतु जहां स्वतंत्रता नहीं होती वहां चैतन्य रहना संभव नहीं। जो लोगों की स्वतंत्रता छीन लेता है, वह लोगों की प्रगति का विरोध कर पर पीड़न का अक्षम्य पाप करता है। इतना ही नहीं, अपितु अनजाने सारी मानव जाति का अर्थात् अपनी ही गर्दन पर कुल्हाड़ी मारकर आत्महत्या के भयंकर पाप का भी भागीदार हो जाता है। यह पाप करके आज तक किसका उद्धार हुआ है? ये गुलामी की बेड़ियां परमेश्वर की इच्छा के विरुद्ध अपने मानवी बंधुओं के पैरों में जकड़कर आज तक किस पक्ष की विजय हुई है? स्वतंत्रता और गुलामी के झगड़े में अंतिम जय स्वतंत्रता की होती है।" (अठारह सौ सत्तावन के स्वतंत्रता संग्राम में विनायक दामोदर द्वारा उद्धृत मेजिनी के विचार : पृष्ठ 30-31) एक अन्य लेखक सीले को भी उद्धृत करते हुए कहा है–"अंग्रेजों का हिंदुस्तान से संबंध प्रकृति से मजाक है। इन दो देशों में किसी तरह का प्राकृतिक बंधन नहीं है। उनका रक्त भिन्न है।" पर यह सब भूलकर जिस वर्ष क्लाइव ने स्वार्थ और अन्याय का साम्राज्य स्थापित करने के लिए प्लासी के मैदान पर रक्त-मांस की नींव रखी, उसी सन् 1757 के ही वर्ष इस क्रांति युद्ध का संकल्प लिया गया।" (इंग्लैंड का विस्तार, पृष्ठ 214)

इतिहासकार सुंदरलाल लिखते हैं–"आज हम प्लासी का बदला चुकाएंगे" ऐसे नारे सन् 1857 में अनगिनत लड़ाइयों के दौरान, भारतीय सिपाहियों के मुख से निकलते हुए सुनाई देते थे। सन् 1857 के मई-जून के महीनों में छपे दिल्ली के हिंदुस्तानी अखबारों में यह भविष्यवाणी छपी थी कि ठीक प्लासी की शताब्दी के दिन यानी 23 जून 1857 को भारत के अंदर अंग्रेजी राज का अंत हो जाएगा। इस भविष्यवाणी का उत्तर से दक्षिण और पूरब से पश्चिम तक सारे भारत में ऐलान कर दिया गया और इसमें कोई संदेह नहीं कि क्रांति में भाग

लेने वाले भारतवासियों के दिलों पर इसका बहुत असर पड़ा था।" (भारत में अंग्रेजी राज : सुंदरलाल : पृष्ठ 804)

सन् 1857 की क्रांति क्यों हुई? इस प्रश्न के उत्तर में इतिहासकारों में मतभेद है। किंतु ऐतिहासिक तथ्यों के आधार पर जो कुछ कहा गया है, वह सच सबके सामने रहा है। लिखा है "प्लासी के समय से ही अनेक भारतवासियों के दिलों में अंग्रेजों और अंग्रेजी राज्य के विरुद्ध क्रोध और असंतोष के भाव बढ़ते जा रहे थे। क्लाइव के समय से लेकर डलहौजी के समय तक जिस तरह कंपनी के प्रतिनिधियों ने अपने गंभीर वादों और दस्तखती संधियों की परवाह न कर भारत के अगणित राजकुलों को पद-दलित किया और उनकी रियासतों को एक-एक कर अंग्रेजी राज में शामिल किया, जिस तरह देश के प्राचीन उद्योग धंधों को नष्ट कर लाखों भारतवासियों से उनकी जीविका छीनी, जिस तरह असहाय बेगमों और रानियों के महलों में घुसकर उन्हें लूटा और उनका अपमान किया और गोरखपुर तथा बनारस के समान लाखों भारतीय किसानों को उनकी पैतृक संपत्ति और जमीनों से बाहर निकालकर गृहविहीन बना दिया, जिस तरह जमींदारों की जमींदारियां जब्त करके असंख्य प्राचीन घरानों का खात्मा किया–इस सबके कारण भारतीय नरेश और भारतीय प्रजा-दोनों में अंग्रेजों के विरुद्ध असंतोष की आग भीतर-ही-भीतर सुलग रही थी। फिर डलहौजी के समय में कंपनी और इंग्लिस्तान के नीतिज्ञों की साम्राज्य पिपासा हद को पहुंच गई। भारतीय नरेशों में गोद लेने की प्राचीन प्रथा का तिरस्कार कर डलहौजी ने सतारा, झांसी, नागपुर इत्यादि तमाम रियासतों का अंत कर उन्हें अंग्रेजी राज में शामिल कर लिया। फिर नवाब वाजिद अली शाह को, कुशासन के बहाने कैद करके अवध पर कब्जा कर लिया और भारत के सैकड़ों पुराने ताल्लुकेदारों और जमींदारों की पैतृक जागीरें छीनकर उन्हें कंगाल बना दिया।" (भारत में अंग्रेजी राज : सुंदरलाल : पृष्ठ 804-805)

लेकिन "अठारह सौ सत्तावन" पुस्तक (लेखक-सुरेंद्रनाथ सेन) की भूमिका में मौलाना अबुल कलाम आजाद ने सन् 1857 की क्रांति के कारणों के प्रति एक अलग ही, कुछ अंग्रेज-समर्थित दृष्टिकोण अपनाते हुए लिखा है: "प्राय: यह प्रश्न उठाया जाता है कि इस विद्रोह के जिम्मेदार कौन लोग थे। कुछ लोगों का कहना है कि एक संगठित दल ने इसकी योजना बनाई और उसी के अनुसार आंदोलन चलाया गया। मैं इस कथन को ठीक नहीं मानता। संघर्ष के दौरान और उसके तत्काल बाद के वर्षों में ब्रिटिश सरकार ने विद्रोह

 1857 स्वतंत्रता का महासंग्राम

के मूल कारणों की बड़ी सावधानी से जांच पड़ताल की। लॉर्ड सैलिसबरी ने हाउस ऑफ कॉमन्स में कहा कि मैं यह मानने के लिए तैयार नहीं हूँ कि इतना व्यापक और शक्तिशाली आंदोलन सिर्फ चर्बी वाले कारतूसों को लेकर ही उठा। उन्होंने यह विश्वास प्रकट किया कि विद्रोह का ऊपर से जो कारण दिखाई देता था, उसके अलावा भी कोई कारण अवश्य था। भारत सरकार और पंजाब सरकार ने इस प्रश्न के अध्ययन के लिए कई आयोग और बोर्ड नियुक्त किए। उन दिनों जो किस्से और अफवाहें प्रचलित थीं, उन सबका बड़ी सावधानी से अध्ययन किया गया। एक किस्से में कहा गया था कि चपातियों के जरिए जगह-जगह संदेश पहुंचाए जाते थे। किसी की यह भविष्यवाणी भी थी कि भारत में ब्रिटिश शासन सिर्फ सौ वर्ष तक चलेगा और प्लासी की लड़ाई के सौ साल बाद यानी जून 1857 में, उसका अंत हो जाएगा। काफी देर तक और काफी गहराई में जाकर जांच करने पर भी इस बात का कोई प्रमाण नहीं मिला कि यह विद्रोह पहले से आयोजित था या सेना और भारतीय लोगों ने कंपनी के शासन को उखाड़ फेंकने का षड्यंत्र रचा था। चिरकाल से मेरा यही विश्वास है, हाल की गवेषणाओं से कोई ऐसे तथ्य प्रकाश में नहीं आए, जिनके कारण मुझे अपने विचार बदलने पड़ें।" मौलाना अबुल कलाम आजाद जैसे देशभक्त की उपर्युक्त टिप्पणी पर सहसा विश्वास नहीं किया जा सकता, क्योंकि यह सत्य से बहुत दूर है। यह सर्वविदित है कि इतिहास सदा ही दो पक्षों द्वारा लिखा जाता रहा है। 1857 का इतिहास भी अंग्रेज और भारतीय इतिहासकारों द्वारा लिखा गया है। यह बात कैसे भुलाई जा सकती है कि अंग्रेजों ने अपने इतिहास लेखन में अनेक सत्य बातों को छिपाया और झूठे किस्से गढ़कर प्रचारित किए। ऐसे अनेक किस्से हैं और वे 1947 तक भारतीय इतिहास की पुस्तकों में पढ़ाए जाते रहे हैं, जैसे "ब्लैक होल" या "सतीचौरा घाट कानपुर" का किस्सा। मौलाना आजाद ने ऊपर जिन भारत सरकार और पंजाब सरकार का उल्लेख किया है कि उन्होंने विद्रोह के कारणों की जांच कराई, वे सरकारें कभी निष्पक्ष हो सकती हैं, इस पर कैसे विश्वास किया जा सकता है? आखिर अन्य इतिहासकारों ने उन्हीं घटनाओं को सप्रमाण लिखा है, तो उस पर विश्वास क्यों नहीं किया जा सकता? उस समय की भारत सरकार और पंजाब सरकार, ब्रिटिश हुकूमत की सरकारें थीं और जांच कमीशन भी उन्हीं के गठित किए गए थे। उनमें जो भारतीय सदस्य या इतिहासकार थे, वे अंग्रेजों के पिट्ठू थे और उन्हें ब्रिटिश शासन के खिलाफ कुछ भी कहने की हिम्मत भला कैसे हो सकती थी। ब्रिटिश गुलामी का भूत हमारे इतिहास पर इस

कदर छाया रहा है कि आज भी यदि आप 'राष्ट्रीय अभिलेखागार' में जाकर 1857 की सामग्री देखना चाहेंगे तो इसके लिए आपको 'म्युटिनी सेक्शन' यानी 'सिपाही विद्रोह' के सेक्शन में भेजा जाएगा।

जिन इतिहासकारों ने लंदन जाकर इंडिया ऑफिस लाइब्रेरी में बैठकर प्रामाणिक सामग्री के नोट्स लिए और भारत में भी तमाम राज्यों के ऐतिहासिक दस्तावेजों की छानबीन करके, उनके हवाले से जो सच लिखा है, उसे मौलाना अबुल कलाम आजाद ने नकारते हुए बड़ी आश्चर्यजनक बात लिखी है–"इस सदी के शुरू में कुछ भारतीयों ने इस संघर्ष के बारे में लिखा था। अगर सच कहा जाए, तो यह मानना होगा कि उनकी पुस्तकें इतिहास नहीं, बल्कि राजनीतिक प्रचार-मात्र हैं। (यह संकेत संभवत: विनायक दामोदर सावरकर की पुस्तक–"अठारह सौ सत्तावन का स्वतंत्रता संग्राम", और पं. सुंदरलाल कृत "भारत में अंग्रेजी राज" की ओर है) ये लेखक यह सिद्ध करना चाहते थे कि यह विद्रोह ब्रिटिश सरकार के विरुद्ध भारत के बड़े-बड़े लोगों द्वारा आयोजित स्वातंत्र्य संग्राम था। उन्होंने कुछ लोगों को युद्ध के आयोजक सिद्ध करने की भी कोशिश की है। यह कहा गया है कि अंतिम पेशवा बाजीराव के उत्तराधिकारी नाना साहेब विद्रोह के संचालक थे और उन्होंने सभी भारतीय सैनिक ठिकानों से संपर्क स्थापित किया था। इसके प्रमाण के रूप में उनका कहना है कि नाना साहब मार्च और अप्रैल 1857 में लखनऊ और अंबाला गए और मई 1857 में संघर्ष शुरू हो गया। इसे पुष्ट प्रमाण नहीं माना जा सकता।" मौलाना आजाद की इस टिप्पणी को भी इन घटनाओं को असत्य सिद्ध करने वाला पुष्ट प्रमाण नहीं माना जा सकता। उन्होंने जिस पुस्तक (1857 - लेखक-सुरेंद्रनाथ सेन) की भूमिका में ये टिप्पणी लिखी है-उस पुस्तक को पढ़कर साफ-साफ पता लगता है कि इसका लेखक अंग्रेजों का भक्त है और उसका सारा बयान एकपक्षीय है।

सन् 1857 की क्रांति के कारणों को चिह्नित करने के लिए जब हम प्लासी के युद्ध (1757) से 1856 तक के हालात का गहन विश्लेषण करते हैं तो निष्कर्ष रूप में, जो मुख्य कारण सामने आते हैं, वे पांच हैं: पहला कारण-दिल्ली सम्राट के साथ अंग्रेजों का लगातार अनुचित व्यवहार। दूसरा कारण-अवध के नवाब और अवध की प्रजा के साथ अत्याचार। तीसरा कारण-डलहौजी की अपहरण नीति। चौथा कारण-अंतिम पेशवा बाजीराव के दत्तक पुत्र नाना साहब के साथ कंपनी का अन्याय और पांचवां कारण-भारतवासियों को ईसाई बनाने की आकांक्षा और भारतीय सेना में ईसाई मत का प्रचार।

लिखा है कि "इन पांच कारणों ने मिलकर सारे भारत के अंदर अंग्रेजी राज के विरुद्ध हर श्रेणी के लोगों में जबरदस्त विस्फोटक सामग्री जमा कर रखी थी। केवल किसी एक योग्य नेता की आवश्यकता थी जो इस सामग्री से लाभ उठाकर सारे देश को स्वाधीनता के एक महान संग्राम के लिए तैयार कर सके और सौ साल से जमे हुए विदेशी शासन को उखाड़कर फेंक सके; या कोई अकस्मात् चिंगारी इस मसाले पर पड़कर देश में भयंकर आग लगा दे। नतीजा फिर चाहे कुछ भी क्यों न हो।" (भारत में अंग्रेजी राज : सुंदरलाल : पृष्ठ 819)

सन् 1857 की क्रांति को जिन इतिहासकारों ने यह कहकर नकारा है कि उसका हिंदू-मुसलमान या धार्मिक भावना से कोई लेना-देना नहीं था, उन्हें 'लंदन टाइम्स' के विशेष प्रतिनिधि, सर विलियम हॉवर्ड रसल, जो सन् 57 की क्रांति के समय भारत में मौजूद थे, उसके विषय में लिखता है: "वह एक ऐसा युद्ध था, जिसमें लोग अपने धर्म के नाम पर अपनी कौम के नाम पर, बदला लेने के लिए और अपनी आशाओं को पूरा करने के लिए उठे थे। उस युद्ध में समूचे राष्ट्र ने अपने ऊपर से विदेशियों के जुए को फेंककर उसकी जगह देशी नरेशों की पूरी सत्ता और देशी धर्मों का पूरा अधिकार फिर से कायम करने का संकल्प कर लिया था।" (सर विलियम हॉवर्ड रसेल : पृष्ठ 164)

क्रांति की योजना का सूत्रपात

1857 की क्रांति की योजना का सूत्रपात गुप्त रीति से हुआ था। उस समय संचार साधन न थे। इसलिए संचार के दूसरे साधनों का इस्तेमाल किया गया। बहुत से इतिहासकार यह मानने के लिए कि क्रांति का सूत्रपात कानपुर के पास बिठूर में हुआ था-प्रमाण तलाशते हैं-वे यह भूल जाते हैं कि इतनी बड़ी क्रांति को कितने गुप्त तरीके से आयोजित किया जाना जरूरी था। यदि उस आयोजन के प्रमाण सहज सुलभ हो जाते तो जिन अंग्रेजों के खिलाफ यह क्रांति की गई थी, वे उसे तुरंत ही नष्ट कर देते। फिर भी कई जगह ऐसी घटनाएं हुईं, जिनसे क्रांति की योजना का राज खुलने का भय हो गया था-पर बात संभल गई। आगे के वर्णन में उन घटनाओं का उल्लेख आएगा।

यह सही है कि क्रांति की योजना बिठूर में बनी थी। बिठूर में उस समय पेशवा बाजीराव के दत्तक पुत्र नाना धुंधूयंत पेशवा उर्फ 'नाना साहब' पेशवा की गद्दी पर विराजमान थे। पेशवा बाजीराव की मृत्यु के बाद नाना साहब ने कंपनी के गवर्नर जनरल को लिखा कि अब पेशवा की आठ लाख सालाना

पेंशन, संधि के अनुसार मुझे दी जाए और पेंशन की बकाया राशि 62 हजार रुपए भी मुझे दिए जाएं। लेकिन कंपनी सरकार ने देने से मना कर दिया और साथ में बिठूर की जागीर जब चाहे छीन लेने की धमकी भी दी। नाना साहब ने तब इंग्लिस्तान के शासकों से अपील की। उन्होंने लिखा–"हमारे विख्यात राजवंश से आपका यह कृपण व्यवहार पूरी तरह से अन्यायपूर्ण है। हमारा विस्तृत राज्य और राज्य शासन जब आपको श्रीमंत बाजीराव से प्राप्त हुआ था तब वह ऐसे समझौते पर प्राप्त हुआ था कि आप उसके मूल्य के रूप में आठ लाख रुपए प्रतिवर्ष दे दें। यह पेंशन यदि हमेशा रहनेवाली नहीं है तो उस पेंशन के लिए दिया हुआ राज्य हमेशा आपके पास रहेगा? उस समझौते की एक शर्त तो तोड़ी जाए और दूसरी बनी रहे यह अनुचित है।" इसके बाद नाना साहब ने यह दलील दी कि यह जो कहा जा रहा है कि आप दत्तक पुत्र हैं इसलिए आपका हक नहीं बनता है, इसके बारे में आपके तर्क गलत हैं। नाना ने अपने तर्कों को देने के बाद लिखा–"श्रीमंत बाजीराव साहब ने अपनी पेंशन में मितव्ययता से कुछ राशि बचाई, इसलिए अब पेंशन चालू रखने का कोई कारण नहीं है, ऐसा यदि कंपनी कहती है तो इस तर्क का सारे इतिहास में उदाहरण मिलना कठिन होगा। यह पेंशन जो दी गई वह समझौते की शर्त के रूप में दी गई। उस समझौते में, बाजीराव उस पेंशन को किस तरह व्यय करें, उस शर्त में क्या यह भी तय किया गया था? दिए हुए राज्य के लिए यह पेंशन मिलती है। उसे कैसे व्यय करना है, यह कहने का इस जगत में किसी को तनिक भी अधिकार नहीं है। इतना ही नहीं, अपितु श्रीमंत बाजीराव इस पेंशन की सारी-की-सारी राशि यदि बचाते तो भी वैसा करने में वे पूरी तरह स्वतंत्र थे। कंपनी से मैं यह पूछता हूँ कि उनके कर्मचारियों की पेंशन का व्यय किस तरह होता है, क्या इसकी जांच करने का अधिकार उसे है? कोई भी पेंशन भोगी कितना खर्च करता है, कितना बचाता है, यह स्वयं के नौकरों से भी पूछना संभव है क्या? परंतु जो प्रश्न नौकरों से भी नहीं पूछा जा सकता वह एक विख्यात राजवंश के अधिपति से पूछा जा रहा है?" यह आवेदन लेकर नाना साहब के विश्वासपात्र वकील अजीमुल्ला खां इंग्लैण्ड गए। (1857 का स्वतंत्रता संग्राम : विनायक दामोदर सावरकर : पृष्ठ 43-44)

अजीमुल्ला खां के बारे में लिखा है–"वह एक अत्यंत योग्य नीतिज्ञ था। अंग्रेजी और फ्रेंच दोनों भाषाओं का वह पूरा पंडित था। विलायत में वह हिंदुस्तानी वेश में ही रहता था। देखने में वह अत्यंत सुंदर था। लंदन के उच्च समाज के लोगों में उसका आचार-व्यवहार इतना आकर्षक रहा था कि

उच्चतम श्रेणी के अंग्रेजी समाज की अनेक स्त्रियां उस पर मुग्ध हो गई थीं। फिर भी अजीमुल्ला खां को अपने उद्देश्य में सफलता न प्राप्त हो सकी, यानी नाना साहब की पेंशन के बारे में इंग्लिस्तान के नीतिज्ञों या शासकों ने उसकी एक न सुनी।" (भारत में अंग्रेजी राज : सुंदरलाल : पृष्ठ 820)। ईस्ट इंडिया कंपनी के अफसरों ने अजीमुल्ला खां से कहा–"गवर्नर जनरल द्वारा किया गया फैसला हमको पूरी तरह मान्य है और इसलिए बाजीराव के दत्तक पुत्र का उनकी पेंशन पर किसी तरह का अधिकार शेष नहीं रहता।" इस तरह मुख्य कार्य के संबंध में निराश हो जाने पर अजीमुल्ला खां इंग्लैण्ड छोड़कर, फ्रांस के रास्ते हिंदुस्तान के लिए चले। (1857 का स्वतंत्रता संग्राम : वीर सावरकर : पृष्ठ 45)

अजीमुल्ला खां जिन दिनों लंदन में ईस्ट इंडिया कंपनी के दफ्तर के चक्कर काट रहे थे, उन्हीं दिनों लंदन में एक मराठा नीतिज्ञ रंगोबापूजी भी लंदन में डेरा डाले हुए था। वह सतारा के पदच्युत राजा की ओर से अपील करने आया था, लेकिन उसे भी कोई सफलता न मिली। इसी दौरान रंगोबापूजी की अजीमुल्ला खां से भेंट हुई। इतिहासकार सुंदरलाल ने संभावना व्यक्त की है कि 1857 की क्रांति का सूत्रपात इसी दौरान हुआ हो। फिर भी उन्होंने यह निस्संदेह कहा है कि रंगोबापूजी और अजीमुल्ला खां ने लंदन के कमरों में बैठकर बहुत दर्जे तक इस राष्ट्रीय योजना को रंग और रूप दिया हो। इसके बाद रंगोबापूजी दक्षिण के नरेशों को इस योजना के पक्ष में करने के उद्देश्य से सतारा वापस आया और चतुर अजीमुल्ला खां, यूरोप के अंदर अंग्रेजों के बल और स्थिति का अध्ययन करने के लिए तथा भारत के भावी स्वाधीनता संग्राम में दूसरे देशों की सहायता या सहानुभूति प्राप्त करने के लिए यूरोप के विभिन्न देशों का भ्रमण करने लगा। इस तरह, लिखा है, "और देशों में होते हुए अजीमुल्ला खां टर्की की राजधानी कुस्तुनतुनिया पहुंचा। उन दिनों रूस और इंग्लिस्तान के विरुद्ध युद्ध जारी था। अजीमुल्ला खां ने सुना कि हाल में सेबस्तेपोल की लड़ाई में रूस ने अंग्रेजों को हरा दिया। अजीमुल्ला खां रूस पहुंचा। कई अंग्रेज इतिहास लेखकों ने यह राय प्रकट की है कि अजीमुल्ला खां, नाना साहब की ओर से अंग्रेजों के विरुद्ध रूस से संधि करने की संभावना तलाशने के इरादे से गया था। रूस में प्रसिद्ध अंग्रेज विद्वान रसल के साथ, जो लंदन के अखबार 'टाइम्स' का संवाददाता था, अजीमुल्ला खां की मुलाकात हुई थी। एक दिन रसल के साथ बैठकर अजीमुल्ला खां बड़े शौक से दिन भर अंग्रेजों और रूसियों की लड़ाई देखता रहा था। करसल ने लिखा है कि रूसी तोप का एक

गोला अजीमुल्ला खां के ठीक पैर के पास आकर फटा, किंतु अजीमुल्ला खां अपनी जगह से बाल भर भी न हटा। मालूम नहीं कि रूस के बाद अजीमुल्ला खां और कहां-कहां गया। किंतु इसमें संदेह नहीं कि अजीमुल्ला खां ने इटली, टर्की, रूस, मिस्र आदि देशों की सहानुभूति अपने भावी स्वाधीनता युद्ध की ओर करने की कोशिश की। लॉर्ड रॉबर्ट्स ने अपनी पुस्तक-"फॉर्टी इयर्स इन इंडिया" में लिखा है कि उसने इस संबंध में टर्की के सुल्तान और उमरपाशा के नाम अजीमुल्ला के कई पत्र देखे, जिनमें भारत के अंदर अंग्रेजों के अत्याचारों का जिक्र था। इस तरह यूरोप और एशिया के अनेक देशों के भ्रमण के बाद अजीमुल्ला खां भारत लौटा। अब एक ओर रगोबापूजी सतारा में बैठा हुआ दक्षिण के नरेशों और वहां के लोगों को तैयार कर रहा था, तो दूसरी ओर अजीमुल्ला खां और नाना साहब बिठूर में बैठकर आगामी क्रांति के नक्शे को पूरा कर रहे थे।" (भारत में अंग्रेजी राज : सुंदरलाल : पृष्ठ 821)

सुरेंद्रनाथ सेन की पुस्तक 1857 की भूमिका में हालांकि मौलाना अबुल कलाम आजाद ने, मुगल बादशाह बहादुरशाह जफर के खिलाफ लिखते हुए उसे एक "कठपुतली" कहा है। यह भी कि-"ईस्ट इंडिया कंपनी उसे एक लाख रुपया महीना अनुदान देती थी ओर उसी पर उसकी गुजर होती थी। यही नहीं, उससे एकदम पहले के पूर्वज भी नाममात्र के शासक थे। उसके पास न सेना थी और न खजाना। न उसका कोई प्रभाव था, न शक्ति। सिर्फ एक यही बात उसके पक्ष में थी कि वह अकबर और शाहजहां का वंशज था। बहादुरशाह के प्रति भारत के लोगों की वफादारी इसीलिए थी कि वह महान मुगलों का वंशज था। भारत के लोगों के दिलों पर मुगल दरबार का ऐसा प्रभाव था कि जब यह प्रश्न उठा कि अंग्रेजों से शासन की बागडोर कौन ले, तो हिंदू और मुसलमानों ने एक मत से बहादुरशाह को ही चुना।" मौलाना आजाद ने ऊपर जो वाक्य लिखे हैं, वे ही बहादुरशाह को क्रांति का नायक बनाने के लिए काफी रहे हैं। उनकी इस टिप्पणी का कोई अर्थ नहीं रह जाता, विशेषकर नेतृत्व के मामले में, कि बहादुरशाह एक प्रतीक के रूप में भी शासन चलाने के लिए उपयुक्त नहीं था। हमें यह नहीं भूलना चाहिए कि भारत का इतिहास गवाह है कि यहां 'प्रतीक रूप में' भी शासक को स्वीकार करके सारी व्यवस्था सुचारू रूप से चलती रही है। अकबर जब बालक था तो बैरम खां ने उसे प्रतीक रूप में बादशाह मानकर शासन चलाया था। इसलिए भारतीयों का उस समय बहादुरशाह को सम्मान देना और क्रांति का नेता चुनना सर्वदा उचित था और संगठन की मजबूती के लिए बहादुरशाह के झंडे तले एकत्र होने का

संकल्प भी जरूरी था।

क्रांति का गुप्त संगठन

क्रांति की योजना का निर्माण और संगठन-दोनों यदि महत्त्वपूर्ण कार्य थे, तो उतने ही को गुप्त रखे जाना भी जरूरी था। विनायक दामोदर सावरकर लिखते हैं-"अपने देश और स्वराज का भविष्य निश्चित करने का वीरोचित निर्णय हो जाने के बाद श्रीमंत नाना का एकमात्र लक्ष्य था उस निर्णय को कार्यरूप देना। स्वराज्य प्राप्ति के लिए जो क्रांति युद्ध लड़ना है, उसे सफलता मिले, इसके लिए दो बातें अनिवार्य थीं। पहली बात हिंदुस्तान के समस्त लोगों में स्वतंत्रता की जंगी और अनिवार्य इच्छा उत्पन्न होना और फिर इस इच्छा की सिद्धि के लिए-एक ही समय में पूरे देश द्वारा विद्रोह करना; हिंदुस्तान के इतिहास को स्वतंत्रतागामी करना-ये दोनों ही काम विदेशियों को चकमा देकर ही किए जा सकते थे-क्योंकि जिस किसी परतंत्र देश के मन में स्वतंत्रता संग्राम छेड़ने की इच्छा हो, उस देश में उस संग्राम की तैयारी गुप्त रीति से ही करनी पड़ती है अन्यथा अमोघ शक्ति से हमला कर बलवान शत्रु उस प्रयास को चूर-चूर कर सकता है। यह ऐतिहासिक सत्य जानकर दोनों महान् विभूतियों-श्रीमंत नाना साहब और अजीमुल्ला खां ने सन् 1856 के प्रारंभ में स्वतंत्रता के लिए हिंदुस्तान को तन और मन से जाग्रत करने के लिए युद्ध संगठन बनाया।" (1857 का स्वतंत्रता संग्राम : विनायक दामोदर सावरकर : पृष्ठ 69)

1857 की क्रांति का संगठन "इतना विशाल होते हुए भी, इतना संपूर्ण, सुंदर और सुव्यवस्थित था और उसे अंग्रेजों जैसी जागरूक कौम से इतनी अच्छी तरह गुप्त रखा गया, इसकी प्रशंसा स्वयं अंग्रेज इतिहासकारों ने की है। एक अंग्रेज लेखक सर जॉर्ज ली ग्रैंड जैकब ने लिखा है-"जिस आश्चर्यजनक गुप्त ढंग से यह समस्त षड्यंत्र चलाया गया, जितनी दूरदर्शिता के साथ योजनाएं की गईं, जिस सावधानी के साथ इस संगठन के विविध समूह एक-दूसरे के साथ काम करते थे, एक समूह का दूसरे समूह के साथ संबंध रखने वाले लोगों का किसी को पता न चलता था और इन लोगों को केवल इतनी ही सूचना दी जाती थी; जितनी उनके काम के लिए आवश्यक होती थी, इन सब बातों का बयान कर सकना कठिन है और ये लोग एक-दूसरे के साथ आश्चर्यजनक वफादारी का व्यवहार करते थे।" (वेस्टर्न इंडिया : लेखक-सर जॉर्ज ली ग्रैंड जैकब)

क्रांति संगठन किस तरह तैयार किया गया और उसका क्या स्वरूप था-यह सब जानकारी अधिकांशतः अंग्रेजों की लिखी पुस्तकों से ही मिलती है। लिखा है-"सन् 1856 से कुछ पहले नाना साहब ने बिठूर में बैठे हुए, भारत भर में चारों ओर अपने गुप्त दूत और प्रचारक भेजने शुरू कर दिए। नाना के एक विशेष दूत दिल्ली से लेकर मैसूर तक सब भारतीय नरेशों के दरबारों में पहुंचे और उसके गुप्त प्रचारक कंपनी की सारी देशी फौजों तथा जनता को अपनी ओर करने के लिए निकल पड़े। जो गुप्त पत्र नाना ने इस समय भारतीय नरेशों को लिखे, उनमें उसने दिखलाया कि किस तरह अंग्रेज एक-एक देशी रियासत को हड़प कर पूरे भारत को पराधीन करने के प्रयत्नों में लगे हुए हैं। कुछ समय बाद अंग्रेजों ने नाना के एक दूत को पकड़ा जो मैसूर दरबार के नाम नाना का पत्र लेकर गया था। इसी दूत से अंग्रेजों को पता लगा कि इस तरह के कितने ही पत्र नाना अनेक नरेशों को भेज चुके हैं। इतिहास लेखक सर जॉन के. लिखता है-"महीनों से, बल्कि बरसों से ये लोग सारे देश के ऊपर अपनी साजिशों का जाल फैला रहे थे। एक देशी दरबार से दूसरे दरबार तक विशाल भारतीय महाद्वीप के एक सिरे से दूसरे सिरे तक, नाना साहब के दूत पत्र लेकर घूम चुके थे। इन पत्रों में होशियारी के साथ और शायद रहस्यपूर्ण शब्दों में भिन्न-भिन्न धर्मों के नरेशों और सरदारों को सलाह दी गई थी और उन्हें आमंत्रित किया गया था कि आप लोग आगामी युद्ध में भाग लें।" (इंडियन म्युनिटी : सर जॉन के. खंड 1, पृष्ठ 24 : भारत में अंग्रेजी शासन : पृष्ठ 821-22)

नाना साहब के दूत किस प्रकार देश भर में फैलकर प्रचार कर रहे थे, इस बारे में सावरकर ने लिखा है-"कोल्हापुर, दक्षिण की सारी पटवर्धनी रियासतों, अयोध्या के जमींदारों और दिल्ली के मैसूर तक की सारी राजधानियों में नाना के दूत और उनके पत्र सारे हिंदुस्तान को स्वतंत्रता युद्ध के लिए उठने की चेतना देते हुए घूम रहे थे। अंग्रेजी सत्ता के नीचे स्वराज्य और स्वधर्म की कैसी छीछालेदर होती जा रही है, जो रियासतें आज जीवित हैं, वे भी कल किस तरह नाम शेष होने वाली हैं, तथा अंग्रेजों की विश्वासघाती गुलामी में अपने प्राणप्रिय हिंदुस्तान की कैसी बर्बादी हो रही है-यह सब स्पष्ट और मार्मिक रीति से जनता के मन में भरते हुए मौलवी, पंडित एवं राजनीतिक सन्यासी सारे हिंदुस्तान भर में गुप्त रीति से विचरने लगे। दासता और गुलामी के प्रति गुस्सा उत्पन्न करते हुए यह दास्य नाम शेष करना कितना सुलभ है, हिंदुस्तान के हृदय में हिंदुस्तान की तलवार ही कैसे धंसाई जा रही है और हिंदुस्तानी लोग

स्वदेश के लिए मर मिटने के लिए तैयार हो जाएं तो एक क्षण में उन्हें अपना देश फिरंगियों के चंगुल से मुक्त करना कितना सरल है-यह सब राजा से रंक तक हर भारतीय हृदय को वे राजनीतिक संन्यासी भली प्रकार समझा कर कहते थे। हम सब देशबंधु एक हो जाएंगे तो मुट्ठी भर गोरों को धूल चटाकर, स्वदेश को क्षण भर में स्वतंत्र कर सकते हैं-यह आत्मविश्वास हर सिपाही और हर नागरिक के मन में, इन राजनीतिक संन्यासियों ने किस तरह उत्पन्न किया था, यह उस समय के देशभक्तों के उद्गार में पग-पग पर दिखता है।" (1857 का स्वतंत्रता संग्राम : विनायक दामोदर सावरकर : पृष्ठ 69-70)

क्रांति के इस विशाल संगठन के लिए धन की कमी न थी। तमाम जागीरदारों, साहूकारों और रईसों ने इस पुण्य कार्य के लिए थैलियां खोल दी थीं। क्रांति के मुख्य कारण केंद्र अब पांच हो गए थे, जिससे हर दिशा में ठीक से प्रचार हो सके। ये केंद्र थे-दिल्ली, बिठूर, लखनऊ, कलकत्ता और सतारा। दिल्ली में लाल किला क्रांति की मंत्रणा का सर्वश्रेष्ठ केंद्र था। उनके सलाहकारों ने देश और नाना का पूरा साथ देने का वचन दिया था। अंग्रेज इतिहासकार सर जॉन के. के हवाले से सावरकर ने लिखा है-"इसी समय अंग्रेजों की ईरान से लड़ाई शुरू हुई। हिंदुस्तान में भी उसी समय विद्रोह शुरू होना अपने लिए लाभदायक है, यह देखकर ईरान के शाह ने सन् 1856 में दिल्ली के बादशाह की सहायता करने का वचन लिख भेजा। इतना ही नहीं सन् 1857 के प्रारंभ में दिल्ली की मस्जिदों से इसी प्रकार की सार्वजनिक घोषणाएं होने लगीं-"फिरंगियों के कब्जे से हिंदुस्तान को मुक्त करने ईरानी फौज जल्दी ही आ रही है इसलिए बूढ़े, जवान, छोटे-बड़े, सुरक्षित-अशिक्षित; रैयत और लश्कर सारे लोग इन काफिर लोगों के शिकंजे से मुक्त होने के लिए रणांगण में कूद पड़ें।" (इंडियन म्युटिनी : सर जॉन के., खंड 2 पृष्ठ 30)

लखनऊ में अवध के असंतुष्ट जागीरदार, तालल्लुकेदार, आदि एकत्र होकर क्रांति में अपना सर्वस्व न्यौछावर करने के लिए तैयार थे। इतिहासकार लिखते हैं कि उस समय अवध की रियासत सबसे बड़ी थी और उसका अंग्रेजी राज में मिलाया जाना, क्रांति की आग में घी का काम कर गया। इससे नाना साहब को पूरे अवध राज्य के जागीरदारों, जमींदारों, तालल्लुकेदारों का समर्थन और सहयोग मिल गया। लखनऊ में क्रांति के इस गुप्त संगठन की कमान नवाब वाजिद अली शाह की बेगम हजरत महल और वजीर अली नकी खां ने संभाली थी। सर जॉन के. लिखता है-"अंग्रेजों के इस (अवध) अंतिम राज अपहरण का इतना प्रबल प्रभाव पड़ा कि लोग एक-दूसरे से पूछने लगे कि अब कौन

सुरक्षित रह सकता है? यदि अंग्रेज सरकार ने अवध के नवाब जैसे अपने वफादार दोस्त और मददगार का राज छीन लिया, जिसने कि आवश्यकता के समय अंग्रेजों की मदद की थी, तो अंग्रेजों के साथ वफादारी करने से क्या लाभ? कहा जाता है कि जो राजा और नवाब उस समय तक क्रांति में भाग लेने से पीछे हट रहे थे, वे अब आगे बढ़ने लगे और नाना साहब को अपने पत्रों का मनचाहा उत्तर प्राप्त होने लगा।"

विनायक दामोदर सावरकर ने भी अवध के लोगों के समर्थन देने की बात, नाना के एक दूत के हवाले से लिखी है–"विभिन्न प्रांतों में भेजे गए राजकीय दूतों में से एक दूत मैसूर में पकड़ा गया। उसका कहा निम्न भाग बहुत महत्त्वपूर्ण होने से पूरा का पूरा यहां दिया जा रहा है–"श्रीमंत नाना ने अयोध्या (अवध) अधिग्रहीत होने के पूर्व दो-तीन माह से पत्र-प्रेषण शुरू किया था। परंतु पहले उन्हें उत्तर नहीं आए। किसी को भी आशा नहीं थी। अयोध्या का राज्य अधिग्रहीत हो जाने पर नाना ने पत्रों की अधिक मार की, तब जाकर केवल लखनऊ के साहूकार नाना के विचार पढ़ने लगे। पुरबिया लोगों का राजा मानसिंह भी मिल गया। फिर सिपाही लोगों ने अपनी-अपनी 'तजवीजें' शुरू कर दीं। लखनऊ के साहूकारों से भी नाना को सहायता मिलने लगी। अयोध्या अधिग्रहीत होने तक बिल्कुल उत्तर नहीं आया परंतु वह राज्य अधिग्रहीत होते ही सैकड़ों ने हिम्मत से आगे आकर नाना को वचन-पत्र भेजे।"

लखनऊ में बेगम हजरत महल ने अवध के तमाम रईसों और जनता को राष्ट्रीय क्रांति के लिए तैयार करना शुरू किया। इतिहास लेखक सर जॉन के. ने लिखा है कि लखनऊ में लोगों में क्रांति के प्रति जबरदस्त उत्साह देखा जा सकता था। वाजिदअली शाह के वजीर अलीनकी खां के आमंत्रण पर हजारों हिंदू सिपाहियों और उनके अफसरों ने गंगाजल लेकर और मुसलमानों ने कुरान हाथ में लेकर राष्ट्रीय संग्राम में भाग लेने और अंग्रेजों को देश से बाहर निकालने की शपथ खाई।

अलीनकी खां और बेगम हज़रत महल को 1857 की क्रांति के मुख्य नेताओं में माना गया है। अलीनकी खां ने कलकत्ते में बैठकर मुसलमान फकीरों और हिंदू साधुओं के रूप में अपने गुप्तचर और दूत, उत्तर भारत की तमाम देशी फौजों में भेजना शुरू किया था और उन फौजों के भारतीय अफसरों के साथ गुप्त पत्र-व्यवहार प्रारंभ किया। लिखा है–"बैरकपुर से पेशावर तक और लखनऊ से सतारा तक हजारों राष्ट्रीय फकीर और संन्यासी घूम-घूमकर एक-एक गांव और एक-एक पलटन में स्वाधीनता के युद्ध का प्रचार करने

 ——————————————— 1857 स्वतंत्रता का महासंग्राम

लगे थे। हजारों मौलवी और हजारों पंडित क्रांति की सफलता के लिए जगह-जगह ईश्वर से प्रार्थनाएं करने लगे थे।" (भारत में अंग्रेजी राज : सुंदरलाल : पृष्ठ 823) "हजारों रुपयों की तनख्वाह और हाथियों का पुरस्कार देकर इस राजनीतिक जेहाद का उपदेश देने के लिए बड़े-बड़े मौलवी भेजे गए। वे गांवों और शहरों में राजनीतिक धर्मयुद्ध का उपदेश गुप्त सभाओं में देते हुए घूमते थे। सिपाहियों के शिविरों में रात को इनके व्याख्यान होते थे। लखनऊ की मस्जिदों में मौलवी जेहाद शुरू करने संबंधी तैयारी के बारे में खुले भाषण किया करते। पटना और हैदराबाद में रात में सभाएं होतीं और विभिन्न मौलवी सभी स्तर के लोगों को स्वतंत्रता की रक्षा करने और स्वधर्म के लिए युद्ध करने की शिक्षा देते थे। सैकड़ों प्रचारक-फकीरों और संन्यासियों का बाना धारण कर स्थान-स्थान पर गुप्त प्रचार करने में जुटे हुए थे। भीख मांगने के बहाने हर घर में जाना सुलभ होने से और इस तरह शत्रु के मन में किसी तरह की आशंका उत्पन्न होने के कारण ये देशभक्त फकीर और संन्यासी दर-दर घूमकर दासता के प्रति घृणा ओर भावी स्वतंत्रता की अभिलाषा, लोकसमूह में प्रदीप्त करने लगे थे। जिस प्रकार मस्जिद, मंदिर और भिक्षा के बहाने घर-घर में स्वतंत्रता की चेतना उत्पन्न करने के लिए मौलवी और पंडित, फकीर और संन्यासी भेजे गए, वैसे ही विभिन्न स्थानों से अधिक महत्त्व के स्थान पर उपदेशकों और शिक्षकों को भेजा गया था। हिंदुस्तान में विभिन्न प्रदेशों के लोगों के एकत्रित होने के मुख्य स्थान बड़े-बड़े तीर्थ क्षेत्र हैं। ये क्षेत्र एक प्रकार से सारे प्रदेशों के लोगों के राष्ट्रीय सम्मेलन-स्थल ही रहे हैं। मस्जिदों में, मंदिरों में स्थानीय लोग ही आएंगे, परंतु तीर्थों में सब प्रदेशों के लोग आते हैं, इसलिए वहां भी राजकीय महंत नियुक्त किए गए और जल्दी ही गंगा के पुण्य स्नान के लिए आने वाले हजारों बंधुओं को, हिंदुस्तान के मन में मचल रहे स्वतंत्रता युद्ध में सम्मिलित होने का गुप्त उपदेश देते-देते पंडित और मौलवी प्रत्येक तीर्थ में घूमने लगे।" (ट्रेवेलियन कृत 'कानपुर' से : 1857 का स्वतंत्रता संग्राम : सावरकर : पृष्ठ 72-73)

उत्तर भारत में जिस प्रकार क्रांति-संगठन की तैयारी और प्रचार का कार्य हो रहा था, उसी तरह दक्षिण भारत में भी रंगोबापूजी प्रचार और संगठन का काम देख रहे थे।—"पटवर्धनी रियासतों और कोल्हापुर के दरबार में क्रांति युद्ध के लिए जाल बुना जा रहा था। अधिक क्या कहा जाए, परंतु ठेठ मद्रास तक इस क्रांति यज्ञ की ज्वालाएं भड़कने लगी थीं। सन् 1857 की जनवरी में निम्न घोषणा पत्र प्रकाशित हुआ—"हे देशबंधुओं और धर्मनिष्ठों, उठो। काफिर अंग्रेजों

को अपने देश से भगा देने के लिए सारे उठो। इन अंग्रेजों ने न्याय के सारे सिद्धांत मटियामेट कर दिए हैं। उन्होंने हमारा स्वराज्य लूट लिया है और स्वदेश को धूल में मिलाने का उनका दृढ़ निश्चय है। अंग्रेजों की इन भयानक यातनाओं से अपने हिंदुस्तान को मुक्त करने के लिए केवल एक ही उपाय शेष रह गया और वह उपाय है तुमुल युद्ध करना। ऐसे युद्ध में जो रण-मैदान में खेत रहेंगे वे अपने देश के शहीद होंगे। जो स्वदेश एवं स्वधर्म के लिए लड़ेंगे और मरेंगे उन वीर्यवान शहीदों के लिए स्वर्ग के दरवाजे खुल रहे हैं और जो डरपोक और देशद्रोही अधम इस राष्ट्रीय कार्य से परावृत्त होंगे उनके लिए नरक के द्वार खुले होंगे। देशबंधुओं! इनमें से तुम क्या स्वीकार करोगे?" (चाल्सबाल कृत 'म्युटिनी' खंड 1, पृष्ठ 40 : 1857 का स्वतंत्रता संग्राम : सावरकर : पृष्ठ 76-77)

क्रांति की तैयारियां कितनी तेजी से हो रही थीं और उसके प्रति लोगों में कितना उत्साह था, इसका अनुमान इस तथ्य से भी लगाया जा सकता है कि अधिकांश अंग्रेजी थानों में पुलिस, अनेक सरकारी मुलाजिम और अंग्रेजों के बावर्ची और भिश्ती तक इस राष्ट्रीय योजना में शामिल थे। 'दि मेरठ नैरेटिव्स' में लिखा है कि एक बार मेरठ छावनी के पास कोई फकीर ठहरा हुआ था और वह क्रांति का प्रचार कर रहा था। अंग्रेजों को उसके बारे में कुछ शक हुआ या सिपाहियों से मिलना पसंद नहीं आया तो उसे वहां से बाहर निकाल दिया गया। वह फकीर अपने हाथी पर बैठकर पास के गांव में चला गया और वहां से अपना काम करता रहा।

क्रांति के दो चिह्न : कमल और रोटी

क्रांति के लिए नेताओं ने दो प्रतीक चिह्न निर्धारित किए थे, जो लोगों के क्रांति में शामिल होने की स्वीकृति बताते थे। पहला चिह्न था-कमल का फूल। सावरकर ने लिखा है: "क्रांति के गुप्त संगठन यंत्र का प्रचंड पहिया अब तीव्र गति से घूमने लगा था। ऐसे समय में विभिन्न पहियों की गति एक लय में घूमने लगे, ऐसा प्रयास आवश्यक था। इसी उद्देश्य से क्रांति पक्ष का एक दूत हाथ में रक्त कमल पुष्प लेकर बंगाल की सैनिक छावनी में प्रवेश करता और अपने हाथ का फूल पहली टुकड़ी के मुख्य भारतीय अधिकारी को देता। भारतीय अधिकारी उसे अपने निचले अधिकारी को देता और इस तरह कमल हर सिपाही के हाथ से होकर अंतिम सिपाही तक और अंतिम सिपाही से फिर आए हुए उस क्रांति दूत के हाथों में लौट आता। इस तरह एक शब्द भी बोले बिना

वह क्रांति दूत तीर की तरह आगे बढ़ता और रास्ते में दूसरी टुकड़ी मिलते ही उसके मुखिया के हाथ में वह रक्त कमल दे देता।" (1857 का स्वतंत्रता संग्राम : सावरकर : पृष्ठ 77-78)

कमल का फूल वास्तव में, सेना में क्रांति का प्रचार करने के लिए रखा गया था और यह बिना किसी धर्म या जाति के भेदभाव के, सैनिक-पलटनों में घुमाना संभव था। यह फूल उन सैनिक टुकड़ियों में ही घुमाया जाता था, जो क्रांति संगठन में शामिल थीं। "किसी एक पलटन का सिपाही फूल लेकर दूसरी पलटन में जाता था। उस पलटन भर में हाथों-हाथ वह फूल सबके हाथों से निकलता था। जिसके हाथों में वह सबसे अंत में जाता था, उसका कर्तव्य होता था कि वह अपने पास की दूसरी पलटन तक उस फूल को पहुंचा दे। इसका गुप्त अर्थ यह लिया जाता था कि उस पलटन के सब सिपाही क्रांति में भाग लेने के लिए तैयार हैं। इस तरह के हजारों कमल पेशावर से बैरकपुर तक विभिन्न पलटनों के अंदर घुमाए गए।" (भारत में अंग्रेजी राज : पृष्ठ 825)

क्रांति का दूसरा प्रतीक चिह्न रोटी या चपाती था। यह सामान्य जनता के लिए क्रांति में शामिल होने का आह्वान था। होता यह था कि एक गांव का चौकीदार, दूसरे गांव के चौकीदार के पास जाता था। इस चौकीदार का फर्ज होता था कि वह अपने साथ प्रतीक चिह्न के रूप में लाई रोटी या चपाती में से थोड़ी-सी स्वयं खा ले और बची हुई रोटी गांव के बाकी लोगों को खिला दे। इसके बाद वह फिर से गेहूं या दूसरे आटे की उसी तरह की चपातियां बनवाकर अपने पास के गांव तक पहुंचा दे। इसका अर्थ यह होता था कि उस गांव की जनता राष्ट्रीय क्रांति में भाग लेने के लिए तैयार है। इस प्रकार आश्चर्यजनक रीति से रोटियां या चपातियां लाखों गांवों में घूम गईं और क्रांति का संदेश पहुंच गया था-अंग्रेजों को इसकी कानोंकान खबर तक न हुई।

"1857 का स्वतंत्रता संग्राम" में सावरकर ने लिखा है: "सन् 1857 के आरंभ में गुप्त पंखों के ये देवदूत सारे हिंदुस्तान में भावी मंगल कार्य का समाचार देते हुए भ्रमण करने लग गए थे। वे कहां से आए और किधर जाएंगे यह कोई भी नहीं जान पा रहा था। ये देवदूत जिसे समझ में आता उसी को मुख्य संदेश देते और जिसे ठीक न समझते उससे खूब बतियाते। इस विचित्र रोटी को कुछ पगले अंग्रेज अधिकारियों ने पकड़-पकड़कर उसका चूरा किया और फिर उस चूरे का भी चूरा बनाकर उससे कुछ कहलवाने का प्रयास किया, परंतु किसी चुड़ैल की तरह उस चपाती को बोलने को कहते ही वह अपने मुंह की जीभ ही नष्ट कर देती और जिससे मन होता उसी से बोलती। वह रोटी गेहूं

या बाजरे के आटे की बनी होती थी। उस पर यद्यपि कुछ लिखा हुआ नहीं होता था, फिर भी वह हाथ में आते ही, उसका स्पर्श होते ही हर व्यक्ति की देह में क्रांति चेतना संचार करने लगती। हर गांव के मुखिया के पास वे रोटियां आतीं। वह स्वयं उसका एक टुकड़ा खाता और उसको प्रसाद के रूप में सारे गांव में बांट देता। फिर उतनी ही ताजा रोटियां बनवाकर वे गांव वाले पड़ोस के गांव में भिजवा देते।" (1857 का स्वतंत्रता संग्राम : सावरकर : पृष्ठ 81)

क्रांति के लिए निश्चित दिन

नाना साहब, अजीमुल्ला खां, बहादुरशाह जफर, रंगोबापूजी, बेगम हजरत महल आदि सभी क्रांतिकारी नेताओं ने एक साल से भी अधिक समय में, अथक परिश्रम करके पूरे देश में क्रांति की तैयारी कर ली थी। ये सब चाहते थे कि सारे देश में एक ही दिन, एक ही समय पर क्रांति भड़के जिससे उसका अच्छा और शक्तिशाली प्रभाव हो और अंग्रेजों को स्थिति संभालने का मौका मिलने की बजाए, मजबूर होकर भारत छोड़कर भागना पड़े। इसके लिए आवश्यक था कि क्रांति के सारे केंद्रों को एक सूत्र में बांधा जाए और सबको एक ही तारीख, दिन व समय क्रांति के लिए बता दिया जाए। साथ ही क्रांति के लिए संकेत-स्वर भी निश्चित करना था।

इन सब कार्यों को पूरा करने के लिए नाना साहब, अजीमुल्ला खां, तांत्या टोपे आदि सभी साथियों को लेकर बिठूर से तीर्थयात्रा के बहाने निकले। जाहिर है कि यह यात्रा बेहद गुप्त थी और इसके सारे संदेश भी बहुत गोपनीय रखे जाने थे। लिखा है-"सबसे पहले ये लोग दिल्ली पहुंचे, लाल किले के दीवाने खास में सम्राट बहादुरशाह, बेगम जीनतमहल और दिल्ली के मुख्य-मुख्य नेताओं के साथ इन लोगों की गुप्त मंत्रणाएं हुईं। इसके बाद नाना साहब अंबाला गए। फिर गुप्त रीति से कई दूसरी जगहों से होते हुए 18 अप्रैल को नाना और उनके साथी लखनऊ पहुंचे। लखनऊ में नाना का बड़े समारोह के साथ जुलूस निकाला गया। इसके बाद कालपी इत्यादि होते हुए नाना अप्रैल के अंत में बिठूर वापस आ गए। रसल ने लिखा है कि अपनी इस यात्रा के दौरान नाना और अजीमुल्ला खां रास्ते की सब अंग्रेजी छावनियों में होते जाते थे।" (भारत में अंग्रेजी राज : पृष्ठ 825) इस तरह सबको सूचना दी गई कि 31 मई 1857 का दिन क्रांति के लिए निश्चित किया गया है। इस तिथि की सूचना, आम-सूचना के रूप में नहीं दी गई, बल्कि हर केंद्र के केवल मुख्य-मुख्य नेताओं को और हर पलटन के तीन-तीन अफसरों को दी गई। बाकी लोगों का

कर्तव्य केवल अपने नेताओं के निर्देशों के अनुसार काम करना था।

इस प्रकार 31 मई सन् 1857 की, सभी लोग प्रतीक्षा करने लगे। लोगों का मनोबल बना रहे और उनका उत्साह कम न होने पाए, इसके लिए बराबर प्रयास जारी रहे। जगह-जगह दूत और प्रचारक जाते थे। प्रचारकों ने, तमाशों, पवाड़ों, लखनियों, कठपुतलियों, नाटकों, गीतों आदि विविध माध्यमों से लोगों का मनोरंजन किया, उन्हें क्रांति का संदेश दिया और धैर्य बनाए रखने को कहा। वास्तव में 31 मई तक धैर्य बनाकर रखना भी आवश्यक था-क्योंकि उसी दिन संगठित शक्ति द्वारा क्रांति गर्जना करने पर ही योजना की सफलता निर्भर थी। लोगों का उत्साह बनाए रखने और उनमें जोश भरने के लिए क्रांति के संचालकों की ओर से लगातार पत्र जा रहे थे। उनमें लिखा था-"भाइयों! हम स्वयं विदेशियों की तलवार अपने शरीर के अंदर घोंप रहे हैं। यदि हम खड़े हो जाएं तो सफलता निश्चित है। कलकत्ते से पेशावर तक सारा मैदान हमारा होगा।"

इन तमाम संदेशों के साथ विद्रोह की तैयारी पूरी हो चुकी थी। सैनिकों की बैरकों में हर रात गुप्त सभाएं होतीं और जायजा लिया जाता कि सब ठीक है न। इसी तरह जनता की नब्ज को पंडित और मौलवी मंदिरों और मस्जिदों में होने वाली धार्मिक सभाओं में लेते। एक तरह से हर मोर्चे पर तैयारी पूरी थी।

5

कारतूसों का अचानक विस्फोट

इधर जबकि क्रांति की सभी तैयारियां पूरी की जा चुकी थीं और क्रांति के संचालकों तथा नेताओं ने योजना को अंतिम रूप देकर 31 मई सन् 1857 की तिथि क्रांति के लिए निश्चित कर दी थी, एक दबी हुई चिंगारी पूर्वी भारत में धीरे-धीरे इस तरह विस्फोट का रूप लेने की कोशिश कर रही थी कि किसी ने सोचा भी न था। यह चिंगारी थी उन चर्बी लगे कारतूसों की, जिन्होंने बिना चले ही विस्फोट कर दिया। हुआ यह था कि सन् 1853 में एक नई तरह के कारतूसों को कम्पनी सरकार ने अपनी सेना के प्रयोग के लिए मंगाए। इन कारतूसों को बनाने के लिए भारत में कई जगह कारखाने खोले गए-जिनमें से एक बंगाल के बैरकपुर में भी खोला गया। इन नए कारतूसों से पहले जो कारतूस प्रयोग में प्रचलित थे, उनको हाथ से तोड़कर बंदूक में 'लोड' करना पड़ता था। लेकिन नए कारतूसों पर टोपी इतनी सख्त थी कि उसे दांत से काटकर तोड़ना पड़ता था। इन कारतूसों की टोपी में क्या लगा है, यह किसी को आरंभ में पता नहीं चला और जो कारतूस विदेश से आए थे, वे एक दो पलटनों को ही दिए गए थे। धीरे-धीरे जब भारत के कारखानों में नए कारतूस बनने लगे, तो पुराने कारतूसों की जगह नए कारतूस पलटनों को दिए जाने लगे। चूंकि नए कारतूसों को भारत में ही बनाया जा रहा था और उनकी टोपी में गाय और सूअर की चर्बी का प्रयोग हो रहा था-यह बात अधिक समय तक छिपी न रह सकी। कुछ लोगों की जबानी, कारतूसों में गाय और सूअर की चर्बी के प्रयोग की बात कारखानों से बाहर आई और चूंकि कारतूसों की चर्बी वाली टोपी को दांत से काटने का हुक्म था, इससे देशी सैनिकों की धार्मिक भावनाएं भड़क उठीं-चाहे वे हिन्दू हों या मुसलमान। शुरू में लोगों को विश्वास नहीं हुआ और बात को बहुत गंभीरता से नहीं लिया गया। लेकिन एक घटना ने चिंगारी को विस्फोट का रूप लेने में मदद कर दी।'

यह घटना दमदम छावनी की थी। जनवरी 1857 की बात है। एक दिन एक ब्राह्मण सिपाही नहाकर पानी भरा लोटा लिए लौटकर अपनी बैरक की

तरफ जा रहा था। तभी वहां का मेहतर आगे आया और उस ब्राह्मण सैनिक से, उसका लोटा पानी पीने के लिए मांगने लगा। ब्राह्मण सैनिक ने लोटा देने से मना कर दिया, तो मेहतर ने कहा-"अरे पंडित, ये छुआछूत और जात-पांत का घमंड भूल जाओ। अब तो गाय और सूअर की चर्बी लगे कारतूस जब दांत से काटोगे-तो सारा धर्म धरा का धरा रह जाएगा।" इतना कहकर मेहतर चलता बना, पर विस्फोट की चिंगारी वह फेंक चुका था। वह ब्राह्मण सिपाही इन अपमानजनक शब्दों को सुनकर गुस्से से आग बबूला हो गया। उसने जाकर बैरक के दूसरे साथी सिपाहियों को बताया। वे भी इस बात को सुनकर गुस्से से लाल हो गए। उन्हें लगा कि ये चर्बी जानबूझकर लगाई जा रही हैं ताकि सिपाहियों का धर्म भ्रष्ट हो जाए। उन सिपाहियों ने तुरंत अपने निकटतम अफसरों से पूछताछ की। उनके अफसरों ने उनका गुस्सा भांपकर उन्हें समझाया कि यह सिर्फ झूठी अफवाह है और वे लोग इस पर विश्वास न करें।

सिपाहियों के मन में एक बार शंका आ जाने के बाद से उन्हें अंग्रेजों की बातों पर विश्वास नहीं हुआ। चूंकि नए कारतूसों को बनाने का एक कारखाना पास ही बैरकपुर में था, इसलिए सिपाहियों ने जाकर कारखाने में काम करने वाले भारतीयों से सच्चाई जानने की कोशिश की और राज खुल गया। कारखाने में काम करने वाले भारतीय मजदूरों ने कहा कि यह सच है कि कारतूसों की टोपी में वे दोनों चर्बियां लगाई जाती हैं, जो हिन्दू और मुस्लिम धर्मों में निषिद्ध हैं। फिर तो यह खबर दमदम-बैरकपुर से चलकर पूरे भारत में बिजली की तरह फैल गई। सिपाहियों में, अंग्रेजों के खिलाफ बगावत कर देने के सिवाए कोई दूसरी बात नहीं दिखाई दे रही थी और अचानक बगावत हो जाना, देश व्यापी क्रांति की योजना के लिए घातक हो जाएगा-इस बात को समझकर भारतीय सैनिक अफसरों ने किसी तरह सिपाहियों को समझा बुझाकर 31 मई तक शांत रहने को कहा। लेकिन चिंगारी अंदर ही अंदर सुलगती रही।

क्या सन् 1857 की क्रांति का कारण चर्बी लगे कारतूस थे? कुछ अंग्रेज इतिहासकार इसे ही विद्रोह का एकमात्र कारण मानते हैं। उनके ही विचारों के समर्थन में सुरेन्द्रनाथ सेन ने इसे कर्नल मिचेल की जिद का परिणाम बताया है, जिसने भारतीय सिपाहियों को चर्बी लगे कारतूस न तोड़ने के लिए धमकाया। लिखा है-"सोलहवीं रेजीमेंट के सैनिकों ने कारतूस-पेटी पहनने से इन्कार कर दिया क्योंकि 'कारतूस तैयार करने की विधि के संबंध में उन्हें संदेह था।' स्पष्ट ही वह हिंसा नहीं करना चाहते थे, क्योंकि कारतूस पेटी और कारतूस के बिना उनके हथियारों का कोई उपयोग न था और उनकी आपत्ति उचित

शंकाओं पर आधारित थी। कीथ यंग ने लिखा है-'यदि मिचल अपने सैनिकों का विश्वास पा सकता या उसने आरंभ से ही होशियारी से कार्य किया होता तो कोई उत्पात न होता।' किंतु उसने इसकी अपेक्षा कटु भाषा का प्रयोग किया तथा घोर दंड देने की धमकी दी। वह सैनिकों के निवास स्थान पर गया, उसने समस्त भारतीय अफसरों को बुलाया तथा स्पष्ट शब्दों में उन्हें बताया कि जिस कारतूस को बने एक से भी अधिक वर्ष हो गया है, यदि उसका उपयोग करने से इन्कार किया गया तो अगले दिन प्रात: सिपाहियों को कठोरतम दंड दिया जाएगा। चौथी कंपनी के सूबेदार शेख करीम बख्श ने बताया कि उसके सामने कर्नल ने कहा कि 'यदि सिपाहियों ने उन कारतूसों को स्वीकार न किया तो उन्हें चीन या बर्मा भेज दिया जाएगा जहां वे सब मर जाएंगे।' अन्य गवाहों ने भी इस बात की पुष्टि की। सूबेदार मेजर मुराद बख्श ने कहा-'इस पर कर्नल अत्यधिक नाराज हुआ और बोला कि यदि सिपाही अपने कारतूसों का उपयोग नहीं करेंगे तो मैं उन्हें रंगून या चीन ले जाऊंगा जहां उन्हें बड़ी मुसीबत उठानी पड़ेगी और वे सब मर जाएंगे।' दुर्भाग्यवश कारतूस हानिकारक ही दिखते थे। वे दो विभिन्न प्रकार के कागजों से बने थे। कुछ दिन पहले ही कलकत्ता से नया सामान आया था और सिपाहियों को संदेह हुआ कि यह कारतूस पुराने कारतूसों में मिला दिए गए हैं और कर्नल उनसे उक्त आपत्तिजनक कारतूस का उपयोग कराने पर कटिबद्ध हैं। उसके उत्तेजक भाषण ने सिपाहियों के संदेह की पुष्टि कर दी और प्रात: कवायद से पहले उपद्रव शुरू हो गया।" (1857 : सुरेन्द्रनाथ सेन : पृष्ठ 53-54)

अधिकांश इतिहासकारों ने, जिनमें अंग्रेज भी शामिल हैं-चर्बी लगे कारतूसों को 1857 की क्रांति का एकमात्र कारण नहीं मानते। इतिहासकार जस्टिन मैकार्थी ने लिखा-"यह सच है कि हिंदोस्तान के उत्तरी और उत्तर-पश्चिमी प्रांतों के अधिकांश भाग में वह देशी कौमों की अंग्रेजी सत्ता के विरुद्ध बगावत थी। चर्बी के कारतूसों का मामला केवल इस तरह की एक चिंगारी थी, जो अकस्मात इस सारे विस्फोटक मसाले में आ पड़ी। वह युद्ध एक राष्ट्रीय और धार्मिक युद्ध था।" (हिस्ट्री ऑफ अवर ओन टाइम्स : जस्टिन मैकार्थी, खण्ड 3)। एक अन्य इतिहासकार मेडले ने मार्च 1857 से मार्च 1858 तक भारत में भ्रमण किया था। अपने उस भ्रमण के अनुभवों के आधार पर वह लिखता है-"किंतु वास्तव में जमीन के नीचे ही नीचे जो विस्फोटक मसाला अनेक कारणों से बहुत दिनों से तैयार हो रहा था, उस पर चर्बी लगे कारतूसों ने केवल माचिस का काम किया।" इतिहासकार मालेसन लिखता है-"एक बहाना मात्र

के रूप में ही और केवल इसी रूप में ही 'कारतूस' क्रांति का कारण सिद्ध हुए थे। षड्यंत्रकारियों ने इस बहाने का पूर्ण लाभ उठाया और उन्हें यह अवसर इसलिए उपलब्ध हुआ था, जैसा कि मैंने सिद्ध करने का प्रयास किया है कि सैनिकों तथा जनता के कतिपय वर्गों के मन में यह विश्वास बद्धमूल कर दिया गया था उनके विदेशी स्वामी प्रत्येक कार्य ही दुष्ट हेतु को लेकर कर रहे हैं।"

मंगल पांडे

अंग्रेज अफसर किसी भी तरह नए कारतूसों का प्रयोग करवाना चाहते थे और भारतीय सिपाही उनका प्रयोग, निश्चित ही धार्मिक कारणों से नहीं करना चाहते थे। मौलाना अबुल कलाम आजाद ने '1857' (लेखक-सुरेन्द्रनाथ सेन) की भूमिका में लिखा है-"इसमें कोई शक नहीं है कि लोगों ने देशप्रेम की भावना से प्रेरित होकर ही विद्रोह में हिस्सा लिया था, लेकिन ये भावनाएं इतनी तीव्र नहीं थीं कि इनसे विद्रोह भड़क उठता। लोगों में विद्रोह के लिए उभारने में देशभक्ति के साथ धार्मिक भावना भी काम कर रही थी। चर्बी वाले कारतूसों के बारे में प्रचार, इसका सिर्फ एक उदाहरण है। अपने विदेशी शासकों के विरुद्ध उठ खड़े होने से पहले, सैनिकों की धार्मिक भावनाओं को और तरह से भी ठेस पहुंची थी।"

19 नम्बर की पलटन को बैरकपुर में जब नए कारतूस प्रयोग के लिए दिए गए तो उससे सिपाहियों की धार्मिक भावनाओं को आघात लगा। उन्हें विश्वास हो गया कि अंग्रेज निश्चित ही जानबूझकर हमारा धर्म भ्रष्ट करना चाहते हैं। इसलिए उन्होंने उन कारतूसों का प्रयोग करने से साफ इनकार कर दिया। अंग्रेज अफसर इस अनुशासनहीनता को बर्दाश्त न कर पाए और उन्होंने पूरी पलटन को दंडित करना चाहा। लेकिन भारतीय पलटन को दंडित करने के लिए उन्हें अंग्रेजों की पलटन की मदद चाहिए थी और उस समय बंगाल भर में कोई अंग्रेजी पलटन न थी। इसलिए बर्मा से तुरंत एक गोरी पलटन बुलाई गई। दरअसल अंग्रेज अफसरों ने फैसला किया था कि 19 नम्बर पलटन से हथियार रखवाकर सिपाहियों को बर्खास्त कर दिया जाए। यह बात मार्च 1857 की है। बर्मा से अंग्रेजी पलटन के आने की खबर से भारतीय सिपाहियों में बेहद गुस्सा भर गया और उन्होंने विद्रोह करने का निश्चय किया। लेकिन एक बार फिर भारतीय अफसरों ने उन्हें 31 मई तक रुके रहने के लिए समझाया। दरअसल चर्बी वाले कारतूसों के प्रयोग न करने पर दिए जाने वाले दंड की बात से सिपाही गुस्से में थे। 28 मार्च की रात, बाकी सिपाही तो शांत हो गए, पर मंगल

पांडे मन ही मन विद्रोह की आग से जलता रहा।

29 मार्च 1857, उन्नीस नंबर पलटन परेड मैदान में बुलाई गई। लिखा है-"जिस समय पलटन आकर खड़ी हुई; मंगल पांडे तुरंत अपनी भरी हुई बंदूक लेकर सामने कूद पड़ा। वह चिल्ला-चिल्लाकर बाकी सिपाहियों को अंग्रेजों के विरुद्ध धर्म युद्ध प्रारंभ करने के लिए आमंत्रित करने लगा। एक अंग्रेज अफसर, सार्जेन्ट मेजर ह्यूसन ने जब यह देखा तो उसने अपने सिपाहियों को आज्ञा दी कि मंगल पांडे को गिरफ्तार कर लो, किंतु कोई सिपाही इसके लिए आगे न बढ़ा। इतने में मंगल पांडे ने अपनी बंदूक की गोली से तुरंत सार्जेन्ट मेजर ह्यूसन को वहीं ढेर कर दिया। इस पर दूसरा अफसर लेफ्टीनेन्ट वाघ अपने घोड़े पर आगे लपका। उसका घोड़ा अभी कुछ दूर ही था कि मंगल पांडे ने एक दूसरी गोली से घोड़े और सवार दोनों को जमीन पर गिरा दिया। मंगल पांडे ने तीसरी बार अपनी बंदूक भरने का इरादा किया। लेफ्टीनेन्ट वाघ ने उठकर और आगे बढ़कर मंगल पांडे पर अपनी पिस्तौल चलाई, पर मंगल पांडे बच गया। अब मंगल पांडे ने फौरन अपनी तलवार निकालकर इस दूसरे अंग्रेज अफसर को भी वहीं समाप्त कर दिया। थोड़ी देर बाद कर्नल व्हीलर ने आकर सिपाहियों को हुक्म दिया कि मंगल पांडे को गिरफ्तार कर लो। सिपाहियों ने इनकार कर दिया कि हम ब्राह्मण सिपाही को हाथ भी न लगाएंगे। कर्नल घबराकर जनरल के बंगले पर गया। जनरल हीयर कुछ गोरे सिपाहियों के साथ आया और मंगल पांडे की तरफ बढ़ा। यह देखकर मंगल पांडे ने खुद अपनी छाती पर गोली चलाई। वह जख्मी होकर गिर पड़ा और गिरफ्तार कर लिया गया। इसके बाद जब मंगल पांडे अस्पताल से छूटा तो उसका कोर्ट मार्शल हुआ। उसे फांसी की सजा सुनाई गई। 8 अप्रैल का दिन फांसी के लिए नियत किया गया। किंतु बैरकपुर भर में कोई जल्लाद मंगल पांडे को फांसी देने को तैयार न हुआ। अंत में कलकत्ते से चार आदमी इस काम के लिए बुलाए गए और 8 तारीख को सवेरे मंगल पांडे को फांसी दे दी गई।" (भारत में अंग्रेजी राज : पृष्ठ 830-831)

मंगल पांडे की घटना देश के बाकी हिस्सों में जैसे-जैसे पहुंची-लोगों में एक बार फिर विद्रोह के लिए क्रोध भड़का। जैसा कि तय किया गया था कि क्रांति शुरू होने पर रेलवे, तार आदि पर कब्जा करने के साथ अंग्रेजों के बंगलों और बैरकों में आग लगा दी जाएगी-इस घटना की प्रतिक्रियास्वरूप लखनऊ, मेरठ और अम्बाला में अनेक अंग्रेजों के मकान जला दिए। फिर भी कोशिशें की गईं कि 31 मई तक कोई बड़ी घटना न हो और सब कुछ योजना

के अनुसार ही हो।

मेरठ में क्रांति

अंग्रेज अफसर चर्बीवाले कारतूसों का प्रयोग कराने से बाज नहीं आ रहे थे। ऐसा लगता है कि कुछ अंग्रेज अफसर जानबूझकर भारतीय सिपाहियों की धार्मिक भावनाओं को चोट पहुंचाकर आनंद लेना चाहते थे, वरना क्या वजह थी कि सरकार के मना करने के बावजूद कारतूसों को दांत से तोड़ने को कहा जाता था। इस संबंध में सुरेन्द्र नाथ सेन लिखते हैं–"मेरठ के लेफ्टीनेन्ट कर्नल हॉग, फरवरी के अंतिम सप्ताह में बता चुके थे कि यदि कारतूसों के छोर को चुटकी से दबाने का तरीका अपनाया जाए तो उन्हें दांत से काटने की कोई जरूरत नहीं रहेगी और उसके सुझाव का समर्थन अन्य अनुभवी अफसरों ने भी किया था। गवर्नर जनरल इस मामले में प्रधान सेनापति को लिख चुके थे और प्रधान सेनापति का उत्तर आ जाने तक यह आदेश जारी किया जा चुका था कि दमदम में चांदमारी के अभ्यास में कारतूस दांत से काटने की प्रथा बंद कर दी जाए; किंतु यह जानकार आश्चर्य होता है कि सिपाहियों को यह आदेश नहीं बताया गया।" (1857 : सुरेन्द्रनाथ सेन : पृष्ठ 60)

जैसा कि ऊपर कहा जा चुका है, अंग्रेज अफसरों में कुछ हठी, दुष्ट और नीच प्रकृति के भी थे। स्वयं अंग्रेजों की पुस्तकें यह बात सिद्ध करती हैं–जैसे दांत से कारतूस काटने की प्रथा बंद कर दी जाए–इस आदेश को छिपाकर कई पलटनों के अंग्रेज अफसर हिन्दुस्तानी सिपाहियों पर लगातार दबाव डालते रहे। सेन ने एक ऐसे ही हठी अफसर के बारे में लिखा है–"कर्नल कारमाइकेल स्मिथ, मेरठ में तीसरे देशी रिसाले का कमांडर था। वह अहंकारी और हठी स्वभाव का था और सिपाहियों में विशेष लोकप्रिय न था। बाद में जो कुछ घटनाएं घटीं उनको देखते हुए उसकी हरकतों की प्रशंसा करना कठिन है। उसने तो बाद में यहां तक दावा किया था कि उसने 31 मई के लिए निश्चित देश भर में एक साथ होने वाली क्रांति की योजना को विफल करके साम्राज्य की रक्षा की है। पर यह सब उसका बड़बोलापन था, क्योंकि यदि उसे किसी ऐसे षड्यंत्र का पता भी था तो भी उसने इस रहस्य को न तो अपने साथी अफसरों को बताया और न जनरल कमांडिंग को।

"स्मिथ ने 23 अप्रैल को आदेश दिया कि कल सुबह सारी रेजिमेंट की नहीं, बल्कि विभिन्न सैन्य दलों में से चुने हुए 90 सिपाहियों की परेड होगी। उसका ध्येय उनसे चर्बी वाले कारतूसों का प्रयोग करवाना था। लेकिन बड़े

अंग्रेज अफसर जानते थे कि यह समय ठीक नहीं है और कारतूसों का प्रयोग नहीं करवाना चाहिए। स्मिथ के इस आदेश के खिलाफ कैप्टेन क्रेगी ने एडजुटेंट को लिखा था–"स्मिथ के पास तुरंत जाओ और उसे कहो कि मेरी सेना के सभी सैनिकों ने अनुरोध किया है कि कल सुबह की प्रदर्शन परेड न की जाए क्योंकि संपूर्ण देशी सेना में कारतूस को लेकर उत्तेजना फैली हुई है और यदि उन्होंने कोई कारतूस दागे तो रेजीमेंट 'बदनाम' हो जाएगी। मुझे मालूम हुआ कि छह की छह सेनाओं में इसी प्रकार की रिपोर्ट तैयार की जा रही है। यह बहुत गंभीर मामला है और इस पर ध्यान न दिया गया तो आधे घंटे में सारी रेजीमेन्ट विद्रोह कर सकती है। कृपया एक क्षण भी नष्ट न करके स्मिथ के पास अविलम्ब जाएं।' (ए हिस्ट्री ऑफ दि इंडियन म्युटिनी : फॉरेस्ट, खंड 1, पृष्ठ 32)

लेकिन कर्नल स्मिथ ने इस प्रकार की किसी चेतावनी की परवाह न की। उसने परेड बुलाई। केवल 90 सिपाही परेड मैदान में आए। उनमें से पांच को छोड़कर बाकी ने कर्नल की एक न सुनी और कारतूसों को इस्तेमाल करने से मना कर दिया। कर्नल स्मिथ भला यह कैसे बर्दाश्त करता। उसने 85 सिपाहियों के आचरण के खिलाफ जांच अदालत बिठाई। कैदियों ने अपने को निरपराध बताया, लेकिन उन्हें दस-दस वर्ष की कठोर कारावास की सजा सुनाई गई।

"9 मई सन् 1857 को सवेरे इन 85 सिपाहियों को परेड पर लाकर खड़ा किया गया। उनके सामने गोरी फौज और उसका तोपखाना था। छावनी के बाकी सब हिंदुस्तानी सिपाहियों को भी यह दृश्य दिखाने के लिए परेड पर बुला लिया। 85 अपराधी करार दिए गए सिपाहियों से सबके सामने उनकी वर्दियां उतरवा ली गईं और वहीं परेड पर खड़े-खड़े उनको हथकड़ियां और बेड़ियां डाल दी गईं।" (भारत में अंग्रेजी राज : पृष्ठ 832)। मेरठ के परेड मैदान में 9 मई सन् 1857 को हुई इस घटना के बारे में अंग्रेज इतिहास लेखक होम्स 'ए हिस्ट्री ऑफ इंडियन म्युटिनी' में लिखता है–"9 मई को सवेरे आकाश में आंधी-तूफान के सूचक काले बादल घिर रहे थे, सूर्य का कहीं पता न था। ऐसे में अपराधियों को अपमानित होते देखने के लिए पूरी ब्रिगेड को बुलाया गया था। वर्दियां उतरवाकर इन बेचारों को लुहारों के सुपुर्द कर दिया गया जिन्होंने इन्हें हथकड़ियों-बेड़ियों से जकड़ दिया। लुहारों ने अपना काम बहुत धीरे-धीरे खत्म किया और करीब एक घंटे तक फौज ने चुपचाप अपने साथियों को अपमानित होते देखा। कानूनी दृष्टि से उन्हें अपराधी भले ही सिद्ध कर दिया गया था, पर उन्होंने ऐसा कुछ भी न किया था जिससे उन्हें बुरा या

दुश्चरित्र कहा जा सके। वे 'अत्यंत चुनिंदा सिपाही थे और सैन्य दल के काफी प्रतिष्ठित लोगों में से थे।' जनरल गफ ने लिखा है-'हमारे सिपाहियों में काफी कानाफूसी चल रही थी और यदि ब्रिटिश सैनिक उपस्थित न होते तो कहा नहीं जा सकता क्या न घटित हो जाता। लेकिन परेड चुपचाप खत्म हो गई। कुछ सिपाहियों के चेहरे पर उदासी छा गई, पर गड़बड़ी न हुई। गफ ने लिखा है-'जब सिपाहियों ने महसूस किया कि वे क्या कुछ खोने जा रहे हैं तो उनका हौंसला पस्त हो गया। बूढ़े सैनिकों ने जो अपने अंग्रेज स्वामियों के साथ भयंकर युद्धों में लड़कर कितने ही तमगे जीत चुके थे, दहाड़ मारकर रोना शुरू किया, अपने भाग्य को दोषी ठहराया और अपने अफसरों से प्रार्थना की कि वे उन्हें भविष्य के कष्टों से बचाएं। नौजवान सैनिकों ने भी यही किया। मैंने शायद जीवन में इतना करुण दृश्य कभी नहीं देखा होगा। मैं चार वर्ष पहले सेना में अपने आपको इतना दुर्बल तो पाया ही कि मैं उनके दुख से दुखी हुआ।' (ओल्ड मेमोरीज : गफ)

इसके बाद दिन भर शांति रही। शाम को एक देशी अफसर ने गफ से बताया कि आज शाम को विद्रोह शुरू होगा। यह सूचना जब कर्नल कारमाइकल स्मिथ के पास पहुंची तो उसने उपेक्षा से कहा-'इस प्रकार की बेकार की गप' पर मैं विश्वास नहीं करता और सूचना देने वाले भारतीय सैनिक को भला-बुरा कहकर भगा दिया।

दरअसल भारतीय सिपाहियों में गुस्सा तो बहुत था, पर वह 31 मई के इंतजार में दबा हुआ था। वह जैसे दांत पीसकर सब बर्दाश्त कर रहे थे और क्रोध को पीकर बैरकों में वापस चले गए थे। शाम को मेरठ के कुछ हिंदुस्तानी सिपाही शहर में घूमने के लिए गए। लिखा है कि शहर की स्त्रियों ने स्थान-स्थान पर उन्हें यह कहकर ताने मारे और अपमानित किया कि "छिह! तुम्हारे भाई जेलखाने में हैं और तुम यहां बाजार में मक्खियां मार रहे हो। तुम्हारे जीने पर धिक्कार है।"

मेरठ की महिलाओं से इतने अपमानजनक शब्द सुनकर, सिपाहियों का धैर्य टूट गया। उनके लिए अब 31 मई तक रुकना असंभव हो गया। 9 मई की रात को सिपाहियों ने बैरकों में गुप्त सभाएं कीं और सुबह विद्रोह की पूरी योजना बन गई। इसी के साथ दिल्ली के नेताओं को खबर भेज दी कि हम परसों तक दिल्ली आ रहे हैं।

लिखा है-"अगले दिन 10 मई को इतवार था। मेरठ शहर के अंदर नगर निवासी और हजारों हथियारबंद ग्रामनिवासी बाहर से आ-आकर जमा होने लगे

थे। उधर छावनी में जोरों की तैयारी थी। सबसे पहले कुछ सवार जेलखानों की ओर गए। जेलर भी क्रांतिकारियों से मिले हुए थे। जेलखानों की दीवारें गिरा दी गईं। सब कैदियों की बेड़ियां काट दी गईं। हिंदू और मुसलमान, पैदल, सवार और तोपखाने के सिपाही इधर-उधर मेरठ के तमाम अंग्रेजों का खात्मा करने के लिए दौड़ पड़े। अनेक अंग्रेज मारे गए। बंगलों, दफ्तरों को आग लगा दी गई। "हर-हर महादेव", "मारो फिरंगी को" की आवाजें शहर और छावनी में चारों ओर गूंजने लगीं। नियत योजना के अनुसार तार काट दिए गए और रेलवे लाइन पर क्रांतिकारियों का पहरा हो गया। जो अंग्रेज बचे, उनमें से कुछ अस्पतालों और नालियों में छिप गए और बाकी ने अपने हिंदुस्तानी नौकरों के घरों में पनाह ली। चूंकि शहर और छावनी, दोनों में बगावत की आग लगी हुई थी, इसलिए जो छोटी-सी अंग्रेजी सेना मेरठ में मौजूद थी वह भी किंकर्त्तव्यविमूढ़ हो गई थी। 10 तारीख की ही रात को मेरठ के सैनिक दिल्ली की ओर रवाना हो गए।

मेरठ क्रांति के दुष्परिणाम

जब सन् 1857 की क्रांति का लेखा-जोखा किया गया तो मेरठ में हुई यह क्रांति, आवेश में तो हो गई, पर चूंकि वह समय से पहले हो गई, इसलिए उसने 1857 की सम्पूर्ण क्रांति योजना को ढहा दिया। यह बात तो उसी समय स्वयं अंग्रेज इतिहासकारों ने लिख दी थी कि मेरठ क्रांति वास्तव में ब्रिटिश साम्राज्य के लिए वरदान बन गई।

"मालेसन, व्हाइट और विलसन-ये तीनों अंग्रेज इतिहास लेखक स्वीकार करते हैं कि मेरठ में क्रांति का समय से पहले आरंभ हो जाना, अंग्रेजों के लिए बरकत और भारतीय क्रांति नेताओं के लिए हानिकर साबित हुआ। मालेसन ने स्पष्ट लिखा है कि यदि पूर्व निश्चय के अनुसार एक साथ, एक तरीख को ही भारत में स्वाधीनता का युद्ध शुरू हुआ होता, तो भारत में एक भी अंग्रेज जिंदा न बचता और भारत में अंग्रेजी राज का अंत उसी समय हो गया होता। इसी प्रकार जे.सी. विलसन लिखता है कि वास्तव में मेरठ शहर की स्त्रियों ने वहां के सिपाहियों को समय से पहले भड़का कर अंग्रेजी राज को गारत होने से बचा लिया।"

जो भी हो, मेरठ में जो कुछ हुआ और उसके बाद जो कुछ हुआ, उसे रोकना अब मुश्किल था। क्रांति के नेताओं के हाथों से भी दरअसल क्रांति की डोर छूट चुकी थी और उस पर उनका नियंत्रण नहीं रह गया था। अब चूंकि

एक विस्फोट हो चुका था, जो धीरे-धीरे अन्य जगहों पर भी होने लगा। मेरठ की घटना की खबर जैसे-जैसे फैली, वैसे-वैसे तमाम केंद्रों और शहरों में क्रांति शुरू हो गई।

मेरठ के सैनिक चलकर 11 मई को सवेरे आठ बजे दिल्ली पहुंच गये। चूंकि दिल्ली के नेताओं के पास क्रांतिकारी सैनिकों के आने की खबर पहले ही आ चुकी थी, इसलिए वे तो तैयार थे, पर अंग्रेजों को तो इसका आभास तक न था। बहरहाल मेरठ के क्रांतिकारी सैनिकों ने आकर बहादुरशाह जफर की जय के नारे बुलंद किए। अंग्रेज इतिहासकार चार्ल्स बाल लिखता है कि सेना के भारतीय अफसरों ने सम्राट बहादुरशाह जफर को सलाम किया और मेरठ का सारा हाल कह सुनाया। मेरठ का तोपखाना और पैदल सेना भी दिल्ली पहुंच गई। तोपखाने ने लाल किले में घुसते ही बहादुरशाह जफर को 21 तोपों की सलामी दी।

बहादुरशाह जफर ने मेरठ से आए क्रांतिकारी नेताओं-जिनमें हिंदू-मुसलमान दोनों शामिल थे-से कहा-"मेरे पास कोई खजाना नहीं है, मैं आप लोगों को तनख्वाहें कहां से दूंगा?" सिपाहियों ने उत्तर दिया-"हम लोग हिंदुस्तान भर के अंग्रेजी खजाने को ला-लाकर आपके कदमों पर डाल देंगे।" यह थी क्रांतिकारियों की भावनाएं-बहादुरशाह जफर के प्रति। तब सुरेंद्र नाथ सेन की पुस्तक '1857' की भूमिका में मौलाना अबुल कलाम आजाद की इस बात से सहमत नहीं हुआ जा सकता कि "वह इतना कमजोर था कि न वह सैनिकों को अपने नियंत्रण में रख सकता था, न अपने सरदारों को। उसकी इन व्यक्तिगत कमियों के बावजूद किसी ने उसके स्थान पर किसी दूसरे के बारे में नहीं सोचा।" (1857 : सुरेंद्रनाथ सेन : पृष्ठ 26)

वास्तव में उस समय जबकि तमाम देशी रियासतों के बीच फूट पड़ चुकी थी, देश को एक सूत्र में बांधने के लिए ऐसे व्यक्ति की जरूरत थी, जो सबको मान्य हो। और इसीलिए क्रांति के आयोजकों ने बहादुरशाह जफर के हरे झंडे के नीचे एक होकर स्वतंत्रता का युद्ध लड़ने का संकल्प लिया था। जैसे ही बहादुरशाह जफर ने क्रांतिकारियों का नेतृत्व करना स्वीकार किया कि पूरा लाल किला सम्राट की जय ध्वनि से गूंज उठा था।

इसके बाद क्रांतिकारियों ने दिल्ली पर कब्जा कर लिया। उस समय दिल्ली में कोई गोरी पलटन न थी। छावनी में जो अंग्रेज थे वे मार डाले गए। 16 मई सन् 1857 को दिल्ली पूरी तरह कंपनी के हाथों से आजाद हो गई। सम्राट बहादुरशाह जफर को फिर से दिल्ली के तख्त पर बिठाया गया। लिखा

है-"निस्संदेह बाकी भारत पर इसका बहुत जबरदस्त प्रभाव पड़ा। नाना साहब और क्रांति के दूसरे नेताओं ने बहादुरशाह जफर के नाम पर ही सारे भारत के नरेशों, सैनिकों और प्रजा का, अंग्रेजों के विरुद्ध युद्ध के लिए आह्वान किया था। बहादुरशाह का झण्डा ही उस समय भारत भर में क्रांतिकारियों का झंडा था। लाल किले पर बहादुरशाह जफर का हरा और सुनहरा झंडा फिर से फहराने लगा था।" (भारत में अंग्रेजी राज, पृष्ठ 835)

देश में फैलती क्रांति

दिल्ली की विजय का समाचार, देश भर में बिजली की तरह फैल गया। 11 मई से 31 मई तक सारे उत्तर भारत में जगह-जगह क्रांति की लपटें दिखाई देने लगी थीं। कंपनी की 9 नंबर की पलटन अलीगढ़, मैनपुरी, इटावा और बुलंदशहर में बंटी हुई थी। क्रांति का एक प्रचारक को, जो कि ब्राह्मण था, बुलंदशहर में पलटन के तीन सिपाहियों ने पकड़वा दिया। उस ब्राह्मण को फांसी देने के लिए अलीगढ़ लाया गया, जो कि 9 नंबर पलटन का मुख्यालय था। 20 मई को उस ब्राह्मण को भारतीय सिपाहियों के सामने फांसी पर लटका दिया गया। अंग्रेजों की यह हरकत देखकर पलटन के दूसरे सिपाहियों को बहुत गुस्सा आया। एक सिपाही ने तलवार निकाल ली और उस ब्राह्मण के लटकते मृत शरीर की तरफ इशारा करके कहने लगा, "भाइयो, यह शहीद हमारे लिए खून से नहा रहा है और हम लोग तमाशा देख रहे हैं।" इस पर बाकी सिपाही भड़क उठे। उन्होंने बगावत का नारा बुलंद किया, किंतु शांतिपूर्वक काम किया। उन्होंने अंग्रेजों से कहा कि आप यदि अपनी जान बचाना चाहते हैं तो फौरन अलीगढ़ छोड़कर चले जाइए। अंग्रेजों ने वैसा ही किया और अलीगढ़ में हरा झंडा लहराने लगा। इसके बाद मैनपुरी, इटावा, नसीराबाद, शाहजहांपुर, मुरादाबाद, बदायूं, आजमगढ़, गोरखपुर, बरेली आदि सभी जगह क्रांति भड़क उठी।

दिल्ली से दूसरी जगह के क्रांतिकारियों को संदेश भेजे जा रहे थे। उन्हें संगठित होने तथा दिल्ली के हाथ मजबूत करने का आह्वान किया जा रहा था। इसका एक उदाहरण वह खत है जो रुहेलखंड स्थित 8 नंबर देशी सवार, 18 और 68 नंबर पैदल पलटनों के नाम भेजा गया था-"दिल्ली की सेना के सेनापति की ओर से बरेली और मुरादाबाद की पलटनों के सेनापतियों के नाम हार्दिक आलिंगन! भाइयो! दिल्ली में अंग्रेजों के साथ जंग हो रही है। खुदा की दुआ से हमने अंग्रेजों को जो पहली शिकस्त दी है, उससे वे इतना घबरा गए हैं, जितना किसी दूसरे मौके पर दस शिकस्तों से भी न घबराते। बेशुमार

1857 स्वतंत्रता का महासंग्राम

हिंदुस्तानी बहादुर दिल्ली में आ-आकर जमा हो रहे हैं। ऐसे मौके पर अगर आप वहां खाना खा रहे हैं, तो हाथ यहां आकर धोइए। शाहों का बादशाह, जहांपनाह, हमारा दिल्ली का शहंशाह आपका इस्तकबाल करेगा और आपकी खिदमत को सिला देगा। हमारे कान इस तरह से आप लोगों की तरफ लगे हुए हैं, जिस तरह रोजेदारों के कान अजान देनेवाले की पुकार की ओर लगे रहते हैं। हम आपकी तोपों की आवाज सुनने को बेचैन हैं। आपके दीदार की प्यासी हमारी आंख उसी तरह सड़क पर लगी हैं, जिस तरह कासिद के लिए आंखें लगी रहती हैं। आइए, आपका फर्ज है कि फौरन आइए। हमारा घर आपका घर है। भाइयो, आइए, बिना आपकी आमद के, बहार के गुलाब में फूल नहीं आ सकते। बिना बारिश के कली नहीं खिल सकती। बिना दूध के बच्चा नहीं जी सकता।

31 मई की सवेरे ठीक ग्यारह बजे तक तोप छूटी। यह क्रांति शुरू होने का संकेत था। अंग्रेज नैनीताल की तरफ भागने लगे। कुछ को क्रांतिकारियों ने मार डाला। छह घंटे के अंदर बरेली के ऊपर स्वाधीनता का हरा झंडा फहराने लगा। जिस समय अंग्रेजों का झंडा उतारकर, उसकी जगह हरा झंडा लगाया गया, उसी समय तोपखाने के सूबेदार बख्त खां ने विप्लवकारी सेनाओं का सेनापतित्व ग्रहण किया।

इलाहाबाद में उस समय 6 नंबर देशी पलटन के करीब दो सौ सिपाही और थोड़े से अंग्रेज अफसर थे। छह नंबर पलटन की बैरकें किले से बाहर थी। 6 जून की रात को जिस समय अंग्रेज अफसर खाना खा रहे थे, 6 नंबर पलटन के सिपाहियों ने क्रांति का बिगुल फूंक दिया। कई अंग्रेज मारे गए। उनके बंगलों को आग लगा दी गई। किंतु किले पर कब्जा न हो सका, क्योंकि किले के अंदर के भारतीय सिपाहियों ने क्रांति में शामिल होने से इनकार कर दिया था। इलाहाबाद शहर की जनता ने क्रांतिकारियों का साथ दिया। जेलखाने के कैदी छोड़ दिए गए। खजाने पर कब्जा कर लिया गया। शहर कोतवाली पर हरा झंडा फहरा दिया गया।

7 जून को इलाहाबाद शहर में हरे झंडे का जुलूस निकाला गया। इलाहाबाद और आसपास के गांवों के सभी लोगों ने मिलकर अंग्रेजी राज की समाप्ति की घोषणा कर दी। जगह-जगह जुलूस निकले। अंग्रेजों द्वारा नियुक्त भारतीय जमींदारों को हटाकर पुराने खानदानी जमींदार नियुक्त कर दिए गए। इलाहाबाद शहर में मौलवी लियाकत अली को सूबेदार नियुक्त कर दिया गया।

कानपुर में क्रांति

कानपुर में क्रांति के सूत्रधार उस समय बिठूर में बैठे हुए थे। बिठूर में ही इस क्रांति की योजना बनी थी। नाना साहब और अजीमुल्ला खां ने जब मेरठ में क्रांति भड़कने की खबर सुनी, तभी उनका माथा ठनका था कि समय से पहले क्रांति शुरू हो जाना, सारी योजना के लिए घातक हो सकता है। जो हो गया था उसे रोकना मुश्किल था और जो होना था उसमें अब भ्रम की स्थिति उत्पन्न हो गई थी कि क्या करें–और क्या न करें? 11 मई से 31 मई तक बीस दिनों में अलग-अलग जगहों में, अलग-अलग दिनों में क्रांति के भड़कने से, उसकी शक्ति में कमी आना स्वाभाविक था और इससे अंग्रेजों को क्रांति का दमन करने के लिए शक्ति जुटाने और उसका प्रतिकार लेने का पूरा अवसर मिल गया। फिर भी जो संकल्प ले लिया गया था, उसे तो पूरा करना ही था–क्योंकि लोगों में विद्रोह भड़क उठा था। यह विद्रोह काफी समय से दबा हुआ था और अब उसे रोकना संभव न था, परिणाम चाहे जो हो।

कानपुर-बिठूर में मेरठ की क्रांति का समाचार नाना साहब को 15 मई को मिला। बिठूर में उस समय नाना धुंधूपंत पेशवा, उसके दो भाई बाला साहब और बाबा साहब, नाना साहब का भतीजा राव साहब और अजीमुल्ला खां तथा तांत्या टोपे मौजूद थे। कानपुर में सर ह्यू ह्वीलर अंग्रेजी सेना का सेनापति था। उसके अधीन कानपुर में तीन हजार देशी सिपाही और लगभग एक सौ अंग्रेज सिपाही थे। दिल्ली में विद्रोह का समाचार आने के बाद भी नाना साहब ने 31 मई तक चुप रहने का निश्चय किया, हालांकि कानपुर छावनी में सिपाहियों की गुप्त सभाएं होने लगी थीं। सर ह्वीलर को 18 मई को दिल्ली का समाचार मिला और उसने सावधानी के रूप में गंगा के दक्षिण में एक नई जगह घेरकर किलेबंदी शुरू कर दी थी। चूंकि नाना साहब और अंग्रेजों के संबंध अच्छे थे, इसलिए अंग्रेजों को भरोसा था कि नाना साहब उनके साथ हैं और ह्वीलर ने उन्हें यह कहला भेजा कि आप कानपुर आकर हमारी मदद कीजिए। 22 मई को नाना साहब कुछ सेना लेकर बिठूर से कानपुर पहुंचे। ह्वीलर ने कंपनी के खजाने की रखवाली नाना साहब को सौंप दी। नाना साहब ने अपने दो सौ सिपाही खजाने पर पहरा देने के लिए तैनात कर दिए। गोला बारूद का भंडार भी नाना साहब के अधिकार में आ गया। कानपुर में दरअसल अफवाहें भी उड़ रही थीं। अंग्रेज इतना डरे हुए थे कि जरा-सी अफवाह सुनकर वे जाकर ह्वीलर के नए किले में छिप जाते।

कानपुर में कंपनी की देशी सेना के दो मुख्य नेता थे-सुबेदार टीका सिंह और सूबेदार शमसुद्दीन खां। नाना साहब के दो मुख्य सहायक ज्वालाप्रसाद और मोहम्मद अली थे। ये चारों और नाना साहब तथा अजीमुल्ला खां रात को नावों में बैठकर गंगा के ऊपर दो-दो घंटे गुप्त विचार-विमर्श किया करते थे।

आखिर 4 जून की आधी रात को अचानक कानपुर छावनी में तीन फायर हुए। यह क्रांति शुरू होने का संकेत था। लिखा है-"तोप चलते ही सबसे पहले सूबेदार टीकासिंह घोड़े पर सवार होकर आगे-आगे लपका। उसके पीछे-पीछे सैकड़ों सवार और हजारों पैदल सिपाही मैदान में निकल आए। पूर्व निश्चय के अनुसार कुछ ने अंग्रेजी इमारतों को आग लगा दी, कुछ दूसरों को सूचना देने के लिए गए और कुछ ने जगह-जगह से अंग्रेजी झंडों को गिराकर, उनकी जगह हरे झंडे फहरा दिए। नाना साहब ने उस वक्त नवाबगंज में डेरा डाला हुआ था। नाना के सिपाही भी तुरंत क्रांतिकारियों से मिल गए। 5 जून को भारतीय सेना और नगर निवासियों ने मिलकर दिल्ली सम्राट के अधीन नाना साहब को अपना राजा चुना। फिर फौज के लिए अफसर और नगर के लिए शासक भी उसी समय चुन लिए गए। 5 जून को ही हाथी के ऊपर दिल्ली सम्राट के झंडे का जुलूस बड़े समारोह के साथ शहर तथा छावनी में निकाला गया। नगर निवासियों ने बड़े हर्ष के साथ नाना की सारी आज्ञाओं का पालन किया।" (भारत में अंग्रेजी राज : पृष्ठ 851-852)

अब नाना साहब ने जनरल ह्वीलर को चेतावनी दी। उन्होंने 6 जून को उसे एक पत्र भेजा कि आज आप किला हमारे हवाले कर दीजिए, वरना शाम तक किले पर हमला कर दिया जाएगा। लेकिन ह्वीलर ने किला नाना साहब के हवाले न किया। उस वक्त कानपुर के लगभग सभी अंग्रेज और उनके परिवार उस समय किले में ही थे। शाम को किले पर क्रांतिकारी सेना की तोपों ने किले पर गोलाबारी शुरू कर दी। जवाब में अंग्रेजों ने भी तोपों से गोले बरसाए। नाना साहब के पास तोपों की कमी न थी। इक्कीस दिन तक यह मोर्चा जारी रहा। किले के अंदर बंद अंग्रेज बीमार पड़ गए। वे पानी तक को तरस गए। फिर भी किले के अंदर से अंग्रेजों की तोपें मुकाबला कर रही थीं। किंतु नाना के सिपाहियों का हौंसला बुलंद था। कानपुर के नागरिक उनकी पूरी सहायता कर रहे थे। इस मोर्चे में कानपुर की कई महिलाओं की भूमिका बड़ी महत्त्वपूर्ण रही है। वे अपने घरों से निकलकर युद्ध भूमि में आ गई थीं। वहां वे गोला बारूद पहुंचाने, सैनिकों को भोजन पहुंचाने, घायलों की मदद करने और किले की दीवार के ठीक नीचे डटे हुए तोपचियों को मदद देने में जुटी हुई थीं। उनमें

कानपुर की एक वेश्या अजीजन की कहानी अत्यंत प्रसिद्ध है। अजीजन हथियार बांधे हुए, घोड़े पर चढ़ी हुई बिजली की तरह शहर की गलियों और छावनी के बीच दौड़ती फिरती थी। कभी वह गलियों के अंदर थके हुए और घायल सिपाहियों को दूध और मिठाई बांटती थी और कभी अंग्रेजों के किले की दीवार के ठीक नीचे लड़ने वालों के हौंसले बढ़ाती।

"उस दौरान में नाना ने औपचारिक रूप से शासन संभाल लिया था। दूसरी घुड़सवार रेजीमेंट के सूबेदार टीकासिंह को जनरल और सूबेदार दलभंजन सिंह और गंगादीन को कर्नल और नाना की अपनी सेना के सेनापति ज्वालाप्रसाद को ब्रिगेडियर बना दिया गया। न्यायिक प्रशासन का कार्य नाना के भाई बाबा भट्ट को सौंपा गया। चोर तथा अन्य अपराधी उनके सामने पेश किए जाने लगे और उन्हें सजा दी गई। लेकिन वे सजाएं ब्रिटिश भारत के कानून के मुताबिक नहीं थी। हिंदू अपराध कानून, जिनको मराठा न्यायिक अधिकारी शासन छीने जाने से पहले से जानते थे, फिर से लागू कर दिए गए। इसलिए अपराधियों को अंग-भंग की सजाएं दी गईं। लेकिन नाना सिर्फ हिंदू राज्य का ही प्रधान नहीं था। गदर शुरू होने के साथ-साथ इस्लाम का हरा झंडा भी लहराने लगा था, लेकिन दोनों धर्मों के लोगों में कोई झगड़ा नहीं था।" (1857 : सुरेंद्रनाथ सेन: पृष्ठ 166)

25 जून सन् 1857 को जनरल ह्वीलर ने अपने किले के ऊपर सुलह का सफेद झंडा फहरा दिया। नाना साहब ने युद्ध बंद कर दिया। इस तरह कानपुर के किले पर नाना साहब का अधिकार हो गया। कानपुर से अंग्रेजों का शासन खत्म करने के बाद 28 जून सन् 1857 को नाना साहब ने एक बड़ा दरबार किया। इस दरबार में छह पलटन पैदल, दो पलटन सवार, अनेक जमींदार और असंख्य जनता उपस्थित हुई थी। सबसे पहले सम्राट बहादुरशाह जफर के नाम पर एक सौ एक तोपों की सलामी दी गई। फिर 21 तोपों की सलामी नाना साहब को दी गई। इस दरबार में नाना साहब ने जनता और सिपाहियों को धन्यवाद दिया। एक लाख रुपए बतौर इनाम फौज में बांटे गए। इसके बाद नाना साहब बिठूर गए। बिठूर में 1 जुलाई को नाना धुंधूपंत पेशवा की गद्दी पर बैठे।

अंग्रेजों का दमन-चक्र और प्रतिकार

समय से पहले क्रांति शुरू हो जाने से और सभी जगह अलग-अलग दिनों व समय पर क्रांति भड़कने का लाभ अंग्रेजों को इस रूप में मिला कि वे इस बिखरी हुई क्रांति का दमन करने में सफल होने लगे और उन्होंने अंग्रेजों के

मारे जाने का बदला भी जमकर लिया।

लॉर्ड कैनिंग ने जनरल नील को एक विशाल सेना के साथ विद्रोह को दबाने के लिए वाराणसी की ओर भेजा। इस सेना में अधिकांश गोरे, कुछ सिख और कुछ मद्रासी थे। वाराणसी पर कब्जा करने के बाद जनरल नील इलाहाबाद की ओर बढ़ा और रास्ते में उसने आसपास के तमाम इलाके में दमन-चक्र जारी रखा। जनरल नील के अत्याचारों का विवरण स्वयं अंग्रेज इतिहासकारों ने विस्तार से लिखा है।

लेखक जॉर्ज विकर्स ने लिखा है-"जनरल नील के सिपाही एक-एक गांव में घुसते थे। जितने आदमी उन्हें रास्ते में मिलते थे, उन्हें वे बिना किसी भेद के तलवार के घाट उतार देते थे या गोली से उड़ा देते थे या फांसी पर लटका देते थे। स्थान-स्थान पर फांसी के तख्ते खड़े किए गए थे जिन पर चौबीस-चौबीस घंटे फांसी देने का काम बराबर जारी रहता था। जब इनसे भी काम न चलता तो अंग्रेजी सेना के अफसरों ने दरख्तों की शाखों से फांसी का काम लेना शुरू किया। जिस आदमी को फांसी देनी होती उसे प्राय: हाथी पर बैठाया जाता था। हाथी को किसी ऊंची डाल के पास ले जाया जाता था। उस आदमी की गर्दन रस्सी से डाल के साथ बांध दी जाती थी। फिर हाथी को हटा लिया जाता था और लटकती हुई लाश को उसी जगह छोड़ दिया जाता। (नैरेटिव्स ऑफ दि इंडियन रिवोल्ट : पृष्ठ 69)

इतिहासकार सर जॉन के. ने लिखा है-"भारत के गवर्नर जनरल ने जो पत्र इंगलिस्तान भेजे, उनमें हमारी ब्रिटिश पार्लियामेंट के कागजों में यह बात दर्ज है कि 'बूढ़ी औरतों और बच्चों का उसी तरह वध किया गया है, जिस तरह उन लोगों का, जो विप्लव के अपराधी थे।' इन लोगों को ढंग से फांसी ही नहीं दी गई बल्कि उन्हें गांव के अंदर जलाकर मार डाला गया-शायद कहीं-कहीं उन्हें इत्तफाकिया गोली से भी उड़ा दिया गया। अंग्रेजों को गर्व के साथ यह कहते हुए अथवा पत्रों में लिखते हुए भी संकोच न हुआ कि हमने एक भी हिंदुस्तानी को नहीं छोड़ा और काले हिंदुस्तानियों को गोलियों से उड़ाने में हमें बड़ा विनोद और आश्चर्यकारक आनंद अनुभव होता था।" (हिस्ट्री ऑफ दि सिपॉय वार : सर जॉन के. खंड 2)

जनरल नील जब 11 जून को इलाहाबाद पहुंचा तो उसे यह देखकर सुखद आश्चर्य हुआ कि इलाहाबाद के किले पर अभी तक अंग्रेजी झंडा फहरा रहा है। लिखा है: "उसने आते ही किले के भीतर के सिख सिपाहियों को पास के गांव जलाने के लिए बाहर भेज दिया और किला गोरे सिपाहियों के सुपुर्द कर

दिया। किला और किले के सामान की सहायता से अंग्रेजों ने 17 जून को खुसरो बाग पर हमला किया। दिन भर खूब घमासान युद्ध हुआ। क्रांतिकारियों ने बड़ी वीरता के साथ सामना किया। किंतु अंत में मौलवी लियाकत अली ने देख लिया कि नील की विशाल सेना के मुकाबले में उसका ठहर सकना असंभव था। इसलिए लियाकत अली तीस लाख रुपए के भारी खजाने के साथ कानपुर चला गया।" (भारत में अंग्रेजी राज : पृष्ठ 847) नील ने इसके बाद इलाहाबाद के नगर निवासियों से कैसा भयानक बदला लिया, उसका कुछ अनुमान इस एक घटना से लगाया जा सकता है कि अनेक छोटे-छोटे लड़कों को केवल इस अपराध में फांसी पर लटका दिया गया कि वे हरे झंडे लेकर ढोल बजाते हुए जुलूस की शकल में शहर की गलियों में घूम रहे थे। (इंडियन म्युटिनी सर जॉन के. खंड 5 अध्याय 2) इसी तरह की टिप्पणी सर जॉर्ज कैम्पबेल के हवाले से एडवर्ड थाम्पसन ने लिखा है–"और मैं जानता हूं कि इलाहाबाद में बिल्कुल बिना किसी तमीज के, कत्लेआम किया गया था और इसके बाद नील ने वे काम किए जो कत्लेआम से भी अधिक भयंकर मालूम होते थे, उसने लोगों को जानबूझकर इस तरह की यातनाएं दे देकर मारा जिस तरह की यातनाएं, जहां तक हमें सबूत मिले हैं, भारतवासियों ने कभी किसी को नहीं दीं।" (दि अदरसाइड ऑफ दि मेडल : लेखक एडवर्ड थाम्पसन ने इस कथन को उद्घृत किया है। सर जॉर्ज कैम्पबेल, प्रॉविजनल सिविल कमिशनर इन दि म्युटिनी थे।)

सतीचौरा घाट का हत्याकांड

कानपुर में अंग्रेजों ने किला क्रांतिकारियों को सुपुर्द कर दिया था और खुद को नाना साहब के हवाले कर दिया था। नाना साहब ने उनसे वादा किया था कि उन्हें सुरक्षित इलाहाबाद नावों में बिठाकर भेज दिया जाएगा। लिखा है–"उसी रात को चालीस नावों का इंतजाम किया गया। उनमें रसद का सामान रख दिया गया। 27 जून को सवेरे अंग्रेजी झंडा किले पर से उतार दिया गया। सम्राट बहादुरशाह का हरा झंडा उसकी जगह फहराने लगा और सब अंग्रेजों को हाथियों पर और पालकियों में बिठाकर किले से डेढ़ मील दूर सती चौरा घाट पर पहुंचा दिया गया। किंतु इस बीच इलाहाबाद और उसके आसपास के इलाके से हजारों लोग, जिनके घर-द्वार, बाल-बच्चों और संबंधियों को जनरल नील के सिपाहियों ने जलाकर खाक कर दिया था, कानपुर नगर में आकर एकत्रित हो रहे थे। इन लोगों के बयानों और इलाहाबाद में अंग्रेजों के

अत्याचारों को सुनकर कानुपर की जनता और वहां के देशी सिपाहियों का क्रोध भड़क रहा था। 27 जून को नावें सवेरे दस बजे सतीचौरा घाट से चलने वाली थीं। नाना साहब ने उनको भेजने की व्यवस्था कर दी थी, किंतु स्वयं अपने डेरे पर थे। घाट पर सिपाहियों और जनता की भीड़ थी। कहा जाता है कि नावों पर सवार होकर वे अंग्रेज जैसे ही चले कि गंगा के पानी में तमाम क्रांति सैनिक कूद पड़े और उन्होंने अंग्रेजों को मारना शुरू कर दिया।” इतिहासकारों ने इस हत्याकांड की बड़ी निंदा की है। नाना साहब को जैसे ही पता चला, उन्होंने मारकाट बंद कराई और 125 अंग्रेज स्त्रियां और बच्चों को अपनी सुरक्षा में लाकर रखा। कुछ इतिहासकारों ने इस हत्याकांड का जिम्मेदार नाना साहब को ठहराया है, लेकिन दरअसल इसके लिए नाना साहब जिम्मेदार नहीं थे, बल्कि इसके लिए जनरल नील के अत्याचार दोषी थे, जिनके आक्रोश का बदला लोगों ने इस रूप में लिया। नाना साहब को तो इसका अनुमान तक न था कि जनआक्रोश यह कार्रवाई करेगा। वह तो अंग्रेजों को सुरक्षित वापस भेजने की तैयारी कर चुके थे। इतिहासकार इस कारण नाना को दोषी नहीं मानते। मॉड और शेरर ने लिखा है-“यह निश्चित है कि नाना ने एक से अधिक अवसरों पर उन निरीह प्राणियों से मैत्रीपूर्ण व्यवहार किया और वास्तव में दया भी दिखाई। घाट के हत्याकांड की योजना किसी सूझबूझ वाले व्यक्ति ने, घोर पाशिवक भावना से बनाई थी, और निश्चय ही नाना में वह सूझ-बूझ नहीं थी।” (1857 : सुरेंद्रनाथ सेन : पृष्ठ 173) इस प्रकार जॉन लैंग ने अपनी पुस्तक ‘वांडरिंग्स इन इंडिया एंड अदर स्केचेज ऑफ लाइफ इन हिंदुस्तान’ (पृष्ठ 116) में लिखा है: “किसी प्रमाण के अभाव में, खासतौर से इस विषय पर सब पत्र पढ़ लेने पर जुलाई 1857 में कानपुर में हुई दुर्भाग्यपूर्ण धोखेबाजी और भयंकर हत्याकांड का जिम्मेदार उस व्यक्ति को ठहराऊं तो मुझे खेद होगा। नाना साहब अंग्रेज पुरुषों और महिलाओं को बहुत अच्छी तरह समझते थे और जो अंग्रेज मारे गए थे, उनमें से अधिकांश को व्यक्तिगत रूप से जानते थे। इसलिए यह समझना उचित ही होगा कि जब उन्होंने नावें तैयार करने का आदेश दिया तो हृदय से उनकी यही इच्छा थी कि ईसाई लोग कलकत्ता चले जाएं और इसके बाद जो कुछ हुआ वह उन लोगों का काम था जो नाना साहब और ब्रिटिश सरकार के बीच इतना अंतर डाल देना चाहते थे कि भविष्य में शांति और समझौता हो ही न सके।” (1857 : सुरेंद्रनाथ सेन : 173)

झांसी में क्रांति

झांसी की रानी लक्ष्मीबाई एक योग्य, वीर, सच्चरित्र और असाधारण बुद्धि वाली महिला थीं। उनके माता-पिता बिठूर में पेशवा के साथ उनके दरबार में रहा करते थे। वहीं छोटी आयु में उन्होंने युद्धकला और शस्त्र संचालन सीखा था। वह नाना साहब के संग शिकार खेलने जाया करती थी। उनका विवाह छोटी उम्र में झांसी के राजा गंगाधर राव से हो गया था।

जिस समय रानी लक्ष्मीबाई विधवा हुईं, उनकी उम्र अठारह वर्ष की थी। उनके गोद लिए बेटे दामोदर राव को गद्दी पर बिठाने की अनुमति न देने और झांसी का खजाना अपने कब्जे में कर लेने के कारण लक्ष्मीबाई अंग्रेजों से बहुत नाराज थी। झांसी की जनता रानी लक्ष्मीबाई का बहुत आदर करती थी। झांसी की जनता में अंग्रेजों के शासन के प्रति घोर असंतोष फैल रहा था।

आखिर 4 जून सन् 1857 को झांसी में भी क्रांति शुरू हो गई। उस दिन सबसे पहले 12 नंबर देशी पलटन के हवलदार गुरुबख्श सिंह ने खजाने और गोला बारूद के भंडार पर कब्जा कर लिया। इसके बाद रानी लक्ष्मीबाई हथियारों से लैस होकर, क्रांतिकारी सेना का नेतृत्व करने के लिए महल से बाहर आ गई। क्रांतिकारी सेना ने किले पर आक्रमण किया। वहां फंसे हुए अंग्रेज मारे गए। किले पर कब्जा हो गया। झांसी अंग्रेजों के चंगुल से आजाद हो गई। बालक दामोदरराव के पालक की हैसियत से रानी लक्ष्मीबाई गद्दी पर बैठीं। झांसी के किले पर दिल्ली सम्राट का हरा झंडा लहराने लगा। सारी रियासत में ढिंढोरा पिटवा दिया गया–'खल्क खुदा का, मुल्क बादशाह का हुक्म रानी लक्ष्मीबाई का।'

अवध में क्रांति

मेरठ में क्रांति की खबर जब लखनऊ पहुंची तो अवध के चीफ कमिशनर सर हेनरी लॉरेंस ने लखनऊ शहर के पास 'मच्छ भवन' और 'रेजीडेंसी' में किलेबंदी शुरू कर दी ताकि जरूरत पड़ने पर अंग्रेजों के परिवार वहां सुरक्षा प्राप्त कर सकें। जैसा कि निश्चित था, 30 मई की रात 9 बजे छावनी में एक तोप छूटी। क्रांति आरंभ होने का यही संकेत था। यह संकेत पाते ही 71 नंबर की पलटन बंदूकें लेकर निकल आई। अंग्रेजों के बंगले जलाए जाने लगे। जहां जो मिला उसे मार दिया गया। हेनरी लॉरेंस कुछ गोरी सेना और देशी पलटन के कुछ सिपाही-सवारों के साथ क्रांतिकारी सेना का मुकाबला करने बढ़ा,

लेकिन रास्ते में ही भारतीय सिपाहियों ने उसका साथ छोड़ दिया और क्रांतिकारी सेना के साथ मिल गए। लॉरेंस को मजबूर होकर उन्हें छोड़कर अपने थोड़े-से अंग्रेज सिपाहियों सहित रेजीडेंसी में आकर पनाह लेनी पड़ी। 31 मई की शाम तक 48 और 71 नंबर पैदल और 7 नंबर सवार और दूसरी देशी पलटनों में भी स्वाधीनता का हरा झंडा फहराने लगा। इस तरह 31 मई से 10 जून के बीच लखनऊ शहर के एक भाग, रेजीडेंसी को छोड़कर सारा अवध अंग्रेजों के हाथ से निकल गया।

3 जून को सीतापुर स्वाधीन हो गया। सीतापुर की खबर फर्रुखाबाद पहुंची तो वहां के किले पर क्रांतिकारियों ने कब्जा कर लिया और किले के अंदर रहने वाले सारे अंग्रेज मार दिए। इस तरह मोहम्मदी, मालन, बहराइच, गोंडा, सिकरोरा, मेलापुर इत्यादि आसपास के सब इलाके 10 जून '57 तक पूरी तरह आजाद हो गए। लिखा है-"यह बात खासतौर पर ध्यान देने योग्य है कि अवध के जिन जमींदारों और ताल्लुकेदारों ने इस अवसर पर स्वाधीनता के संग्राम में खुले आम भाग लिया, उनमें से अनेक ने अपने महलों के अंदर अंग्रेज अफसरों और बच्चों को पनाह देने में बड़ी उदारता दिखाई।

अवध के क्षेत्र में उस समय एक भी ऐसा गांव न बचा था, जिसने कंपनी के झंडे को फाड़कर न फेंका हो। अवध के तमाम जमींदारों के सिपाही हजारों की संख्या में लखनऊ आकर बेगम हजरत महल के नेतृत्व में क्रांतिकारी सेना का संगठन कर रहे थे। इतिहास लेखक लिखते हैं कि अवध की इस क्रांति में बेगम हजरत महल के साथ लखनऊ की अनेक स्त्रियां मरदाने कपड़े पहनकर, हथियार लिए, लड़ाई के मैदान में आ गई थीं। क्रांतिकारियों ने रेजीडेंसी को चारों ओर से घेर लिया था, किंतु वहां एकत्रित अंग्रेजों को किसी तरह की हानि नहीं पहुंचाई। सारे अवध पर वाजिद अली शाह के पुत्र शहजादे बिरजिस कद्र के नाम पर, बेगम हजरत महल का शासन कायम हो गया।

इतिहासकार का जी.बी. मालेसन लिखता है कि उस समय लखनऊ में सारी अंग्रेजी सत्ता रेजीडेंसी के अंदर कैद हो गई थी। उसमें करीब एक हजार अंग्रेज और आठ सौ हिंदुस्तानी थे। अस्त्र-शस्त्र और रसद का सामान काफी था। क्रांतिकारियों ने चारों ओर से रेजीडेंसी को घेर रखा था। सारे अवध ने हमारे विरुद्ध हथियार उठा लिए थे। न केवल बाजान्ता फौज ही, बल्कि पदच्युत नवाब की फौज के आठ हजार आदमी, जमींदार, उनके सिपाही, ढाई सौ किले-जिनमें से बहुतों पर भारी तोपें लगी हुई थीं-सब के सब हमारे विरुद्ध खड़े हो गए। इन लोगों ने कंपनी के शासन को अपने नवाबों के शासन के

साथ तोलकर देख लिया था और करीब-करीब एक मत से यह फैसला कर दिया गया था कि उनके अपने नवाबों का शासन, कंपनी के शासन से बेहतर था। जो पेंशनर हमारी सेना में काम कर चुके थे, उन तक ने साफ-साफ हमारे राज्य के विरुद्ध फैसला दे दिया था और उनमें से हरेक विप्लव में शामिल था।" (रेड पेम्फलेट : जी.बी. मालेसन)

मौलवी अहमदशाह और फैजाबाद की स्वाधीनता

सन् 1857 की क्रांति के प्रचारकों में मौलवी अहमदशाह का नाम प्रमुखता के साथ लिया गया है। मौलवी अहमदशाह फैजाबाद का जमींदार था और उसने घूम-घूमकर तमाम शहरों, गांवों और कस्बों के लाखों लोगों को क्रांति के लिए जागृत किया था। लिखा है कि लखनऊ और आगरे के शहरों में दस-दस हजार आदमी मौलवी अहमदशाह का भाषण सुनने के लिए जमा होते थे। हिंदू और मुसलमान अपनी सौ साल की पराधीनता की कहानी सुनकर, मौलवी अहमदशाह के व्याख्यानों से यह शपथ खाकर उठते थे कि हम लोग आगामी स्वाधीनता संग्राम में अपने प्राणों की बाजी लगा देंगे।

फैजाबाद जिले के ताल्लुकेदारों के साथ अंग्रेजों ने जो अन्याय किया था, उससे वे सब बहुत भड़के हुए थे। मौलवी अहमदशाह की जागीर भी छिन गई थी। अवध की सल्तनत पर अंग्रेजों की हुकूमत हो जाने के बाद से, मौलवी अहमदशाह ने अपना सारा समय इस स्वाधीनता महायुद्ध की तैयारी में लगा रखा था। फैजाबाद से लखनऊ और आगरे तक वह बराबर दौरे करता था। क्रांति पर उसके भाषण बड़े भड़काऊ होते थे। उसने अनेक लेख और इश्तहारों में भी अंग्रेजों के खिलाफ जनता को भड़काया था। अंग्रेजों को जब यह सब पता चला तो उन्होंने मौलवी अहमदशाह को गिरफ्तार करने का हुक्म जारी कर दिया। लेकिन अवध की पुलिस ने उसे गिरफ्तार करने से इनकार कर दिया। तब अंग्रेजी फौज आई। अहमदशाह को गिरफ्तार कर, उस पर बगावत का मुकदमा कायम किया गया। उसे फांसी का हुक्म सुना दिया गया और फांसी की तारीख तक के लिए फैजाबाद जेल में बंद कर दिया गया।

अंग्रेजों की इस हरकत के खिलाफ फैजाबाद और आसपास की तमाम जनता भड़क उठी। लिखा है-"मौलवी अहमदशाह की गिरफ्तारी ने फैजाबाद इलाके भर में आग लगा दी। फैजाबाद शहर में उस समय दो पैदल पलटनें, कुछ सवार और कुछ तोपखाना था। तुरंत फैजाबाद के सिपाहियों और जनता ने मिलकर आजादी का झंडा खड़ा कर दिया। परेड के ऊपर देशी सिपाहियों

ने अपने अंग्रेज अफसरों से साफ कह दिया कि इस समय के बाद हम केवल अपने हिंदुस्तानी अफसरों की आज्ञा मानेंगे। सूबेदार दलीपसिंह ने आगे बढ़कर तमाम अंग्रेज अफसरों को कैद कर लिया। जेलखाने की दीवारें तोड़ दी गईं। मौलवी अहमदशाह की बेड़ियां काट डाली गईं। फैजाबाद के सब सिपाहियों और जनता ने मौलवी अहमदशाह को अपना नेता चुना। मौलवी अहमदशाह ने फैजाबाद के सारे अंग्रेजों को लिख भेजा कि आप लोग फैजाबाद छोड़ दीजिए। उसने सब अंग्रेजों को कश्तियों में बिठाकर फैजाबाद से रवाना कर दिया। उन्हें रास्ते के लिए खाने-पीने का सामान और कुछ सफर खर्च तक दे दिया गया। फैजाबाद शहर में शांति कायम कर दी गई। 9 जून की सुबह शहर और आसपास के इलाके में ऐलान कर दिया कि कंपनी की हुकूमत खत्म हो गई और नवाब वाजिद अली शाह की हुकूमत फिर से कायम हो गई। मौलवी अहमदशाह की खास हिदायत के अनुसार फैजाबाद में एक भी अंग्रेज नहीं मारा गया।" (भारत में अंग्रेजी राज : पृष्ठ 861)

दिल्ली और बहादुरशाह

दिल्ली के स्वाधीन होने के बाद, सम्राट बहादुरशाह की तरफ से एक ऐलान सारे देश में जारी किया गया: "ऐ हिंदुस्तान के फरजन्दो! अगर हम इरादा भर कर लें, तो बात ही बात में दुश्मन का खात्मा कर सकते हैं। हम दुश्मन का नाश कर डालेंगे और अपने धर्म और अपने देश को, जो हमें जान से भी प्यारा है, खतरे से बचा लेंगे।"

फिर कुछ ही दिनों बाद एक और ऐलान जारी हुआ जिसकी प्रतियां सारे भारत के अंदर, यहां तक कि दक्षिण के बाजारों और छावनियों में भी हाथों हाथ बंटती हुई पाई गईं। इस ऐलान में लिखा था:

"तमाम हिंदुओं और मुसलमानों के नाम!

हम महज अपना धर्म समझकर जनता के साथ शामिल हुए हैं। इस मौके पर जो कोई कायरता दिखलाएगा या भोलेपन के कारण दगाबाज फिरंगियों के वादों पर ऐतबार करेगा, वह जल्दी ही शर्मिंदा होगा और इंग्लिस्तान के साथ वफादारी का उसे वैसा ही इनाम मिलेगा, जैसा लखनऊ के नवाबों को मिला। इसके अलावा इस बात की भी जरूरत है कि इस जंग में तमाम हिंदू और मुसलमान मिलकर काम करें और किसी प्रतिष्ठित नेता की हिदायतों पर चलकर इस तरह का बर्ताव करें जिससे अमनो अमान कायम रहे और गरीब लोग संतुष्ट रहें और उनका अपना रुतबा और उनकी शान बढ़े।"

फिर एक तीसरा ऐलान जारी हुआ। यह ऐलान बरेली में प्रकाशित हुआ: "हिंदुस्तान के हिंदुओ और मुसलमानो, उठो। भाइयो, उठो। खुदा ने जितनी बरकतें इंसान को अता की हैं, उनमें सबसे कीमती बरकत 'आजादी' है। क्या वह जालिम नाकस, जिसने धोखा दे-देकर यह बरकत हमसे छीन ली है, हमेशा के लिए हमें उससे महरूम रख सकेगा? क्या खुदा की मर्जी के खिलाफ इस तरह का काम हमेशा जारी रह सकेगा? नहीं-नहीं! फिरंगियों ने इतने जुल्म किए हैं कि उनके गुनाहों का प्याला लबरेज हो चुका है। यहां तक कि अब हमारे पाक मजहब को नाश करने की नापाक ख्वाहिश भी उनमें पैदा हो गई है। क्या तुम अब भी खामोश बैठे रहोगे? खुदा अब यह नहीं चाहता कि तुम खामोश रहो, क्योंकि उसने हिंदुओं और मुसलमानों के दिलों में अंग्रेजों को अपने मुल्क से बाहर निकालने की ख्वाहिश पैदा कर दी है और खुदा के फजल और तुम लोगों की बहादुरी के प्रताप से जल्दी ही अंग्रेजों को इतनी कामिल शिकस्त मिलेगी कि हमारे इस मुल्क हिंदोस्तान में उनका जरा भी निशान न रह जाएगा। हमारी इस फौज में छोटे और बड़े की तमीज भुला दी जाएगी और सबके साथ बराबरी का बर्ताव किया जाएगा, क्योंकि इस पाक जंग में अपने धर्म की रक्षा के लिए जितने लोग तलवार खींचेंगे, वे सब एक समान यश के भागी होंगे। वे सब भाई-भाई हैं, उनमें छोटे-बड़े का कोई भेद नहीं। इसलिए मैं फिर अपने तमाम हिंदी भाइयों से कहता हूँ, उठो, और ईश्वर के बताए हुए इस परम कर्तव्य को पूरा करने के लिए मैदाने जंग में कूद पड़ो।"
(फिक्शन्स एक्सपोज़्ड एंड उर्दूवर्क्स : लेकी)

इतिहासकारों ने लिखा है कि बहादुरशाह जफर को जनता बहुत प्यार करती थी। वह बहुत शांत स्वभाव वाले और अत्यंत चरित्रवान व्यक्ति थे। वह खुद भी जनता को बहुत प्यार करते थे और उससे मिलकर उसके दुख-दर्द सुना करते थे। इस कारण उनके ऐलानों का जनता ने स्वागत किया।

2 जुलाई सन् 1857 को मोहम्मद बख्त खां के अधीन रुहेलखंड की सेना ने दिल्ली में प्रवेश किया। नगर निवासियों और सम्राट बहादुरशाह की ओर से इस नेता का विशेष स्वागत हुआ। बख्त खां ने सम्राट से भेंट की। सम्राट ने बख्त खां को दिल्ली की सारी सेनाओं का प्रधान सेनापति और दिल्ली का 'गवर्नर' नियुक्त किया। बख्त खां अत्यंत योग्य वीर था। उसकी नियुक्ति का ऐलान सारे शहर में कर दिया गया। बख्त खां के साथ चौदह हजार पैदल, दो या तीन पलटन सवार और अनेक तोपें थीं। वह अपनी सेना को छह महीने की तनख्वाह पेशगी दे चुका था। इसके अलावा उसने चार लाख रुपए नकद लाकर

 1857 स्वतंत्रता का महासंग्राम

सम्राट को भेंट किए। बख्त खां ने शहर में सुशासन स्थापित किया और आज्ञा दी कि कोई भी नगरवासी बिना हथियार के न रहे।

दिल्ली में फसील के ठीक नीचे, बाहर की तरफ अंग्रेजी सेना ने डेरा डाला हुआ था और वह अपनी ताकत बढ़ाने का इंतजार कर रही थी। लिखा है कि दिल्ली के अंदर उस समय क्रांतिकारियों का मुख्य काम यही था कि वे बार-बार शहर से निकलकर कभी दाएं कभी बाएं से अंग्रेजी सेना पर हमला करते थे। अंग्रेजी सेना को काफी नुकसान पहुंचा देते और फिर पीछे को हट जाते थे। अंग्रेजी सेना का शहर में घुसने का साहस न होता था। दूसरी ओर क्रांतिकारी सेना को भी इस बात का साहस न हुआ कि एक बार शहर से निकलकर मैदान में डटकर अंग्रेजी सेना को खत्म कर दें। कारण केवल यह था कि जबकि दिल्ली की सेना में वीरता, तादाद या सामान की कमी न थी, दिल्ली के अंदर कोई एक ऐसा योग्य और प्रभावशाली नेता न था, जो प्रांत-प्रांत की सेनाओं को सफलता के साथ अनुशासन में रख सकता और उन सबको मिलाकर एक निर्णायक संग्राम के लिए आगे बढ़ा सकता। सम्राट बहादुरशाह बहुत बूढ़ा था और स्वयं सेनापतित्व ग्रहण करने में असमर्थ था। शहजादा मिर्ज़ा मुगल अयोग्य साबित हो चुका था। सेनापति बख्त खां उस समय क्रांतिकारी सेनापतियों में सबसे अधिक योग्य और समझदार था, किंतु वह एक सामान्य सेनापति था। यहां एक बार फिर हमारी आपसी फूट, अविश्वास और मतभेद उभरकर बताते हैं कि स्वतंत्रता संग्राम की विफलता में उनकी कैसी भूमिका थी। बख्त खां चूंकि किसी शाही घराने में पैदा न हुआ था, इसलिए जो नरेश और राजकुल के सेनापति अपनी-अपनी सेना लेकर आए थे, वे बख्त खां का सेनापतित्व नहीं स्वीकार कर रहे थे। यह उच्च कुल का घमंड, उस समय हमारी क्रांतिकारी सेनाओं के संगठित होने और किसी कुशल नेतृत्व में युद्ध करने में बाधक बना और निश्चय ही इसके दूरगामी परिणाम होने वाले थे और वे हुए भी। लिखा है-"दिल्ली की अनेक सेनाओं के सेनापति छोटे-छोटे नरेश या राजकुल के लोग थे। उन लोगों पर बख्त खां का प्रभाव न पड़ता था। उनमें से कोई-कोई तो बख्त खां से ईर्ष्या भी अनुभव करने लगे थे। दिन-प्रतिदिन आपस की कलह बढ़ती गई। सम्राट बहादुरशाह ने सबको समझाने की कोशिश की, किंतु सफलता न मिली।

यह ध्यान देने वाली बात है कि अब जबकि क्रांति की ज्वाला भड़क उठी थी और सभी लोग दिल्ली की तरफ नेतृत्व के लिए देख रहे थे, ऐसे में दिल्ली में किसी योग्य और शक्तिशाली नेता का न होना या बहादुरशाह की बात न

मानना और अपने मिथ्या अहंकारों के लिए युद्ध न करना-अत्यंत घातक सिद्ध हुआ। इतना ही नहीं, हमारे नरेशों ने भी इस समय एकजुटता नहीं दिखाई और अंग्रेजों को देश से बाहर निकालने में कोई मदद नहीं की, बावजूद इसके कि बहादुरशाह जफर ने उन्हें बहुत समझाया और एक मजबूत शक्ति बनाने की कोशिश की। यह सही है कि बाहरदुशाह बूढ़ा होने के कारण भले ही नेतृत्व करने में असमर्थ था, फिर भी उसके ऐलान और उसकी कोशिशें बताती हैं कि उसने देशवासियों को लगातार उठ खड़े होने का आह्वान किया। उसने जयपुर, जोधपुर, बीकानेर, अलवर, पंजाब के राजाओं और दूसरे अन्य राजाओं-सबको जो पत्र भेजा था, वह बताता है कि उसने किस तरह उनका आह्वान किया, उनकी सहायता मांगी ओर देशहित में निःस्वार्थ भाव से समर्पित होने को कहा। किंतु हमारी आपसी फूट, मिथ्या अहंकार ओर छोटे-छोटे मतभेदों ने हमें गुलाम बनवाकर ही छोड़ा। स्वतंत्रता संग्राम के इतिहास में उनकी भूमिका देशघातक ही कही जाएगी। बहादुरशाह ने अपने पत्र में नरेशों को लिखा था-"मेरी यह दिली ख्वाहिश है कि जिस जरिए से भी और जिस कीमत पर भी हो सके, फिरंगियों को हिंदुस्तान से बाहर निकाल दिया जाए। मेरी यह जबरदस्त ख्वाहिश है कि तमाम हिंदुस्तान आजाद हो जाए। लेकिन इस मकसद को पूरा करने के लिए जो क्रांतिकारी युद्ध शुरू कर दिया गया है, वह उस समय तक फतहयाब नहीं हो सकता, जिस समय तक कि कोई ऐसा शख्स, जो इस तमाम तहरीक के भार को अपने ऊपर उठा सके, जो कौम की मुख्तलिफ ताकतों को संगठित करके एक ओर लगा सके और जो अपने तई तमाम कौम का नुमाइन्दा कह सके, मैदान में आकर इस क्रांति का नेतृत्व अपने हाथों में न ले ले। अंग्रेजों के निकाल दिए जाने के बाद अपने जाती फायदे के लिए हिन्दुस्तान पर हुकूमत करने की मुझमें जरा भी ख्वाहिश बाकी नहीं है। अगर आप सब देशी नरेश दुश्मन को निकालने की गरज से अपनी-अपनी तलवार खींचने के लिए तैयार हों, तो मैं इस बात के लिए राजी हूँ कि अपने तमाम शाही अख्तियारात और हुकूक देशी नरेशों के किसी ऐसे मंडल के हाथों में सौंप दूं, जिसे इस काम के लिए चुन लिया जाए।" (नेटिव नैरेटिव्स : सर टी. मेटकाफ पृष्ठ 226)। लेकिन इस पत्र का कोई असर न हुआ।

इधर कंपनी की सेना लगातार, दिल्ली पर आक्रमण करने के लिए शक्ति जुटा रही थी। तभी जनरल निकलसन के अधीन और नई सेना ने पंजाब से आकर कंपनी की सेना में नई जान डाल दी। यह स्मरन रखना चाहिए कि इस समय जो कंपनी की सेना दिल्ली के बाहर थी, उसमें अंग्रेजों की अपेक्षा

　　　　　　　　1857 स्वतंत्रता का महासंग्राम

हिंदुस्तानियों की तादाद कई गुना ज्यादा थी। इन हिंदुस्तानियों में अधिकतर सिख, गोरखे और कुछ दूसरे पंजाबी थे। (हिस्ट्री ऑफ दि सीज ऑफ दिल्ली)

कंपनी की सेना के एक अफसर कैप्टन हडसन ने बड़ी होशियारी से दिल्ली शहर में अपने जासूस पैदा कर लिए। इनमें सबसे महत्त्वपूर्ण जासूस मिर्जा इलाहीबख्श था, जो बहादुर शाह का रिश्तेदार था और हरदम उनके नजदीक रहता था। मिर्जा इलाहीबख्श किले की तमाम बातों और फैसलों की जानकारी हडसन को दिया करता था।

आखिर विश्वासघातकों की मदद और भारतीय सेना की सहायता से, 14 सितंबर सन् 1857 को कंपनी की सेना ने संगठित होकर दिल्ली पर चारों दिशाओं से आक्रमण किया। क्रांतिकारी सेना ने जमकर मुकाबला किया। घमासान लड़ाई हुई। इसके बाद क्रांतिकारी सेना उचित नेतृत्व के अभाव में टूटने लगी। दस दिन तक लड़ाई जारी रखने के बाद अंग्रेजों की सेनाओं ने तीन-चौथाई दिल्ली को अपने अधिकार में वापस ले लिया। लिखा है-19 सितंबर की रात को बख्त खां सम्राट बहादुरशाह से भेंट करने के लिए गया। उसने सम्राट को हिम्मत दिलाई और कहा-"दिल्ली हाथ से निकल जाने पर भी हमारा कुछ अधिक नहीं बिगड़ा। तमाम मुल्क में आग लगी हुई है। आप अंग्रेजों से हार स्वीकार न कीजिए। आप मेरे साथ दिल्ली से निकल चलिए। कई दूसरे स्थान सामरिक दृष्टि से दिल्ली की अपेक्षा अधिक महत्त्वपूर्ण हैं। इनमें से किसी पर भी जमकर हमें युद्ध जारी रखना चाहिए। मुझे विश्वास है कि अंत में विजय हमारी होगी।" बख्त खां की बात से बहादुरशाह सहमत हो गया और कहा कि कल सेवेरे आना। उस वक्त मिर्जा़ इलाहीबख्श वहीं था और बख्त खां तथा बहादुरशाह की बातें सुन रहा था। अंग्रेजों ने इलाहीबख्श से कह रखा था कि तुम इस बात पर खास नजर रखना कि बहादुरशाह दिल्ली से बाहर न जाने पाए और किसी भी सूरत में उसे रोके रखना। अंग्रेजों ने इस विश्वासघात के लिए इलाहीबख्श को इनाम की बड़ी रकम देने का वादा किया था। इसलिए जैसे ही बख्त खां गया, इलाहीबख्श ने बहादुरशाह को समझाया-"क्रांति के सफल होने की अब कोई उम्मीद नहीं हो सकती। बख्त खां के साथ जाने में आपको सिवाए कष्टों और नुकसान के कुछ न मिलेगा और अगर आप यहां रह जाएंगे तो मैं वादा करता हूँ कि अंग्रेजों से मिलकर सब बातों की सफाई करा दूंगा। आप और आपके कुटुम्बियों पर किसी तरह की आंच न आने पाएगी।"

बहादुरशाह ने इलाहीबख्श की सलाह मान ली। अगले दिन सुबह इलाहीबख्श

की सलाह पर ही बादशाह बहादुरशाह और बेगम जीनतमहल लाल किला छोड़कर, हुमायूं के मकबरे में चले गए। बख्त खां को वहीं मिलने को बुलाया। हुमायूं के मकबरे की पूरब की तरफ बख्त खां की फौज ने डेरा डाला हुआ था। बख्त खां, मकबरे के पूर्वी द्वार से ही बहादुरशाह से मिलने आया। एक बार फिर बख्त खां ने बहादुरशाह को समझाया और कहा कि आप मेरे साथ चलिए। बहादुरशाह ने बख्त खां के साथ जाने का मन भी बना लिया, लेकिन मिर्जा इलाहीबख्श को बाजी पलटती दिखी तो वह बख्त खां के सामने ही आकर बहादुरशाह को बताने लगा कि आपको यहां रहने में क्या फायदे हैं। फिर उसने बख्त खां के साथ जाने के नुकसान बताते हुए कह दिया कि चूंकि बख्त खां पठान है, इसलिए वह मुगलों से अपनी कौम का पुराना बदला लेना चाहता है और आपको धोखे से फंसाना चाहता है। कहते हैं इस बात पर बख्त खां और इलाहीबख्श में इतना झगड़ा हुआ कि बख्त खां ने तलवार खींच ली। तब बहादुरशाह ने बीच में पड़कर दोनों को शांत किया। लेकिन उसने इलाहीबख्श की बात मानना ही ठीक समझा, क्योंकि इलाहीबख्श उसका रिश्तेदार और पुराना नजदीकी था। उसे क्या मालूम था कि यह शख्स भयानक विश्वासघाती खेल खेलने जा रहा है और अंग्रेजों के हाथों बिक चुका है।

आखिर बहादुरशाह ने बख्त खां को समझाया–"बहादुर! मुझे तेरी हर बात का यकीन है और मैं तेरी हर राय को दिल से पसंद करता हूँ। मगर जिस्म की कूवत ने जवाब दे दिया है। इसलिए मैं अपना मामला तकदीर के हवाले करता हूँ। मुझको मेरे हाल पर छोड़ दो और बिस्मिल्लाह करो। यहां से जाओ और कुछ काम करके दिखाओ। मैं नहीं, मेरे खानदान में से नहीं, न सही तुम या कोई और, हिंदुस्तान की लाज रखे। हमारी फिक्र न करो। अपने फर्ज को अंजाम दो।" (देहली की जांकनी : ख्वाजा हसन निजामी)

बहादुरशाह से ये जवाब सुनकर बख्त खां का दिल टूट गया। वह चुपचाप सिर झुकाए उठा और मकबरे के पूर्वी दरवाजे से ही बाहर चला गया। लिखा है–"दिल्ली के स्वतंत्रता संग्राम का यदि मुकुट बहादुरशाह था, हाथ पैर हजारों हिंदू-मुसलमान वीर सिपाही थे, तो दिल और दिमाग बख्त खां था।" (भारत में अंग्रेजी राज : 898)

ख्वाजा हसन निजामी की पुस्तक "दिल्ली की जांकनी" के हवाले से लिखा गया है कि बख्त खां के जाते ही, इलाहीबख्श पश्चिमी दरवाजे से निकलकर बाहर गया और उसने अंग्रेजों को इशारा कर दिया। कप्तान हडसन वहां सवार लेकर पहले से खड़ा था। वह तुरंत सिपाहियों को लेकर बहादुरशाह

को गिरफ्तार करने पहुंच गया। लिखा है कि जब बहादुरशाह को पता चला कि उन्हें गिरफ्तार किया जा रहा है तो उन्होंने विश्वासघातक मिर्जा इलाहीबख्श को गुस्से से देखकर कहा–"इसीलिए तुमने मुझको बख्त खां के साथ जाने से रोका था?" इलाहीबख्श ने कुछ न कहा। बहादुरशाह ने किसी तरह कोशिश की कि कोई मिल जाए जिससे वह बख्त खां को बुलवा सकें, लेकिन ऐसा मुमकिन न था, क्योंकि इलाहीबख्श और हडसन का शिकंजा कसा जा चुका था। बड़ी फुर्ती से बहादुरशाह और जीनत महल को गिरफ्तार करके, हुमायूं के मकबरे के पूर्वी दरवाजे बाहर लाकर, उन्हें लाल किले भेजकर कैद कर दिया गया। लिखा है कि जनरल विलसन और कैप्टन हडसन की राय थी कि बहादुरशाह को तुरंत कत्ल कर दिया जाए। लेकिन दूसरे अंग्रेज अफसरों ने समझाया कि अभी क्रांतिकारी भारत का बहुत बड़ा हिस्सा हमारे कब्जे से बाहर है और बहादुरशाह को कत्ल करना आग में घी का काम कर सकता है।

बहादुरशाह और जीनत महल को तो गिरफ्तार करके ले आए, लेकिन हुमायूं के मकबरे में बहादुरशाह के दो बेटे-मिर्जा मुगल और मिर्ज़ा अखजर सुल्तान और एक पोता मिर्जा अबूबकर-हुमायूं के मकबरे में ही रह गए थे। उनके वहां होने की सूचना इलाहीबख्श ने हडसन को दी। हडसन तुरंत हुमायूं के मकबरे में वापस आया। उसने तीनों शहजादों को कैद किया और साथ ले चला। उस वक्त इलाहीबख्श साथ था। उसने शहजादों को भरोसा दिया कि "तुम्हारा कुछ न बिगड़ेगा-मैं तुम्हारे साथ हूँ।" तीनों शहजादों को बग्घी में बिठाकर शहर की तरफ लाया गया। जब शहर एक मील रह गया तो हडसन ने सवारों को रोका। तीनों शहजादों को बग्घी से उतारा। उनके कपड़े उतरवाए और फिर अचानक अपने एक सिपाही के हाथ से बंदूक लेकर तीनों को तीन फायर में खत्म कर दिया। वे शहजादे "हाय दगा" कहकर वहीं ढेर हो गए। फिर हडसन ने शहजादों के सिर काटकर, उन्हें एक थाल में रखा और उन पर कपड़ा ढंककर बहादुरशाह के पास ले गया। उसने थाल से कपड़ा हटाकर बहादुरशाह से कहा–"कम्पनी की तरफ से यह आपकी नजर है, जो बरसों से बंद थी।" ख्वाजा हसन निजामी ने लिखा है कि बहादुरशाह ने जवान बेटों और जवान पोते के कटे हुए सिर देखे तो मुंह फेर लिया और कहा–"अलहम्दोलिल्लाह! तैमूर की औलाद ऐसे ही सुर्खरू होकर बाप के सामने आया करती थी।" इसके बाद वे सिर जिस दरवाजे पर लटकाए गए, वह आज भी 'खूनी दरवाजा' कहलाता है।

इसके बाद अंग्रेजों ने दिल्ली पर जो जुल्म किए उसका एक दिन का मंजर

कैसा था-इसे ख्वाजा हसन निजामी ने लॉर्ड रॉबर्ट्स की किताब 'फॉर्टीवन इयर्स इन इंडिया' के हवाले से लिखा है: "हम सुबह को लाहौरी दरवाजे से चांदनी चौक गए तो हमें शहर वास्तव में मुर्दों का शहर नजर आता था। कोई आवाज सिवाय हमारे घोड़ों की टापों के सुनाई नहीं देती थी। कोई जीवित मनुष्य नजर नहीं आया। सब ओर मुर्दों का बिछौना बिछा हुआ था, जिनमें से कुछ मरने से पहले पड़े सिसक रहे थे। हम चलते हुए बहुत धीरे-धीरे बात करते थे, इस डर से कि कहीं हमारी आवाज से मुर्दे चौंक न पड़ें। एक ओर मुर्दों को कुत्ते खा रहे थे और दूसरी तरफ तमाम लाशों के आसपास गिद्ध जमा थे, जो उनके मांस को नोच-नोंचकर स्वाद से खा रहे थे और हमारे चलने की आवाज से उड़-उड़कर थोड़ी दूर जा बैठते थे। सारांश यह है कि इन मुर्दों की हालत बयान नहीं हो सकती। जिस तरह हमें इन्हें देखने से डर लगता है, उसी तरह हमारे घोड़े इन्हें देखकर डर से बिदकते थे और हिनहिनाते थे। लाशें पड़ी सड़ती थीं। उनके सड़ने से हवा में बीमारी फैलाने वाली दुर्गंध फैल रही थी।"

दिल्ली पर अंग्रेजों का पूरी तरह कब्जा हो चुका था। बहादुरशाह और जीनत महल को कैद करके रंगून भेज दिया गया। इस तरह मुगलवंश का सूर्य अस्त हो गया।

कानपुर की ओर अंग्रेजी फौज का प्रस्थान

कानपुर में अंग्रेजों की सत्ता मिट जाने और वहां हुए कत्लेआम की खबर ने गवर्नर जनरल लॉर्ड केनिंग को परेशान कर दिया। वह इलाहाबाद से ही आगे की योजना संचालित करने कलकत्ते से इलाहाबाद आ गया। इलाहाबाद में जनरल नील सेना लेकर मौजूद था। यह तय किया गया कि थोड़ी-सी सेना इलाहाबाद की रक्षा के लिए रखकर बाकी मेजर रिनार्ड के अधीन कानपुर में अंग्रेजों की मदद और क्रांतिकारियों के दमन के लिए भेजी। मेजर रिनार्ड की सेना भी, इलाहाबाद से चली, तो नील की परंपरा को मानते हुए रास्ते के तमाम गांवों में आग लगाती और लूट करती हुई आगे बढ़ी। इसके कुछ समय बाद जनरल हैवलाक जून के अंत में एक बड़ी सेना लेकर इलाहाबाद पहुंचा। उसकी सेना में अंग्रेज, सिख और बड़ा तोपखाना था। लॉर्ड केनिंग ने जनरल हैवलाक को भी कानपुर के लिए रवाना कर दिया। जाहिर था कि अब मेजर रिनार्ड और जनरल हैवलाक-दोनों की सेनाएं मिलकर कानपुर पर आक्रमण करने वाली थीं।

नाना साहब को जब अंग्रेजों की सेना के आने का समाचार मिला तो

उन्होंने ज्वाला प्रसाद और टीका सिंह के अधीन कुछ सेना, कंपनी की सेना से मुकाबला करने के लिए भेजी। 12 जुलाई को फतहपुर के पास दोनों सेनाओं में लड़ाई हुई, लेकिन अंग्रेजी सेना की ताकत ज्यादा होने के कारण क्रांतिकारी सेना की छोटी-सी टुकड़ी को पीछे हट जाना पड़ा। लिखा है कि इसके बाद अंग्रेजी सेना ने फतहपुर में भारी लूटपाट की। फतहपुर अपनी स्वाधीनता का ऐलान कर चुका था और वहां के मजिस्ट्रेट शेरर को जान बचाकर भागना पड़ा था। लिखा है कि इस मौके पर शेरर और हैवलॉक ने फतहपुर नगर से पूरा बदला लिया। फतहपुर के पूरे नगर को आग लगा दी और नगरवासियों को जलाकर राख कर दिया।

बीबीगढ़ का हत्याकांड

फतहपुर में अंग्रेजों द्वारा किए गए अत्याचारों के समाचार कानपुर पहुंचे तो क्रांतिकारी सेना और नगर के निवासी भड़क उठे। उस समय बीबीगढ़ की कोठी में 125 अंग्रेज स्त्रियां और बच्चे रह रहे थे। ये वही लोग थे जिन्हें सतीचौरा घाट हत्याकांड में नाना साहब ने बचाया था। कहा जाता है कि क्रांतिकारियों ने फतहपुर के अत्याचारों के बदले में, गुस्से में आकर इन सभी 125 स्त्रियों और बच्चों को कत्ल करके, अगले दिन सवेरे उनकी लाशों को एक कुएं में डाल दिया। किंतु इतिहासकारों में इस घटना को लेकर मतभेद है। कुछ इतिहासकारों ने इस घटना के लिए भी नाना साहब को जिम्मेदार ठहराया है। लेकिन भारतीय इतिहासकारों के साथ-साथ अंग्रेज इतिहासकारों ने भी इस घटना को सच नहीं माना है और इसमें नाना साहब का कोई हाथ था-इसे तो बिल्कुल नहीं माना है। 'भारत में अंग्रेजी राज' में सुंदरलाल ने लिखा है-“जिन अंग्रेजी पुस्तकों में इस घटना को बयान किया गया है, उनमें प्राय: इस घटना के साथ कई और भी अधिक भयंकर और अमानुषिक बातों को जोड़ दिया गया है। उदाहरण के लिए यह कि अंग्रेज स्त्रियों और बच्चों की हत्या के लिए शहर से कसाई बुलाए गए थे, हत्या से पहले इन लोगों का धीरे-धीरे अंग भंग किया गया, आदि। इन रोमांचकारी बातों के संबंध में हम केवल उस विद्रोह के सबसे अधिक प्रामाणिक अंग्रेज इतिहास लेखक सर जॉन के. के कुछ शब्द उद्धृत करते हैं: “उस समय के कई इतिहासों में बयान किया गया है कि इस भीषण हत्याकांड के साथ कई तरह की परिष्कृत क्रूरताएं और अकथनीय लज्जाजनक बातें कही गई थीं। वास्तव में यह क्रूरताएं और इस तरह की लज्जाजनक बातें कुछ लोगों ने क्रोध के आवेश में आकर अपनी कल्पना

शक्ति से गढ़ ली थीं।" एक दूसरा विद्वान अंग्रेज लंदन में 'टाइम्स' पत्र का संवाददाता, सर विलियम रसल, जो विद्रोह के समय भारत में मौजूद था, कानपुर के इस हत्याकांड के संबंध में लिखता है–"अनेक जालसाजों और नीच बदमाशों ने लगातार कोशिश करके इस मामले के साथ अनेक भीषण घटनाएं जोड़ दीं। ये कल्पित घटनाएं केवल इस आशा से गढ़ी गई थीं कि उनसे अंग्रेजों के दिलों में क्रोध और बदले की प्रचंड इच्छा भड़क उठे; मानो केवल घृणा इस क्रोध और बदले की इच्छा को भड़काने के लिए काफी न थी।" (भारत में अंग्रेजी राज : पृष्ठ 885-886)

कुल मिलाकर इतिहासकार इस घटना के बारे में निष्कर्ष रूप में कहते हैं–"इससे मालूम होता है कि कानपुर में अंग्रेज स्त्रियों और बच्चों की हत्या के किस्से में यदि कुछ सच भी है तो वह हैवलॉक के अत्याचारों से दुखी कुछ क्रान्तिकारियों के क्षणिक क्रोध का नतीजा था। 'किसी ने उसके लिए किसी को आज्ञा न दी थी' और नाना साहब को उसके लिए उत्तरदायी ठहराना गलत है।'

कानपुर में संघर्ष

जनरल हैवलॉक अपनी विशाल सेना लेकर आखिर 10 जुलाई को कानपुर के पास पहुंचा। नाना साहब ने स्वयं सेना लेकर हैवलॉक का मुकाबला किया। दोनों ओर से गोलाबारी होने लगी। किंतु हैवलॉक के तोपखाने के सामने, नाना का तोपखाना न टिक सका और उन्हें पीछे हट जाना पड़ा। उन्होंने अपनी सैन्यशक्ति को एक बार फिर संगठित किया और हैवलॉक को चुनौती दी। लेकिन दूसरी बार भी वह सफल न हुए और हारकर उन्हें बिठूर चला जाना पड़ा। 17 जुलाई को हैवलॉक ने कानपुर में प्रवेश किया और शहर पर अंग्रेजों का दुबारा कब्जा हो गया। इसके बाद जनरल नील कुछ सेना लेकर कानपुर आ गया। हैवलॉक अपनी सेना लेकर कानपुर से लखनऊ के लिए चला। नाना अब बिठूर छोड़कर अपने खजाने और कुछ सेना सहित गंगा पार कर फतहगढ़ चले गए।

लखनऊ में संघर्ष

लखनऊ में अवध के क्रांतिकारियों और रेजीडेंसी में फंसे अंग्रेजों के बीच संघर्ष चल रहा था। 20 जुलाई सन् 1857 को लखनऊ की क्रान्तिकारी सेना ने रेजीडेंसी पर हमले शुरू किए। रेजीडेंसी के अंदर से अंग्रेजों ने मुकाबला

किया। लेकिन उनका मुकाबला ज्यादा न चल सका। उन्होंने मदद के लिए बार-बार अपने गुप्त दूत कानपुर भेजे। लेकिन हैवलॉक कानपुर से चलकर लखनऊ नहीं पहुंच सका। 20 जुलाई सन् 1857 को हैवलॉक ने कानपुर से चलकर गंगा को पार किया। वह लखनऊ जल्दी से जल्दी पहुंचना चाहता था। उसने सोचा था कि कानपुर से लखनऊ की पैंतालीस मील की दूरी को तय करने में ज्यादा वक्त न लगेगा। किंतु उसे क्या मालूम था कि "अवध की एक-एक चप्पा जमीन पर स्वाधीनता की आग दहक रही थी। एक-एक जमींदार ने अपने अधीन सौ-सौ, दो-दो सौ या अधिक आदमी जमा करके हैवलॉक को रोकने का निश्चय कर लिया। रास्ते में हर गांव के ऊपर स्वाधीनता का हरा झंडा फहरा रहा था। हैवलॉक को पहली लड़ाई उन्नाव में लड़नी पड़ी। वहां से ज्यों-ज्यों हैवलॉक आगे बढ़ा, उसे विरोध का सामना करना पड़ा। दूसरा संग्राम बशीरतगंज में हुआ। ये दोनों ही युद्ध एक ही दिन यानी 29 जुलाई को लड़े गए। इस कारण हैवलॉक की सेना का छठा हिस्सा इन लड़ाइयों में खत्म हो गया। इधर नाना साहब ने हैवलॉक को लखनऊ की तरफ बढ़ते देखकर कानपुर पर फिर से आक्रमण की तैयारी की। 4 अगस्त को हैवलॉक फिर लखनऊ की तरफ बढ़ा, लेकिन बशीरतगंज में उसे क्रान्तिकारियों ने जबरदस्त टक्कर दी। हैवलॉक को भारी नुकसान हुआ और वह वापस गंगा की ओर आ गया।

नाना साहब के पास अब तक सागर, ग्वालियर आदि से काफी सैनिक मदद आ गई थी। इसलिए नाना साहब ने कानपुर पर जोरदार हमला किया। कानपुर में जनरल नील के पास थोड़ी सी सेना थी। उसने हैवलॉक से मदद मांगी तो हैवलॉक को कानपुर लौटना पड़ा। नाना साहब पर 17 अगस्त को हैवलॉक की सेना ने चढ़ाई की। घमासान युद्ध के बाद दोनों ओर की सेनाओं को पीछे हट जाना पड़ा। इस बीच कलकत्ते से सर जेम्स आउटरम एक बड़ी सेना लेकर हैवलॉक की मदद के लिए कानपुर आ गया।

नाना साहब जनरल हैवलॉक पर फिर से हमला करने के लिए सेना जमा कर रहे थे। तांत्या टोपे को उन्होंने शिवराजपुर भेजा। वहां कंपनी की 42 नंबर पलटन को तांत्या टोपे ने अपनी तरफ मिलाया। इसी पलटन की मदद से उसने एक बार फिर बिठूर पर कब्जा कर लिया और लखनऊ जा रही हैवलॉक की सेना पर पीछे से हमला किया, नतीजा यह हुआ कि हैवलॉक को लखनऊ का इरादा छोड़कर वापस आना पड़ा। 16 अगस्त को हैवलॉक की सेना ने फिर तांत्या टोपे की सेना पर विजय प्राप्त की। तांत्या टोपे हारकर, बची हुई सेना

लेकर फतहगढ़ पहुंचे जहां नाना साहब ने डेरा डाल रखा था।

कंपनी की सेना, अवध के तमाम क्रान्तिकारियों के विरोध के बावजूद 23 सितंबर को लखनऊ के पास आलमबाग पहुंच गई। आलमबाग में क्रान्तिकारियों की एक पलटन ठहरी हुई थी। दिन भर और रात भर और अगले दिन भर खूब घमासान युद्ध हुआ। इसी समय समाचार पहुंचा कि दिल्ली पर अंग्रेजों का फिर कब्जा हो गया है और बहादुरशाह को गिरफ्तार करके कलकत्ते भेज दिया गया है। इस खबर से देश भर के क्रान्तिकारियों को झटका लगा। अंग्रेजों की सेना के हौसले बढ़ गए।

25 सितंबर को अंग्रेजों की फौज ने आलमबाग से हटकर रेजीडेंसी की तरफ बढ़ना चाहा। लेकिन क्रान्तिकारियों की सेना का जबरदस्त जमाव था और उसने जमकर युद्ध किया। इसी युद्ध में जनरल नील मारा गया। हालांकि जनरल नील की मृत्यु अंग्रेजी सेना के लिए जबरदस्त सदमा था, लेकिन वह सेना रेजीडेन्सी पहुंच गई। लेकिन क्रान्तिकारियों ने फिर से रेजीडेन्सी को घेर लिया। हैवलॉक और उसकी सेना रेजीडेन्सी के अंदर कैद हो गई।

लखनऊ में हैवलॉक और आउटरम की सेनाओं की मदद के लिए 27 अक्टूबर सन् 1857 को कलकत्ते से, नया कमांडर इन चीफ सर कॉलिन कैम्पबेल, लखनऊ-कानपुर के लिए चला। कैम्पबेल अनुभवी सेनापति था। 3 नवंबर को वह कानपुर पहुंचा। वहां उसने एक बड़ी सेना जमा की। इसे ब्रिगेडियर जनरल ग्रांट के अधीन रखा गया था। जनरल ग्रांट सबसे पहले इस सेना को लेकर आलमबाग पहुंचा। कैम्पबेल ने भी कुछ सेना तोपों के साथ कानपुर में जनरल विंढम के अधीन छोड़ दी और स्वयं भी गंगा पार कर लखनऊ में आलमबाग पहुंच गया।

अब कंपनी के पास विशाल सेना थी। 14 नवंबर को कैम्पबेल अपनी विशाल सेना के साथ रेजीडेन्सी की तरफ बढ़ने लगा। पहले सेना दिल खुशा बाग पहुंची फिर 16 को सिकंदर बाग पर चढ़ाई की। वहां घमासान युद्ध हुआ। इसके बाद चौबीसों घंटे दिलखुश बाग, आलमबाग और शाहनजफ में घमासान लड़ाई होती रही। नौ दिन तक यानी 23 नवंबर तक लड़ाई जारी रही। किंतु दिल्ली के पतन ने क्रान्तिकारियों के हौंसले पस्त कर दिए थे। लेकिन वे पीछे नहीं हटे। शहर अभी तक क्रान्तिकारियों के हाथों में था। इसी समय 24 नवंबर को जनरल हैवलॉक की मृत्यु हो गई। सर कॉलिन कैम्पबेल ने मजबूर होकर सेना को रेजीडेन्सी के मोर्चे से हटाकर, आलमबाग में वापस जमा किया और आउटरम को वहां का सेनापति नियुक्त किया। लेकिन इसी बीच कैम्पबेल को

समाचार मिला कि नाना साहब के सेनापति तांत्या टोपे ने कानपुर की अंग्रेजी सेना को हराकर फिर से नगर पर कब्जा कर लिया है। तब कैम्पबेल ने लखनऊ को आउटरम के भरोसे छोड़ा और स्वयं सेना लेकर कानपुर के लिए चला।

तांत्या टोपे और विद्रोह का केन्द्र कालपी

तांत्या टोपे के सामने अब सेना को संगठित करने का सबसे बड़ा सवाल था। वह अब नाना साहब की सेना का सक्रिय और अधिकृत सेनापति था। फतहगढ़ में बैठकर क्रांति का न संचालन हो सकता था और न सेना का संगठन तांत्या टोपे को इसके लिए कोई सुरक्षित जगह चाहिए थी।

पहले तांत्या ग्वालियर पहुंचे और वहां मुरार की छावनी में सिंधिया की विशाल सबसिडियरी सेना को अपनी ओर मिलाने की कोशिश में जुट गए। सिंधिया की इस सेना में पैदल, सवार और तोपखाना तीनों थे। तांत्या ने बड़ी होशियारी से सेना को क्रांति के लिए तैयार कर लिया। वह उस सेना को लेकर कालपी आया। कालपी का किला यमुना के उस पार कानपुर से 46 मील दूर युद्ध की दृष्टि से अत्यंत महत्त्वपूर्ण स्थान पर था। 9 नवंबर को तांत्या ने कालपी के किले पर कब्जा कर लिया। क्रांति का केंद्र अब कालपी को बना लिया गया। नाना साहब ने भी कालपी को पसंद किया। साथ ही उन्होंने बाला साहब को कालपी का प्रधान बनाया। नाना साहब स्थायी रूप से कालपी में नहीं रहना चाहते थे।

तांत्या टोपे ने एक बार फिर कानपुर की ओर रुख किया। उस समय जनरल विंढम कानपुर में था। 19 नवंबर सन् 1857 को तांत्या ने अपनी सेना लेकर कानपुर को घेर लिया और रसद आदि का जाना बंद करा दिया। विंढम ने अपनी सेना लेकर पांडु नदी के पास तांत्या की सेना से 26 नवंबर को मुकाबला किया। पहले तो तांत्या को पीछे हटना पड़ा, लेकिन उसने रणनीति बदली और पूरी शक्ति से अंग्रेजी सेना पर हमला करके उसे कानपुर तक खदेड़ ले गया। तीन दिन के युद्ध के बाद पूरा कानपुर शहर तांत्या के कब्जे में आ गया। जब विंढम की हार और कानपुर में तांत्या का आना, कैम्पबेल को पता चला तो उसने लखनऊ का मोर्चा छोड़कर कानपुर के लिए कूच कर दिया। वह 30 नवंबर को कानपुर पहुंच गया। इस बीच नाना साहब भी कानपुर आ गए ताकि वह तांत्या की मदद कर सकें।

अंग्रेज इतिहासकार जी.बी. मालेसन लिखता है कि सेनापति के रूप में तांत्या टोपे की "स्वाभाविक योग्यता बहुत बढ़ी चढ़ी थी।" मालेसन लिखता है

कि तांत्या टोपे ने कैम्पबेल की सेना को गंगा किनारे ही रोक दिया और पहली दिसंबर से छह दिसंबर तक-दोनों सेनाओं में घमासान युद्ध हुआ। लेकिन अंत में तांत्या की सेना कमजोर पड़ने लगी और कानपुर नगर पर फिर से कंपनी का कब्जा हो गया। तांत्या ने अपनी बची हुई सेना लेकर कालपी के लिए कूच किया। कैम्पबेल ने इस बार बिठूर के महलों को गिराकर जमीन से मिला दिया।

कालपी में तांत्या टोपे ने क्रांति संगठन के लिए सभी आवश्यक उपायों को किया। कालपी एक तरह से तांत्या का नया संचालन केन्द्र बन गई थी जहां तांत्या का ही हुक्म चलता था, लेकिन तांत्या सभी काम पेशवा नाना साहब के सेवक के रूप में करता था। कालपी में तांत्या ने तोपें बनाने का कारखाना शुरू किया। भारी मात्रा में गोला बारूद इकट्ठा किया। आसपास के गांवों के जमींदारों से तांत्या ने कर भी वसूल किया और उस धन से सैन्य-सामग्री तैयार कराई। "सैन्ट्रल इंडिया" पुस्तक का अंग्रेज लेखक लिखता है-"किले में, घरों में तथा तम्बुओं में लुहार और बढ़ई काम कर रहे थे। तोप के गोले और बंदूक के कारतूस बनाने के कारखानों में रात दिन काम होता था। हर तरह की बंदूक के आकार के कारतूस, तोप के गोले बनाकर उनको भंडार गृह में बड़ी व्यवस्था के साथ रखा जाता था।"

तांत्या ने कालपी और आसपास के क्षेत्र में शासन व्यवस्था भी सुधार दी थी। जगह-जगह चौकियां बनाई गई थीं और वहां तांत्या के विश्वासपात्र अधिकारियों को ही नियुक्त किया गया था। यमुना के घाटों पर पहरेदारों की तथा कर वसूल करने वालों की भी नियुक्तियां की गई थीं। तांत्या का गुप्तचर संगठन भी बहुत मजबूत था। अंग्रेजों के अड्डों पर क्या तैयारी हो रही है, वे किधर कूच करने वाले हैं, उनके पास कितना गोला बारूद है-आदि तमाम सूचनाएं तांत्या के गुप्तचर दिया करते थे।

फिर लखनऊ की ओर

इस समय तक, रुहेलखंड और अवध के जो क्रान्तिकारी सैनिक दिल्ली गए थे, वे वापस वहां से लौटकर लखनऊ में जमा हो रहे थे। लखनऊ अभी तक अंग्रेजों के हाथ नहीं आया था और वहां क्रान्तिकारियों की शक्ति बढ़ती जा रही थी। इस कारण अब कैम्पबेल ज्यादा बड़ी तैयारी के साथ लखनऊ की ओर चला। लिखा है-"23 फरवरी 1858 को कैम्पबेल सत्रह हजार पैदल, पांच हजार सवार और 134 तोपें सहित कानपुर से लखनऊ की ओर बढ़ा। अंग्रेज इतिहास लेखक लिखते हैं कि इतनी विशाल सेना अवध के मैदानों में कभी न

 1857 स्वतंत्रता का महासंग्राम

दिखाई दी थी। इस सेना में अधिकतर अंग्रेज, सिख और कुछ अन्य लोग थे।" रसल ने लिखा है कि इस सेना ने रास्ते में कई गांवों को बारूद से उड़ा दिया था। (रसेल की डायरी : पृष्ठ 218)

उस समय लखनऊ में अवध की अधिकांश प्रजा और वहां के लगभग सभी राजा, जमींदार और ताल्लुकेदार सच्चे उत्साह के साथ युद्ध के लिए उपस्थित थे। रसेल ने लिखा है–"अवध के लोग अपने देश और अपने बादशाह के लिए देशभक्ति के भाव से भरकर लड़ रहे थे।" (रसेल की डायरी : पृष्ठ 275) लखनऊ में उस समय फैजाबाद का मौलवी अहमदशाह क्रान्तिकारियों का सबसे योग्य नेता था, जो अपने जोवा और अपनी योग्यता की दृष्टि से एक आंदोलन को चलाने और एक विशाल सेना का नेतृत्व करने के योग्य था। लेकिन लखनऊ में भी आपसी ईर्ष्या और छोटे-बड़े की भावना ने नेतृत्व का संकट उत्पन्न कर दिया था। मौलवी अहमदशाह ने कई बार चाहा कि आउटरम पर एक जोरदार हमला करके उसकी सेना को हटा दिया जाए। किंतु लखनऊ में मौजूद क्रांतिकारी नेताओं को मौलवी की बात पसंद न आई। चूंकि अहमदशाह जनता के बीच से उठा हुआ नेता था, वह कोई रईस, राजा या नवाब न था–इस कारण उसके व्यवहार को और उसकी सलाह को हीन दृष्टि से देखा जाता था। कहते हैं कि ऐसे ही मतभेद के चलते, एक बार बेगम हजरत महल ने मौलवी अहमदशाह को कैद करा दिया था, लेकिन सेना और जनता में वह इतना लोकप्रिय था कि उसे कैद करके रखना बेगम के लिए मुसीबत बन गया और उसे छोड़ना पड़ा।

कैम्पबेल अपनी सेना लेकर लखनऊ पहुंचा। उसका मुकाबला करने के लिए भारतीय क्रांतिकारी सेना का नेतृत्व अहमदशाह ने किया। लिखा है कि "जितनी बार भारतीय सेना ने आलमबाग पर हमला किया, मौलवी अहमदशाह अपने घोड़े या हाथी पर सदा सबसे आगे लड़ता हुआ दिखाई पड़ता था। जिस समय सर कॉलिन कैम्पबेल अपनी सेना के साथ आलमबाग पहुंचा था, उस समय तक लखनऊ का सारा शहर क्रान्तिकारियों के हाथों में था। शहर के बाहर आलमबाग में अंग्रेजी सेना थी और शहर के अंदर क्रान्तिकारियों की तरफ तीस हजार बाजाब्ता हिन्दुस्तानी सिपाही और पचास हजार सशस्त्र स्वयं सेवक जमा थे। एक-एक गली और एक-एक बाजार में नाकेबंदी और मोर्चेबंदी कर रखी थी। हर घर की दीवारों में बंदूकों के लिए सुराख बने हुए थे। हर मोर्चे पर तोपें लगी हुई थीं। महल के चारों तरफ तोपें थीं। नगर के उत्तर में गोमती और बाकी तीन तरफ मजबूत किलेबंदी की गई थी।" (भारत में

सबसे पहले आउटरम ने उत्तर की तरफ से और फिर कैम्पबेल ने पूरब की तरफ से हमले शुरू किए। 6 मार्च से 15 मार्च तक दोनों सेनाओं में घमासान युद्ध हुआ। लेकिन भारतीय क्रांतिकारी सेना में नेतृत्व की कमी ने यहां भी एक बार फिर अंग्रेजों को विजय का अवसर दे दिया। दिलखुश बाग, कदमरसूल, शाहनजफ, बेगम कोठी आदि तमाम मोर्चों पर अंग्रेजी सेना की विजय होती चली गई। यह देखकर बेगम हजरत महल, नवाब बिरजीस कदर और मौलवी अहमदशाह-तीनों लखनऊ से निकल गए। लखनऊ शहर पर अंग्रेजों का कब्जा हो गया। इसके बाद कंपनी की सेना ने लखनऊ के निवासियों के साथ जिस तरह का व्यवहार किया, उसे सार्वजनिक लूट और नरसंहार-इन्हीं दो शब्दों में अभिव्यक्त किया जा सकता है। लेफ्टीनेंट माजेण्डी लिखता है कि लखनऊ के अंदर उस समय के कत्लेआम में किसी तरह की तमीज नहीं की गई।

बिहार में क्रांति : बाबू कुंवर सिंह

बिहार में 1857 की क्रांति के संगठन अलग-अलग शहरों में थे, लेकिन सबसे बड़ा केन्द्र पटना में ही था। पटना में क्रांति की योजनाएं बनतीं और फिर अन्य केंद्रों को सूचनाएं जातीं। बिहार की स्थानीय पुलिस गुप्त रूप से क्रांति-संयोजकों का साथ दे रही थी। लिखा है कि पटना के केंद्र के पास धन की कमी न थी। सैकड़ों वैतनिक और अवैतनिक प्रचारक चारों ओर गांव में क्रांति का प्रचार करते हुए घूमते थे। वहां के नेताओं का दिल्ली, लखनऊ और कानपुर के नेताओं से लगातार संपर्क बना हुआ था। बिहार में क्रांति के तीन प्रमुख मौलवी नेता थे। पटना में उन दिनों टेलर नामक अंग्रेज कमिश्नर था। उसने इन तीनों मौलवियों को बातचीत के लिए अपने घर बुलाया और फिर धोखे से गिरफ्तार करके उन्हें जेल में डाल दिया। इस पर 3 जुलाई को पटना में विद्रोह भड़का, लेकिन दबा दिया गया। क्रान्तिकारी नेता पीरअली को पकड़कर गोरी सेना ने फांसी पर लटका दिया।

उधर बिहार के शाहाबाद जिले की जगदीशपुर रियासत में विद्रोह की आग भड़क उठी थी। दरअसल यह रियासत भी लॉर्ड डलहौजी की अपहरण नीति का शिकार हुई थी। जगदीशपुर के राजा बाबू कुंवरसिंह अपने इलाके में बहुत लोकप्रिय थे। उनकी उम्र उस समय अस्सी साल से भी ज्यादा थी। फिर भी उन्होंने क्रांतिकारी युद्ध में हिस्सा लिया और बड़ी महत्त्वपूर्ण भूमिका निभाई। लिखा है कि जिस समय क्रांतिकारी सेना जगदीशपुर पहुंची, बाबू कुंवरसिंह

तुरंत हथियार उठाकर अपने महल से निकल पड़े और क्रांतिकारी सेना की अगुवाई करने लगे। उनकी सेना आरा पहुंची। उसने अंग्रेजी खजाने पर कब्जा कर लिया। फिर जेलखाना खोलकर कैदियों को रिहा कर दिया। सरकारी इमारतों को तोड़ दिया गया। आरा के छोटे से किले को घेर लिया गया, क्योंकि उसमें थोड़े से अंग्रेज मौजूद थे। बाबू कुंवरसिंह ने उन्हें समर्पण कर देने को कहा ताकि उनकी जानमाल बच जाए। पर सिख सिपाहियों ने उन्हें समर्पण नहीं करने दिया। तीन दिनों तक घेरा पड़ा रहा। उनकी मदद के लिए दानापुर का कप्तान डनवर चार सौ सिपाहियों को लेकर मदद के लिए चला। उसके साथ तीन सौ गोरे सिपाही और सौ से ज्यादा सिख सिपाही थे। लिखा है कि बाबू कुंवरसिंह को पता चल गया कि दानापुर से सेना आ रही है। उस रास्ते में आम का बाग था। कुंवरसिंह ने अपने कुछ सिपाही आम के पेड़ों पर बिठा दिए। रात हो गई थी। दानापुर की सेना जैसे ही आम के बाग से होकर गुजरी कि उस पर क्रांतिकारी सैनिकों ने दनादन गोलियां चलाई। लिखा है कि 415 आदमियों में से सिर्फ पचास आदमी जिंदा बचकर निकल सके। कप्तान डनवर भी आम के बाग में मारा गया। इसके बाद मेजर आयर एक बड़ी सेना लेकर आया। 2 अगस्त सन् 1857 को बीबीगंज के पास कुंवरसिंह की अप्रशिक्षित सेना, अंग्रेजी सेना के आगे टिक न सकी। कुंवरसिंह को अंत में मैदान छोड़ना पड़ा। वह जगदीशपुर की ओर लौटे तो मेजर आयर ने उनका पीछा किया। कई दिनों तक युद्ध हुआ और एक बार फिर कुंवरसिंह की पराजय हुई। उनके किले पर मेजर आयर का कब्जा हो गया। कुंवरसिंह महल से अपने परिवार को लेकर, बारह सौ सैनिकों के साथ जगदीशपुर से निकल गए।

अब कुंवरसिंह ने आजमगढ़ से पच्चीस मील दूर अतरौलिया नामक स्थान पर डेरा डाला। वहां आसपास के इलाके के क्रान्तिकारी सैनिक भी आकर उनके साथ हो गए। इस तरह उन्होंने अपनी शक्ति को मजबूत बनाने का प्रयत्न जारी रखा। उधर अंग्रेजों को पता चल गया कि कुंवरसिंह सेना संगठित कर रहे हैं। 22 मार्च सन् 1858 को अंग्रेजी सेना उन पर आक्रमण करने अतरौलिया पहुंची। वहां घमासान युद्ध हुआ। अचानक बाबू कुंवरसिंह पीछे हटने लगे। अंग्रेजी सेना के अफसर मिलमैन ने समझा कि कुंवरसिंह मैदान छोड़ गए हैं। इसलिए उसने युद्ध रोककर अपनी सेना को एक बाग में ठहराकर भोजन करने की आज्ञा दे दी। कुंवरसिंह ने उस मौके का फायदा उठाया और अचानक अंग्रेजी सेना पर टूट पड़े। अंग्रेजी सेना को इस अचानक हमले से भारी नुकसान हुआ। मिलमैन जान बचाकर भाग गया। कुंवरसिंह ने उसका पीछा किया,

लेकिन वह आजमगढ़ की तरफ चला गया। यहां यह उल्लेखनीय है कि अस्सी वर्ष से भी अधिक आयु के बाबू कुंवरसिंह जिस चुस्ती, फुर्ती और समझदारी से युद्ध लड़ रहे थे, उससे अंग्रेज हैरान थे। इसके बाद कर्नल डेम्स सेना लेकर आया और इस बार आजमगढ़ में कुंवरसिंह से उसका मुकाबला हुआ। अंग्रेजी सेना हार गई और आजमगढ़ पर कुंवरसिंह का कब्जा हो गया।

कुंवरसिंह के साथ इस वक्त तक लखनऊ से भागे हुए क्रांतिकारी सेनानी भी आ मिले थे। आजमगढ़ से कुंवर सिंह बनारस की ओर बढ़े। उस समय वह जगदीशपुर से सौ मील दूर बनारस के उत्तर में थे। लॉर्ड केनिंग ने जब सुना तो उसने लॉर्ड मार्ककर के नेतृत्व में एक विशाल सेना कुंवर सिंह से लड़ने के लिए भेजी। 6 अप्रैल को लॉर्ड मार्ककर और कुंवरसिंह के बीच युद्ध शुरू हुआ। इतिहासकार लिखते हैं कि इस युद्ध में इक्यासी साल के बूढ़े कुंवर सिंह सफेद घोड़े पर सवार होकर बिजली की तरह लपकते दिखाई दे रहे थे। इस युद्ध में लॉर्ड मार्ककर हार गया। वह अपनी तोपों के साथ आजमगढ़ की तरफ भागा। कुंवरसिंह ने उसका पीछा किया। इतिहासकार मालेसन लिखता है कि कुंवरसिंह ने यही भूल की कि बनारस की ओर बढ़ने की बजाए वह मार्ककर के पीछे चले गए। हुआ ये कि लुगार्ड नामक एक अन्य अंग्रेज सेनापति, सेना लेकर मार्ककर की सहायता के लिए आ गया। वह भी आजमगढ़ की ओर बढ़ा। यह खबर पाकर कुंवरसिंह ने आजमगढ़ का रास्ता छोड़कर गाजीपुर जाने और वहां से गंगा पार करके जगदीशपुर पहुंचने की योजना बनाई।

लुगार्ड की सेना को चक्कर देकर कुंवरसिंह गाजीपुर की तरफ बढ़ने लगे। लुगार्ड ने उनका पीछा बारह मील तक किया, किंतु कुंवरसिंह हाथ न आए। अब वह गंगा की ओर बढ़े। किंतु दूसरी ओर से अंग्रेज सेनापति डगलस ने कुंवरसिंह को घेरा। नघई नामक गांव के पास डगलस और कुंवरसिंह की सेनाओं में युद्ध हुआ। इस युद्ध में भी बाबू कुंवरसिंह की ही विजय हुई। इसके बाद वह ज्यों ही आगे बढ़े कि डगलस ने फिर उनका पीछा किया, किंतु तब तक कुंवरसिंह घाघरा नदी पार करके मनोहर ग्राम पहुंच चुके थे। गंगा के पास पहुंचकर कुंवरसिंह ने यह अफवाह उड़ा दी कि उनकी सेना बलिया के पास हाथियों से गंगा पार करेगी। यह सुनकर अंग्रेजों की सेना उसी जगह आकर डट गई। किंतु कुंवरसिंह उस जगह से सात मील दूर शिवपुर घाट से रात के समय किश्तियों के सहारे गंगा पार करने लगे। जब अंग्रेजों को कुंवरसिंह की इस चाल का पता चला तो वे भागकर शिवपुर आए। उस समय तक कुंवरसिंह की पूरी सेना गंगा पार कर चुकी थी। केवल अंतिम किश्ती गंगा में थी और उसी

में बाबू कुंवरसिंह सवार थे। अंग्रेजों की सेना उन पर गोलियां चलाने लगी। दुर्भाग्य से एक गोली कुंवरसिंह के दाहिने हाथ की कलाई में लगी। इससे दाहिना हाथ निष्क्रिय हो गया। बूढ़े कुंवरसिंह ने देखा कि गोली का विष सारे शरीर में फैल सकता है। इसलिए बाएं हाथ से तलवार खींचकर अपने दाहिने हाथ को खुद ही, एक ही वार में काट गंगा में फेंक दिया और घाव पर कपड़ा लपेटकर उन्होंने गंगा पार की। गंगा के उस पार कुछ दूरी पर ही उनकी राजधानी जगदीशपुर थी। यह घटना 22 अप्रैल सन् 1858 की है। बाबू कुंवरसिंह अपने महल में आए। लेकिन अभी वह चौबीस घंटे भी विश्राम न कर पाए थे कि सेनापति लुगार्ड 23 अप्रैल को जगदीशपुर के निकट सेना लेकर आ गया। कुंवरसिंह के पास उस समय सेना हालांकि कम थी और उनका एक हाथ भी जख्मी था, फिर भी उन्होंने बड़ी वीरता से लुगार्ड का मुकाबला किया। इस युद्ध में भी बाबू कुंवर सिंह विजयी हुए। लुगार्ड को गोली लगी और वह मारा गया। अंग्रेजों की सेना की सब तोपें और असबाब कुंवरसिंह के कब्जे में हो गए। किंतु कुंवरसिंह का घाव अभी अच्छा न हुआ था और उसी के कारण 26 अप्रैल सन् 1858 को उनका अपने महल में निधन हो गया। बाबू कुंवरसिंह बड़े पवित्र चरित्र वाले व्यक्ति थे। वह बड़ा संयमित जीवन जीते थे। यहां तक कहा जाता है कि उनकी रियासत में, इस डर से कि कहीं कुंवरसिंह देख न लें खुले तौर पर तंबाकू नहीं पीते थे। उनकी सारी प्रजा उनका बहुत आदर करती थी और उनसे प्रेम करती थी। वह अपने समय के अद्वितीय योद्धा थे और उनकी बहादुरी की प्रशंसा अंग्रेज इतिहासकारों ने भी खुले दिल से की है।

मौलवी अहमदशाह

अवध के क्रान्तिकारियों का केंद्र लखनऊ, अंग्रेजों के कब्जे में आने के बाद से, वे बिखर रहे थे। कंपनी की सेनाएं भी चारों ओर अपना प्रभुत्व जमाने के लिए हर इलाके में पहुंच रही थीं। लिखा है-"पलटनों पर पलटनें इंग्लिस्तान से भर्ती हो-होकर भारत आ रही थीं। विशाल भारतीय साम्राज्य को अपने हाथों से खिसकता देखकर इंग्लिस्तान के शासकों ने उस समय अपनी सारी ताकत भारतीय क्रांति का दमन करने में लगा रखी थी। 1 अप्रैल सन् 1858 को कंपनी की हिंदुस्तानी सेना और देशी रियासतों की सेनाओं के अतिरिक्त कंपनी के पास भारत में 96,000 गोरी सेना थी। अंग्रेज कौम के बड़े-बड़े अनुभवी सेनापति भारत में मौजूद थे।

भारत में क्रांतिकारियों के अंदर बिखराव बढ़ता जा रहा था। दिल्ली,

कानपुर और लखनऊ जैसे केंद्रों पर अंग्रेजों का अधिकार हो चुका था। लेकिन फिर भी अवध और रुहेलखंड के क्रांतिकारी नेता, क्रांतिकारी सैनिकों को आगाह कर रहे थे, उनका मनोबल बढ़ा रहे थे और उन्हें बता रहे थे कि तुम लोग क्या करो। लंदन के 'टाइम्स' का संवाददाता रसेल, एक ऐसे ही इश्तहार का हवाला देता है जो क्रांतिकारी सैनिकों के लिए तमाम शहरों में लगाए गए थे। इश्तहार में लिखा था: "तुम लोग इन विधर्मियों की बाजाब्ता सेनाओं का खुले मैदान में सामना करने का प्रयत्न करो, क्योंकि उनमें व्यवस्था हमसे बढ़कर है और उनके पास बड़ी-बड़ी तोपें हैं। उनके आने-जाने पर निगाह रखो, दरियाओं के तमाम घाटों पर अपना पहरा रखो, उनके पत्र-व्यवहार को बीच में रोक दो, उनकी रसद को रोक लो, उनकी डाक और चौकियों को तोड़ दो और सदा उनके कैंप के इधर-उधर फिरते रहो। फिरंगी को बिल्कुल चैन न लेने दो।" (रसेल की डायरी : पृष्ठ 276)

उस समय बेगम हजरत महल छह हजार सैनिकों के साथ बिटावली में थीं और मौलवी अहमदशाह लखनऊ से तीस मील दूर बारी नामक स्थान पर। मौलवी अहमदशाह को अंग्रेज किसी भी कीमत पर पकड़ना चाहते थे। होप ग्रांट नामक सेनापति तीन हजार सेना और तोपखाना लेकर बारी के लिए लखनऊ से चला। जब मौलवी अहमदशाह को पता चला तो उसने बारी से चार मील दूर एक गांव में अपनी पैदल सेना को खड़ा किया और सवार सेना को किसी और जगह खड़ा किया। लेकिन सवार सैनिकों ने मौलवी अहमदशाह के निर्देश के बावजूद शत्रु सेना को देखते ही हमला कर दिया। इससे मौलवी की सारी रणनीति गड़बड़ा गई और उसे मैदान छोड़कर भागना पड़ा।

इसके बाद मौलवी अहमदशाह को शाहजहांपुर और बरेली में भी घेरने की कोशिशें हुईं, पर अंग्रेजों को सफलता न मिली। मौलवी के लिए जरूरी था कि वह अपना सैन्य बल बढ़ाए। इसके लिए आर्थिक सहायता की जरूरत थी। पौना नाम की एक रियासत का राजा जगन्नाथसिंह था। मौलवी अहमदशाह ने बेगम हजरत महल की मोहर लगाकर राजा जगन्नाथसिंह को आर्थिक सहायता देने के लिए एक पत्र लिखा। राजा जगन्नाथसिंह मौलवी को तुरंत आकर मिलने को कहा। मौलवी अहमदशाह के आने पर राजा जगन्नाथ सिंह उसे अपनी बैठक में ले गए। वहां अभी बातचीत हो रही थी कि अचानक जगन्नाथ सिंह के भाई ने आकर मौलवी पर गोली चला दी। राजा जगन्नाथसिंह ने मौलवी अहमदशाह के मरते ही उसका सिर काटकर स्वयं निकट के, अंग्रेजों के कैम्प में पहुंचा दिया। इस तरह 5 जून 1858 को मौलवी अहमदशाह का निधन हुआ। लिखा

है कि राजा जगन्नाथ सिंह को इस काम का इनाम पचास हजार रुपए मिला था।

मौलवी अहमदशाह एक योग्य और प्रभावशाली व्यक्ति था। इतिहास लेखक जी.बी. मालेसन लिखता है–"मौलवी एक बड़ा अद्भुत आदमी था। सेनापति की हैसियत से उसकी योग्यता के अनेक सबूत विद्रोह के समय मिले। कोई भी अन्य व्यक्ति गर्व से यह नहीं कह सकता था कि मैंने कैम्पबेल को दो बार हराया–पर मौलवी कह सकता था और ऐसे मौलवी अहमदशाह की मौत विश्वासघात के कारण हुई। यदि किसी ऐसे मनुष्य को, जिसकी जन्मभूमि की स्वाधीनता का अन्याय द्वारा अपहरण कर लिया गया हो और जो फिर से स्वाधीनता को कायम करने के लिए तजवीज करे और युद्ध करे, देशभक्त कहा जा सकता है, तो इसमें अणुमात्र भी संदेह नहीं हो सकता कि मौलवी अहमदशाह सच्चा देशभक्त था। उसने किसी की गुप्त हत्या करके अपनी तलवार को कलंकित नहीं किया था; निहत्थे और निर्दोष मनुष्य की हत्या को उसने कभी गवारा तक न किया था; उसने पुरुषोचित आन के साथ और डटकर खुले मैदान में उन विदेशियों के साथ युद्ध किया, जिन्होंने उसका देश छीन लिया था। हर देश के वीर और सच्चे लोगों को मौलवी अहमदशाह को आदर के साथ स्मरण करना चाहिए।" (इंडियन म्युटिनी : मालेसन : खंड 4, पृष्ठ 381)

6

"सन् 1858 के प्रारंभ में हिमालय से विंध्याचल तक के समूचे प्रदेश को जीतने की सैनिक योजना अंग्रेजों ने बहुत सोच-समझकर बनाई। यह प्रदेश दो हिस्सों में बांटा गया। प्रत्येक पर अधिकार करने के लिए बड़ी सेना भेजी गई। सर कैम्पबेल इलाहाबाद से गंगा-यमुना के उत्तर की ओर अपनी बड़ी सेना के साथ बढ़ा, दो आब जीता, गंगा पार कर लखनऊ को नष्ट-भ्रष्ट किया, बिहार के विद्रोह को दबाया, बनारस के आसपास तथा अवध के बागियों को हराया, सब क्रान्तिकारियों को रुहेलखंड में जहां अंतिम मुठभेड़ हुई-भगाया, उत्तर प्रदेश को क्रान्तिकारियों से मुक्त किया। इस प्रकार जहां कैम्पबेल यमुना से उत्तर में हिमालय की ओर बढ़ रहा था, वहां यमुना के दक्षिण में विंध्य तक का प्रदेश जीतने ह्यूरोज आगे बढ़ा। सिखों, गोरखों तथा कुछ हिन्दुस्तानी सैनिकों ने कैम्पबेल की सहायता की, वहीं दक्षिण में ह्यूरोज को हैदराबाद भोपाल आदि रियासतों की सहायता मिली। ह्यूरोज को विशेष रूप से मद्रास, बंबई तथा हैदराबाद की पलटनों की सहायता मिली। हिन्दुस्तानी सैनिकों का सहयोग भी ह्यूरोज को मिला था। सच तो यह है कि मात्र अपनी शक्ति से विजय प्राप्त करना, अंग्रेजों के लिए असंभव था। दक्षिणी भाग को जीतने के लिए हिन्दुस्तानी सेना को दो हिस्सों में बांटा गया। एक भाग ब्रिगेडियर विटलॉक के अधीन रखा गया, जो जबलपुर से आगे बढ़कर रास्ते के सब प्रदेशों को जीतता हुआ ह्यूरोज से जा मिला। दूसरा भाग ह्यूरोज के ही अधीन था। योजना यह थी कि जब जबलपुर से विटलॉक चलेगा तभी ह्यूरोज मऊ से चलेगा और झांसी तथा कालपी होकर आगे बढ़ेगा।" (1857 का स्वतंत्रता संग्राम : विनायक दामोदर सावरकर : पृष्ठ 372)

रानी लक्ष्मीबाई

झांसी और आसपास के तमाम क्षेत्र पर ग्यारह महीनों तक क्रांतिकारियों का अधिकार रहा। इसका श्रेय झांसी की रानी लक्ष्मीबाई को था। इन ग्यारह महीनों में झांसी की प्रजा शांत, सुखी और व्यवस्थित रही रानी की दिनचर्या के बारे में विस्तार से लिखते हुए उसकी शासन-कुशलता की बड़ी प्रशंसा की गई

है। लिखा है-"अपराह्न तीन बजे पुरुष वेश में रानी लक्ष्मीबाई दरबार में आती। उस समय उनकी वेशभूषा थी पायजामा, गहरे नीले रंग का कोट, सिर पर टोपी और उस पर सुंदर-सी पगड़ी बंधी होती थी। बूटे का काम किया हुआ दुपट्टा पतली कमर में बांधतीं, जिसमें रत्नजड़ित तलवार लटकती थी। इस वेश में वह साक्षात् गौरी मालूम होती थीं। वह पुरुष वेश के अतिरिक्त कभी-कभी स्त्री-वेश के वस्त्र भी पहनती थी। विधवा होने के बाद से वह सौभाग्य अलंकरण नहीं पहनती थीं। कलाई में हीरे की चूड़ियां, गले में मोतियों का हार और कनिष्ठा अंगुली में हीरे की अंगूठी पहनती थीं। बालों में जूड़ा बांधती थीं। सफेद साड़ी पहनतीं। इस प्रकार कभी पुरुष वेश में, कभी स्त्री वेश में दरबार में बैठतीं। दरबारी लोग उन्हें प्रत्यक्ष नहीं देख पाते थे। उनका कमरा अलग होता था जिसका दरवाजा दरबार में खुलता था। सोने के बेलबूटों से सज्जित द्वार पर चिक पड़ी रहती थी। द्वार पर सोने-चांदी के आवरण में लिपटे दो दंड धारण किए दो वेत्रधारी खड़े रहते। दीवान लक्ष्मण राव उस कमरे के सम्मुख महत्त्वपूर्ण कागजों को लेकर खड़े रहते और उनके पास दरबार का आमात्य बैठता। रानी बुद्धिमान थीं। बात के मर्म को शीघ्र ताड़ लेतीं। उनके निर्णय स्पष्ट, संक्षिप्त और निश्चित रहते। कभी-कभी वह अपने हाथ से आदेश लिखतीं। न्याय के समय बहुत सावधान रहतीं। मिल्कियत संबंधी तथा फौजदारी के निर्णय बड़ी योग्यता से करती थीं। ऐसी थीं रानी लक्ष्मीबाई जिसने डलहौजी की नीति के खिलाफ जयघोष किया था-"मैं अपनी झांसी नहीं दूंगी।" ग्यारह महीने से गूंजने वाले स्वातंत्र्य घोष से संपूर्ण बुंदेलखंड गूंज उठा था।" (1857 का स्वतंत्रता संग्राम : सावरकर : पृष्ठ 370-371)

6 जनवरी सन् 1858 को सर ह्यूरोज मऊ से निकला और रायगढ़, सागर, बानपुर, चंदेरी को जीतते हुए झांसी से चौदह मील दूर उसकी सेना ने डेरा डाला। लिखा है कि रानी लक्ष्मीबाई ने कंपनी की सेना के पहुंचने से पहले झांसी के चारों तरफ दूर-दूर तक के इलाके को वीरान करा दिया था, ताकि शत्रु की सेना को झांसी पर आक्रमण करने के समय रसद आदि न मिल सके। न खेतों में अनाज की एक बाल थी, न कहीं पर घास का तिनका था और न साये के लिए कोई वृक्ष था। हाँ, महाराजा सिंधिया और टेहरी टीकमगढ़ के राजा ने कंपनी की सेना के लिए रसद, घास इत्यादि का पूरा प्रबंध कर दिया था कि उसे किसी तरह की परेशानी न हो।

उस समय झांसी शहर में बानपुर के राजा मरदानसिंह और कई अन्य अनेक राजा और सरदार रानी लक्ष्मीबाई की सहायता के लिए मौजूद थे।

क्रान्तिकारियों की सेना का सेनापतित्व रानी लक्ष्मीबाई ने संभाला। उन्होंने एक-एक मोर्चा अपने सामने तैयार कराया। अंग्रेजी सेना झांसी के पास आ चुकी थी। सर ह्यूरोज ने लिखा है कि रानी लक्ष्मीबाई के साथ झांसी की सैकड़ों स्त्रियां तोपखानों और मैगजीनों के साथ आती-जाती और काम करती दिखाई दे रही थीं। 24 मार्च को सवेरे झांसी की एक तोप ने कंपनी की सेना पर गोले बरसाना शुरू किया। इस तोप का नाम 'घनगरज' था। फिर आठ दिन तक लगातार दोनों ओर से गोलाबारी होती रही। इन दिनों के संग्राम का विस्तार से विवरण, एक दर्शक के हवाले से दत्तात्रेय बलवंत पारसनी ने अपनी पुस्तक 'रानी लक्ष्मीबाई का चरित्र' में लिखा है। वह लिखते हैं–"25 तारीख से घमासान युद्ध शुरू हुआ। अंग्रेजों ने सारे दिन और सारी रात गोले बरसाए। रात के समय किले और शहर के ऊपर तोपों के गोले डरावने दिखाई देते थे। पचास या तीस सेर का गोला ऐसा मालूम होता था जैसे एक छोटी-सी गेंद, किंतु अंगारे की तरह लाल। 26 तारीख की दोपहर को कंपनी की सेना ने नगर के दक्षिणी फाटक पर इस जोर से गोले बरसाए कि उस तरफ की झांसी की तोपें ठंडी हो गईं। किसी को भी वहां खड़े रहने की हिम्मत न हो सकी। इस पर पश्चिमी फाटक के तोपची ने अपनी तोप का मुंह उस ओर करके शत्रु के ऊपर गोले बरसाना शुरू किया। तीसरे गोले ने अंग्रेजों की सबसे अच्छी तोप को उड़ा दिया। इस पर अंग्रेजी तोप ठंडी हो गई। रानी लक्ष्मीबाई ने खुश होकर, गुलाम गौस खां नामक उस तोपची को सोने का कड़ा उतारकर इनाम दिया। पांचवें-छठवें दिन रानी की तोपों ने चमत्कार दिखाया। उस दिन अंग्रेजों की तरफ अनगिनत आदमी मारे गए और उनकी कई तोपें ठंडी हो गईं। लेकिन कुछ देर बाद फिर से अंग्रेजों की तोपें पूरे उत्साह से चलने लगीं। झांसी की सेना का दिल टूटने लगा और तोपें ठंडी होने लगीं। सातवें दिन शाम को शत्रु के गोलों ने नगर के बायीं ओर की दीवार का एक हिस्सा गिरा दिया और उस ओर की तोप ठंडी हो गई। कोई वहां पर खड़ा रहने की हिम्मत न कर सकता था। किंतु रात के समय ग्यारह मिस्त्री कंबल ओढ़कर दीवार तक पहुंचे और सुबह तक उस हिस्से की मरम्मत कर दी। झांसी की तोपें सूर्य निकलने से पहले फिर अपना काम करने लगीं। कंपनी की तरफ इससे बहुत नुकसान हुआ, यहां तक कि उनकी तोपें बहुत देर के लिए निकम्मी हो गईं। आठवें दिन सवेरे कंपनी की सेना शंकर किले की तरफ बढ़ी। दूरबीनों की सहायता से अंग्रेजों ने किले के अंदर के पानी के चश्मे पर गोले बरसाना शुरू किया। छह-सात आदमी पानी लेने पहुंचे तो उनमें से चार तो वहीं ढेर हो गए, बाकी अपने बर्तन

छोड़कर भाग गए। चार घंटे तक किसी को नहाने-धोने तक के लिए पानी न मिल सका। उस पर पश्चिमी और दक्षिणी फाटकों के तोपचियों ने कंपनी की सेना पर लगातार गोलाबारी शुरू की और कंपनी की जो तोपें शंकर किले पर हमला कर रही थीं, उनके मुंह फेर दिए। तब जाकर लोगों को नहाने और पीने का पानी मिल सका। इमली के दरख्तों के नीचे बारूद का एक कारखाना था। एक गोला इस कारखाने पर आकर गिरा जिससे तीस पुरुष और आठ स्त्रियां मर गईं। उसी दिन सबसे अधिक शोर मचा। उस दिन का संग्राम भीषण था। बंदूकों की आवाज दिलों को दहलाती थी। तोपें जोरों के साथ चल रही थीं। जगह-जगह तुरही और बिगुल की आवाजें भी सुनाई दे रही थीं। आसमान धुएं और गर्द से भरा हुआ था। शहर फसील के ऊपर के कई तोपची और उनके सिपाही मारे गए। उनकी जगह दूसरे नियुक्त कर दिए गए। रानी लक्ष्मीबाई उस दिन बड़ी फुर्ती के साथ काम करती रही। वह हर एक चीज को खुद देखती थी। आवश्यक आदेश देती थी और दीवार में जहां कमजोरी देखती, तुरंत मरम्मत कराती। रानी की इस उपस्थिति से सिपाहियों की हिम्मत बेहद बढ़ गई थी। वे बराबर लड़ते रहे।" (रानी लक्ष्मीबाई का चरित्र : दत्तात्रेय बलवंत पारसनी)

कंपनी की सेना इतनी विशाल थी कि झांसी की सेना के लिए, उससे अधिक लम्बे समय तक टक्कर लेना संभव न था। रानी लक्ष्मीबाई ने तांत्या टोपे को मदद के लिए एक पत्र कालपी भेजा। लेकिन तांत्या कालपी में न थे। वह यमुना के उत्तर में चरखारी के राजा पर आक्रमण करके, उससे तीन लाख रुपए जुर्माना वसूल कर लाए-क्योंकि उस राजा ने स्वतंत्रता संग्राम में हिस्सा लेने से मना कर दिया था। तांत्या टोपे जब चरखारी से कालपी लौटे तो लक्ष्मीबाई का पत्र मिला। तांत्या तुरंत विशाल सेना लेकर झांसी की तरफ बढ़े। कंपनी की सेना संकट में पड़ गई। सामने लक्ष्मीबाई थी और पीछे से तांत्या ने हमला कर दिया था। तांत्या के पास उस समय ग्वालियर से लाई सेना थी। बेतवा के पास उस सेना ने अत्यंत कायरता पूर्ण प्रदर्शन किया, इससे तांत्या कमजोर पड़ गए। तांत्या को अपनी तोपें छोड़कर भागना पड़ा, साथ में उनके पंद्रह सौ सैनिक भी मारे गए।

तांत्या टोपे के कमजोर पड़ जाने से झांसी की स्थिति भी कमजोर पड़ने लगी। लेकिन रानी लक्ष्मीबाई ने हार न मानी। एक बार पूरी शक्ति के साथ 3 अप्रैल को अंग्रेजी सेना पर हमला किया। इस समय की स्थिति का बयान करते हुए लिखा है-"चारों ओर से एक साथ आक्रमण होने लगा। रानी अपने घोड़े

पर सवार सिपाहियों और अफसरों के हौंसले बढ़ाती हुई, बिजली की तरह इधर से उधर तक फिर रही थी। शत्रु ने पहले नगर के उत्तर की तरफ सदर दरवाजे पर जोर दिया। आठ स्थानों पर सीढ़ियां लगाकर किले पर चढ़ने की कोशिश की गई। रानी की तोपें गोले बरसाती जा रही थीं। अंग्रेज अफसर डिक और माइकेल जॉन ने सीढ़ियों पर चढ़कर अपने साथियों को ललकारा। किंतु तुरंत दो गोलियों ने इन दोनों बहादुर अंग्रेजों को वहीं ढेर कर दिया। इसके बाद बोनस और फॉक्स ने उनका स्थान लिया। वे दोनों भी मारे गए। आठों सीढ़ियां टूटकर गिर पड़ीं। इतिहास लेखक 'लो' लिखता है कि झांसी की दीवारों से गोलियों की बौछार उस दिन अत्यंत भीषण थी, जिसके कारण अंग्रेजों को पीछे हटना पड़ा। किंतु जबकि उत्तर की तरफ सदर दरवाजे की यह हालत थी, कहते हैं किसी विश्वासघातक ने दक्षिणी दरवाजा खोल दिया और अंग्रेजों की सेना नगर में घुस आई। फिर तो घमासान लड़ाई करती हुई कंपनी की सेना महल की तरफ बढ़ने लगी।

"रानी ने किले की फसील पर से नगर निवासियों के कत्लेआम और उनकी बर्बादी को देखा। वह तुरंत एक हजार सिपाहियों सहित अंग्रेजों की सेना की तरफ लपकी। दोनों तरफ से बंदूकों को फेंककर तलवारों की लड़ाई होने लगी। दोनों तरफ अनेक जानें गईं। कंपनी की सेना को कुछ दूर तक फिर पीछे हटना पड़ा। इतने में किसी ने आकर सूचना दी कि सदर दरवाजे का रक्षक, सरदार खुदाबख्श और तोपखाने का अफसर सरदार गुलाम गौस खां–दोनों मारे गए, जिसका अर्थ यह था कि उत्तर की तरफ का दरवाजा भी अब शत्रु के लिए खुल गया। यह सुनकर रानी का दिल टूट गया। एक बार उसने किले की मैगजीन में अपने हाथ से आग लगाकर, उसके साथ प्राण दे देने का इरादा किया। किंतु फिर साथियों के समझाने पर झांसी से बाहर कहीं और पहुंचकर स्वाधीनता संग्राम में अपनी भूमिका निभाने का निश्चय किया। झांसी पर कंपनी का कब्जा हो गया।

लिखा है-"उसी दिन रात को रानी लक्ष्मीबाई ने सदा के लिए झांसी छोड़ दी। हथियार बांधे हुए मर्दाना वेष में और अपने दत्तक पुत्र दामोदर को पीठ पर कसे हुए, वह किले की दीवार पर से एक हाथी की पीठ पर कूद पड़ी। वह अपने प्यारे सफेद घोड़े पर सवार हुई, 10 या 15 सवार उसने अपने साथ लिए और कालपी की तरफ चल पड़ी।" (भारत में अंग्रेजी राज : सुंदरलाल : पृष्ठ 940)

जिस रात रानी ने झांसी को छोड़ा, वह बड़े कठोर फैसले लेने की रात थी।

सावरकर ने अपनी पुस्तक में उस समय के वातावरण, रानी की मनोव्यथा और फैसले की घड़ी का मार्मिक विवरण लिखा है: "देखो! मैं इस किले में अपने हाथों से बारूद के भंडार को आग लगाकर बाहर निकल जाना चाहती हूँ।" यह सुनकर उस बूढ़े सरदार ने शांति से कहा–"सरकार, यहां रहना अब खतरनाक है। शत्रु की छावनी को चीरकर आपको आज रात किला छोड़कर चले जाना चाहिए और पेशवा की सेना में पहुंच जाना चाहिए।" "मैं मैदान में लड़ते-लड़ते मरना अधिक पसंद करती हूँ।" रानी का जवाब था, "किंतु मैं स्त्री हूँ। मेरे शरीर की कहीं विडंबना हुई तो?"

यह सुनकर सरदारों ने एक स्वर से कहा–"जब तक हममें से एक भी जीवित है तब तक आपके शरीर को छूने वाले के टुकड़े-टुकड़े कर दिए जाएंगे।"

रात हुई। रानी ने अपनी प्रजा को बुलाकर अंतिम बार आशीर्वाद दिया। रानी का झांसी छोड़ने का इरादा देख प्रजा की आंखें गीली हो गईं, शायद फिर न लौटें। रानी ने चुनिंदा घुड़सवारों को अपने साथ लिया। आभूषणों से सजाया हुआ एक हाथी उनके बीच लाया गया। 'हर हर महादेव' के घोष के साथ वे किले से उतरने लगीं। पुरुष वेश बनाया था। फौलादी कवच ने शरीर की रक्षा कर रखी थी। कमरबंद में एक जमिया पड़ा था और एक पैनी तलवार लटक रही थी। रेशमी धोती से पीठ पर दामोदर राव बंधा था। सफेद घोड़े पर सवार रानी साक्षात् लक्ष्मी लगती थी। उत्तरी दरवाजे के निकट पहुंचने पर देशद्रोही टिहरी नरेश के पहरेदार ने टोका–"कौन है?" जवाब मिला–"टिहरी की सेना सर ह्यूरोज की मदद के लिए कूच कर रही है" और प्रहरी ने जाने दिया। रानी के अंगरक्षकों में एक दासी, एक बारगीर और दस–पंद्रह घुड़सवार थे। इस तरह यह सेना शत्रु की छावनी के बीच से कालपी तक सुरक्षित पहुंच गई। किंतु रानी के अन्य घुड़सवारों को संदेह में अंग्रेजों ने रोका और वहीं ठन गई। मोरोपंत तांबे घायल होने पर भी दतिया तक निकल गए; किंतु दतिया के देशद्रोही दीवान ने उन्हें गिरफ्तार करा दिया और अंग्रेजों ने उन्हें फांसी दे दी।

"लक्ष्मी ने घोड़े को एड़ लगाई, क्योंकि लेफ्टीनेन्ट बोकर चुने हुए घुड़सवारों के साथ रानी को पकड़ने के लिए पीछा करता हुआ आ रहा है। हे रानी के अश्व! तुम्हारी पीठ पर जो पवित्र निधि है, उसकी रक्षा के लिए पूरा बल लगाकर दौड़ो। देश के मानव भले ही देशद्रोही बनें, पर देश के पशु तुम तो ईमानदार ही रहोगे, तुम्हारे पशुत्व के आगे देशद्रोहियों के मनुष्यत्व पर हजार बार लानत है और हे रजनी, तुम भी रानी और घुड़सवारों को छिपाने के लिए

अपनी काली चादर फैला दो और हे भारत के मार्ग, तुम उस घोड़े को कोई बाधा मत देना और आकाश में चमकते तारागणों शत्रु को प्रकाश मत दो। हाँ, इतना प्रकाश अवश्य दो कि कमल के समान कोमल रानी, उत्साह के साथ अपने मार्ग पर अग्रसर हो सके। अब ऊषा का आगमन हुआ है और वीर रानी, तुम वायु पंखों पर रात भर उड़ी चली आ रही हो। सो अब भंडेर गांव के पास कुछ विश्राम लो।" (1857 का स्वतंत्रता संग्राम : विनायक दामोदर सावरकर : पृष्ठ 379-80)

रानी लक्ष्मीबाई और उनके साथियों ने घोड़ों को सरपट भगाया। बोकर और उसके सवार बराबर पीछा करते रहे थे। सुबह होते-होते रानी एक क्षण भर के लिए भंडेर नामक गांव में रुकी। गांव से दूध लेकर उसने दामोदरराव को पिलाया। अंग्रेजी सेना का दल पीछा कर रहा था। रानी ने खतरा पास आते देखा तो तुरंत घोड़े पर सवार होकर फिर से सरपट भागी। अब वह कालपी की ओर चली। लेफ्टीनेंट बोकर पीछा करते-करते रानी के निकट आ गया। रानी ने तुरंत तलवार खींच ली। रानी के एक ही वार से बोकर घायल होकर गिर पड़ा। तब तक रानी के सवार आ गए। बोकर और उनमें तलवारों से युद्ध होने लगा। बोकर और उसके साथी घायल हो गए। उन्हें वहीं छोड़ रानी अपने साथियों को लेकर कालपी की ओर सरपट भागी। सुबह से दोपहर हो गई और दोपहर से तीसरा पहर हो गया किंतु रानी को ठहरने का अवसर न मिला। फिर शाम हो गई। रात हो गई और तब आधी रात को दामोदर राव को लिए रानी लक्ष्मीबाई कालपी पहुंची। वह 102 मील का सरपट सफर तय करके आई थीं। उनका प्यारा सफेद घोड़ा कालपी पहुंचते ही गिरकर मर गया। रानी को उसकी मृत्यु से बहुत दुख हुआ।

अगले दिन सुबह रानी लक्ष्मीबाई की मुलाकात नाना साहब के भतीजे राव साहब से हुई। तांत्या टोपे भी वहां मौजूद थे। तीनों ने बैठकर देश के हालात और अगली रणनीति पर विचार किया। यह भी कि अब सैन्य संगठन करने की भी जरूरत है और हमें संगठित होकर अंग्रेजों पर आक्रमण करना चाहिए। लिखा है-"कालपी में उस समय रानी लक्ष्मीबाई, राव साहब, तांत्या टोपे, बांदा का नवाब, शाहगढ़ और बानापुर के राजा और अनेक क्रांतिकारी नेता उस समय अपनी-अपनी सेना सहित कालपी में मौजूद थे। उस विशाल सैन्यदल के लिए शत्रु पर विजय प्राप्त करना अधिक कठिन न होता। किंतु इनमें कोई एक व्यक्ति ऐसा न था, जो और सबको अपनी आज्ञा के अधीन चला सके। रानी सबसे योग्य थी, किंतु वह स्त्री थी और उसकी आयु केवल 22 साल थी।

तांत्या टोपे वीर और दक्ष सेनापति था, किंतु वह एक साधारण घराने में पैदा हुआ था। प्राचीन खानदानी नरेशों का किसी स्त्री के या साधारण कुल में पैदा हुए आदमी के मातहत काम करना उस समय तक इतना सरल न था। ठीक यही दोष दिल्ली और लखनऊ के पतन का मुख्य कारण बना था।

सरह्यूरोज सेना लेकर कालपी की ओर बढ़ा। रानी ने देखा कि तांत्या टोपे और राव साहब, उसके साथ चलकर युद्ध करने में कुछ संकोच कर रहे हैं इसलिए उसने अकेले ही ह्यूरोज का मुकाबला करने का निश्चय किया। वह अकेली ही कुछ सेना लेकर कालपी से 42 मील दूर कंचगांव पहुंची। वहां सर ह्यूरोज की सेना ने रानी की सेना का मुकाबला हुआ। ह्यूरोज काफी बड़ी सेना लेकर आया था और रानी के पास थोड़े से सैनिक थे। कालपी से युद्ध के लिए चलते समय किसी ने भी उसकी मदद के लिए अपनी सेना न भेजी–चाहे वह राव साहब, तांत्या टोपे हों या बानपुर के राजा आदि। वे दरअसल रानी के नेतृत्व को स्वीकार करने को तैयार न हो और इस मिथ्या अहंकार ने अंग्रेजों को विजय दिलाई और रानी लक्ष्मीबाई को पराजय। रानी अपनी बची हुई सेना लेकर कालपी लौट आई।

लेकिन सर ह्यूरोज के हौसले बुलंद थे। वह हर बार युद्ध में भारी पड़ रहा था और अपने जिस मिशन पर निकला था, उसमें भारतीयों की ही प्रत्यक्ष-अप्रत्यक्ष सहायता से उसे सफलता मिल रही थी। इसलिए अब वह फौरन कालपी की ओर लपका। उसे पता था कि कालपी इस समय क्रांतिकारी नेताओं का अड्डा है और उसे तहस-नहस करना जरूरी है। सर ह्यूरोज ने कालपी पर पूरी सैन्य शक्ति के साथ हमला किया। हमारे क्रांतिकारी नेता इस अप्रत्याशित आक्रमण के लिए तैयार न थे। वे बड़ी चतुराई से हट गए। मोर्चा अकेले वीरांगना लक्ष्मीबाई को संभालना पड़ा। वह यूं भी पुरुष क्रांतिकारी नेताओं की तरह चतुराई करके पीछे हटने वाली न थी। उसके पास जो भी सेना थी, उसे ही संगठित कर, उसने सर ह्यूरोज का बड़ी बहादुरी से मुकाबला किया। घमासान युद्ध हुआ। एक बार तो रानी का हमला इतना जबरदस्त था कि अंग्रेजों की सेना को पीछे हट जाना पड़ा। कंपनी के तोपची अपनी तोपें छोड़कर भाग गए। लक्ष्मीबाई अपने घोड़े पर सवार सबसे आगे थीं। उससे सामना करने के लिए स्वयं ह्यूरोज बाईं तरफ से मुकाबले के लिए बढ़ा। अंत में एक बार फिर मैदान ह्यूरोज के हाथ रहा। 24 मई सन् 1858 को कालपी में कंपनी की सेना ने प्रवेश किया। कालपी के किले से अंग्रेजों को सात सौ मन बारूद और असंख्य अस्त्र-शस्त्र और सामान प्राप्त हुआ। राव साहब, तांत्या टोपे, लक्ष्मीबाई–सभी

कालपी छोड़कर ग्वालियर की ओर चले।

उस समय शेष क्रांतिारी नेताओं और क्रांतिकारी सेनाओं की क्या दशा हो रही थी, इसके बारे में लिखा गया है: "निस्संदेह सर ह्यूरोज, जो इस समय तक करीब एक हजार मील की कठिन यात्रा कर, पहाड़ों, जंगलों और नदियों को पार कर बड़ी-बड़ी सेनाओं पर विजय प्राप्त कर चुका था और नर्मदा से यमुना तक का प्रदेश कंपनी के लिए फिर से विजय कर चुका था, कंपनी के अत्यंत योग्य और वीर सेनापतियों में से था। इधर क्रान्तिकारियों की दशा चिंतनीय हो गई थी। दरअसल ये असंगठित थे और उनमें नेतृत्व और आपसी विश्वास का अभाव था। छोटे-छोटे मान-अपमान भी राष्ट्र-हित से ऊपर हो जाते थे। इसलिए ये अपनी सैन्य शक्ति खोते अधिक थे, विजय कम प्राप्त करते थे। सैन्य शक्ति खोने के साथ बारूद, तोपें, सैन्य सामग्री भी खोते थे। इससे ये लगातार कमजोर होते जाते थे और इन्हें हर युद्ध के बाद फिर से शक्ति जुटानी पड़ती थी। उनके पास न सामान था, न कोई ढंग की सेना और न कोई किला। तांत्या गुप्त रीति से कालपी से निकलकर ग्वालियर पहुंचा। ग्वालियर में उसने महाराजा सिंधिया की सेना और प्रजा को अपनी ओर किया। इस नई सेना को साथ लेकर वह फिर पीछे मुड़ा। गोपालपुर में तांत्या, लक्ष्मीबाई, बांदा के नवाब और राव साहब की फिर भेंट हुई। लक्ष्मीबाई ने अब रावसाहब को, पहले ग्वालियर विजय करने की सलाह दी ताकि ग्वालियर क्रांतिकारियों का एक नया केंद्र बन सके। सामरिक दृष्टि से भी ग्वालियर ठीक था। 28 मई सन् 1858 को सब क्रांतिकारी नेता ग्वालियर पहुंच गए। पहले तो क्रांतिकारियों ने सिंधिया को पत्र भेजा कि हम आ रहे हैं और हमारी मदद कीजिए। लेकिन जब इसके बदले सिंधिया ने युद्ध की तैयारी की और सेना लेकर आगे बढ़ा तो रानी लक्ष्मीबाई तीन सौ सवारों के साथ सिंधिया की सेना पर टूट पड़ी। चूंकि सिंधिया की सेना के सिपाही पहले ही तांत्या टोपे को वचन दे चुके थे, इसलिए इस युद्ध में वे क्रांति सेना के साथ हो गए। ग्वालियर पर क्रान्तिकारियों का अधिकार हो गया। ग्वालियर की प्रजा ने हर्ष और उल्लास के साथ विजयी क्रान्तिकारियों का स्वागत किया। ग्वालियर की सेना ने पेशवा नाना साहब के प्रतिनिधि राव साहब को पेशवा मानकर तोपों की सलामी दी। सिंधिया का खजाना भी क्रान्तिकारियों को मिल गया। (भारत में अंग्रेजी राज : पृष्ठ 942-943)

क्रान्तिकारियों की इस विजय और राव साहब को मिले सम्मान के उपलक्ष में, ग्वालियर के फूलबाग में 3 जून सन् 1858 को एक बहुत बड़ा दरबार हुआ।

तमाम सामंतों, सरदारों और अमीरों ने वहां अपनी उपस्थिति दर्ज कराई। सारे दरबार में रावसाहब को पेशवा स्वीकार किया गया। बीस लाख रुपए सेना में तकसीम कर दिए गए और अंत में तोपों की सलामी हुई।

इसके बाद का समय रावसाहब और उनके दरबारियों ने ऐशो-आराम और रंगरलियां मनाने में लगाया जबकि वह समय इसके लिए न था। लिखा है–"लक्ष्मीबाई ने अब इस बात पर जोर दिया कि और सब काम छोड़कर सेना को तुरंत समृद्ध कर मैदान में लाया जाए। रावसाहब और दूसरे नेताओं ने रानी की सलाह की अवहेलना की। यहां एक बार फिर पुरुषवादी मिथ्या अहंकारी विचारों ने अपना प्रभाव दिखाया। इस तरह युद्ध की तैयारी के लिए मिलने वाला अमूल्य समय दावतों और उत्सवों में नष्ट किया गया। इतने में सर ह्यूरोज अपनी सेना सहित वेग के साथ ग्वालियर पर टूट पड़ा। सर ह्यूरोज ने ग्वालियर के महाराजा सिंधिया को अपने साथ रखा। उसने ऐलान किया कि कंपनी की सेना केवल सिंधिया को गद्दी पर बिठाने आई है। (भारत में अंग्रेजी राज : पृष्ठ 944) दरअसल क्रांति नेता रंगरलियां मनाने में इतने मशगूल थे कि ह्यूरोज का अचानक हमला उनके लिए आश्चर्य बन गया और उन्हें संभलने तक का वक्त न मिला। तमाम सेना में उथल-पुथल और घबराहट फैल गई। रावसाहब भी घबरा गया। उसकी समझ में ही न आया कि अब क्या करें। वह तो रानी लक्ष्मीबाई थी जो दुबारा पूरे हौंसले से उठ खड़ी हुई। घबराई सेना का हौंसला बढ़ाया। उसे संगठित किया और उमसें नई जान फूंक दी। रानी ने स्वयं सेना की व्यूह रचना की और नगर के पूर्वी फाटक की रक्षा का भार अपने ऊपर ले लिया।

इस युद्ध का विवरण देते हुए लिखा है: "लक्ष्मीबाई के साथ उसकी दो सहेलियां मंदरा और काशी, घोड़ों पर सवार वीरता के साथ शस्त्र चला रही थीं। प्रसिद्ध सेनापति जनरल स्मिथ अब लक्ष्मीबाई के मुकाबले के लिए बढ़ा। कई बार स्मिथ की सेना ने पूर्वी फाटक पर हमला किया, किंतु हर बार उसे हारकर पीछे हट जाना पड़ा। कई बार रानी लक्ष्मीबाई ने फाटक से निकलकर बाहर की सेना पर हमला किया और अनेक शत्रुओं को मैदान में समाप्त कर फिर अपने फाटक को आ संभाला। लिखा है, लक्ष्मीबाई उस दिन सुबह से शाम तक घोड़े पर सवार बिजली की तरह इधर से उधर जाती हुई दिखाई देती रही। अंत में जनरल स्मिथ को उस तरफ का प्रयत्न छोड़कर पीछे हट जाना पड़ा। 17 जून सन् 1858 का मैदान रानी लक्ष्मीबाई के हाथ रहा। 18 जून को जनरल स्मिथ ओर अधिक सेना लेकर उसी फाटक पर पहुंचा। उस दिन अंग्रेजी सेना ने कई

तरफ से ग्वालियर के किले पर हमला किया। जनरल स्मिथ के साथ सेनापति ह्यूरोज भी रानी लक्ष्मीबाई के मुकाबले के लिए पूर्वी फाटक के सामने दिखाई दिया। बहुत सवेरे, जबकि लक्ष्मीबाई अपनी दोनों सहेलियों सहित तैयार होकर शरबत पी रही थी, खबर मिली कि कंपनी की सेना बढ़ती चली आ रही है। तुरंत शरबत का कटोरा फेंककर रानी दोनों सहेलियों के साथ आगे बढ़ी। लक्ष्मीबाई उस समय मर्दाना वेश में थी। एक अंग्रेज दर्शक ने लिखा है: "तुरंत सुंदर रानी मैदान में पहुंच गई। सर ह्यूरोज की सेना के मुकाबले में उसने दृढ़ता के साथ अपनी सेना को खड़ा किया। बार-बार उसने प्रचंड वेग से सर ह्यूरोज की सेना पर हमला किया। रानी का दल कई स्थानों पर शत्रु के गोलों से बिंध गया। उसके सैनिकों की तादाद निरंतर कम होती दिखाई देती थी। फिर भी रानी सबके आगे नजर आती। वह बार-बार अपनी बिखरी सेना को समेटती और पग-पग पर अलौकिक वीरता का परिचय देती रही। किंतु इस सबसे भी काम न चला। स्वयं सर ह्यूरोज ने अपनी सांडनीसवारो सहित आगे बढ़कर रानी लक्ष्मीबाई की अंतिम व्यूह रचना को तोड़ डाला। इस पर भी वीर और निर्भीक रानी अपनी जगह पर डटी रही।" (भारत में अंग्रेजी राज : सुंदरलाल : पृष्ठ 945)

आगे लिखा है कि रानी लक्ष्मीबाई जब ह्यूरोज से मुकाबला कर रही थी, अंग्रेजों की दूसरी सेना क्रांतिकारियों को चीरती हुई आई और उसने रानी पर पीछे से वार शुरू कर दिए। रानी लक्ष्मीबाई अब दोनों ओर से घिर गई थी। विडंबना यह है कि ग्वालियर के इस युद्ध में तांत्या टोपे, राव साहब, बानपुर का राजा, बांदा का नवाब कोई रानी लक्ष्मीबाई का साथ देने न आया। रानी अकेली ही लड़ती रही और जब वह दोनों ओर से घिर गई, तो बाकी क्रांतिकारी सेना भी हार मानकर खिसक गई और रानी लक्ष्मीबाई को अकेला लड़ने के लिए छोड़ दिया। लिखा है-"रानी के पास केवल उसकी दोनों सहेलियां और 15 या 20 सवार बाकी रह गए थे। रानी ने अपने घोड़े को सरपट मोड़ा और शत्रु को चीरते हुए दूसरी तरफ की क्रांतिकारी सेना से जाकर मिलना चाहा। अंग्रेज सवारों ने उसका पीछा किया। रानी अपनी तलवार से रास्ता काटती हुई आगे बढ़ी। अचानक एक गोली उसकी सहेली मंदरा को लगी। मंदरा घोड़े से गिरकर वहीं ढेर हो गई। रानी ने तुरंत मुड़कर अपनी तलवार से उस गोरे सवार पर वार किया, जिसकी गोली मंदरा को लगी थी। सवार कट कर गिर पड़ा। इसके बाद रानी फिर आगे बढ़ी। सामने एक छोटा-सा नाला था। एक छलांग में वह नाला पार हो जाता तो अंग्रेज सवारों के लिए रानी को छू

पाना असंभव हो जाता। किंतु दुर्भाग्यवश रानी का घोड़ा नया था। पिछली लड़ाइयों में रानी ने अपने कई प्यारे घोड़े खोए थे। घोड़ा बजाए छलांग मारने के, नाले की इसी तरफ चक्कर लगाने लगा। रानी ने बहुत कोशिश की, पर घोड़ा अड़ गया। तब तक पीछे से अंग्रेज सवार पहुंच गए। उन्होंने रानी को चारों तरफ से घेर लिया। अब रानी लक्ष्मीबाई एकदम अकेली रह गई थी। एक सवार ने पीछे से आकर रानी के सिर पर वार किया। सिर का दाहिना भाग अलग हो गया। दाहिनी आंख भी निकलकर बाहर आ गई। फिर भी रानी लक्ष्मीबाई घोड़े पर डटी हुई अपनी तलवार चलाती रही। उसने पीछे से वार करने वाले अंग्रेज को ढेर कर दिया। तभी एक दूसरे सिपाही ने रानी की छाती पर वार किया। सिर और छाती से खून की धार बहने लगी। बेहोश होने से पहले रानी ने एक बार फिर पूरी ताकत जुटाकर, उस सामने से छाती पर वार करने वाले अंग्रेज को मार गिराया।

लिखा है कि लक्ष्मीबाई का एक वफादार नौकर, रामचंद्र राव देशमुख, उस समय पास था। घटनास्थल के निकट गंगादास बाबा की कुटिया थी। रामचंद्र राव रानी को उठाकर उस कुटिया में ले आया। गंगादास बाबा ने रानी को ठंडा पानी पिलाया। कुछ ही पलों में रानी का घायल शरीर ठंडा पड़ गया। रामचंद्र राव ने रानी की अंतिम इच्छा के अनुसार, शत्रु से छिपाकर एक चिता बनाई और रानी लक्ष्मीबाई का मृत शरीर उस पर लिटाकर अंतिम संस्कार कर दिया। ग्वालियर में आज महारानी लक्ष्मीबाई की समाधि उसी स्थान पर बनी है।

लिखा है-"महारानी लक्ष्मीबाई का व्यक्तिगत जीवन जितना पवित्र और निष्कलंक था, उसकी मृत्यु उतनी ही वीरोचित थी। संसार के इतिहास में कदाचित बिरले ही उदाहरण इस तरह की स्त्रियों के मिलेंगे जिन्होंने इतनी छोटी उम्र में इस प्रकार का शुद्ध जीवन व्यतीत करने के बाद लक्ष्मीबाई की-सी अलौकिक वीरता और असाधारण युद्ध कौशल के साथ किसी भी देश की स्वाधीनता के लिए युद्ध किया हो अथवा इस तरह अपने आदर्श के लिए लड़ते-लड़ते युद्ध क्षेत्र में प्राण दिए हों।" (भारत में अंग्रेजी राज : पृष्ठ 947)

रानी लक्ष्मीबाई के बलिदान ने स्वतंत्रता महासंग्राम में अंतिम आहुति डाली। विनायक दामोदर सावरकर ने रानी लक्ष्मीबाई के बलिदान और स्वतंत्रता के महासंग्राम की पूर्णाहुति पर बड़ी भावपूर्ण, उत्तेजक और प्रेरणादायी टिप्पणी लिखी है: भारत का यह अहो भाग्य है कि ऐसा स्त्री रत्न यहां पैदा हुआ। उसका शरीर बाबा गंगादास की झोंपड़ी में प्रज्वलित ज्वाला में दमक रहा है। पर यह रत्नदीप हमारी मातृभूमि भी कदाचित पैदा न कर सकती यदि यह

स्वतंत्रता संग्राम का महायज्ञ न रचा जाता। अनमोल मोती सागर की सतह पर ही नहीं मिल पाते; रात्रि के अंधकार में सूर्यकांत मणि तेज की किरणें नहीं फेंकती; चकमक पत्थर कोमल वस्तु की रगड़ से चिंगारी उत्पन्न नहीं करता। इन सबको विरोध की अपेक्षा होती है। अन्याय से पिसे हुए मन को बेचैन बना दो-अंदर तक, रक्त की एक-एक बूंद में उबाल आना चाहिए। अन्याय का ईंधन प्रतिशोध की भट्टी को तपाता रहे, ऐसी भट्टी में फिर सद्गुणों के कण चमकने लगते हैं।

"सन् 1857 में हमारी भूमि पर सचमुच ही आग भड़क उठी थी और फिर विश्व के कानों में गूंज भरने वाला धमाका। इस अग्नि का इतना विस्तृत फैलाव हुआ है। ऊंची लपट, लपट में से लपट-मेरठ में चिंगारी और डलहौजी के 'रोलर' से समतल बना धूल का ढेर-सारा देश ज्वालामुखी बारूद के अंबार सा दिखाई पड़ा। जैसे आतिशबाजी का अनार खुलने पर उनमें से रंग-बिरंगे बाण-पेड़ तथा अन्य चीजें छूटती हैं और शांत हो जाती हैं। उसी तरह इस क्रांति के अनार से तप्त लहू बहा, शस्त्रास्त्र और मुठभेड़ निकलीं और यह अनार भी कितना बड़ा-मेरठ से विंध्याचल तक लंबा, पेशावर से दमदम तक चौड़ा और उसे सुलगाया गया। आग की लपटें सभी दिशाओं में व्याप्त हो गईं और उस अनार के पेट में क्या-क्या अजीब चीजें थीं। लहू मेघ की तरह बरसा-ओलों के साथ। दिल्ली के घेरे, प्लासी के प्रतिशोध; कानपुर, लखनऊ तथा सिंकदराबाद के कत्ल। सहस्रों वीर जूझ रहे हैं, खप रहे हैं, नगर जल रहे हैं, कुंवरसिंह आता है, जूझता है, गिरता है; मौलवी आया, लड़ा और मरा; कानपुर, लखनऊ, दिल्ली, बरेली, जगदीशपुर, झांसी, बांदा, फर्रुखाबाद के सिंहासन, पांच हजार, दस हजार, सहस्रों लाखों तलवारें; ध्वजाएं; सेनापति, घोड़े, हाथी, ऊंट-सब इस अनार से बाहर-एक के बाद एक आग के फव्वारे से निकलते हैं। एक ऊंचाई की लपट पर कुछ दूसरी पर-ये ऊंचे चढ़ जाते हैं, लड़खड़ाते हैं और लुप्त हो जाते हैं। सब ओर लड़ाई और बिजली की कड़क-ज्वालामुखी की भीषण ज्वालाओं का यह फव्वारा। और यह चिता-बाबा गंगादास की झोपड़ी के पास जल रही है-सन् 1857 के स्वातंत्र्य संग्राम के ज्वालामुखी की यह अंतिम ज्वाला है।" (1857 का स्वतंत्रता संग्राम : सावरकर : पृष्ठ 393-94)

7

सन् 1857 की क्रांति का दमन करके पूरे भारत में ब्रिटिश सत्ता का शासन हो जाने के बाद, इंग्लैण्ड से मलिका विक्टोरिया, जो कि इंग्लिस्तान की साम्राज्ञी थी, ने एक ऐलान जारी किया, जिसमें अंग्रेजों की ओर से युद्ध को पूर्ण विराम देने की कोशिश की गई। ऐलान में कहा गया था–"कंपनी का राज अब से समाप्त हुआ और उसके स्थान पर भारत के शासन की बाग हमने (अर्थात् मलिका विक्टोरिया ने) अपने हाथों में ले ली है। सिवाय उन लोगों के, जो हमारी अंग्रेज प्रजा की हत्या में भाग लेने के अपराधी हैं, बाकी जो लोग भी हथियार रख देंगे, उन सबको माफ कर दिया जाएगा। हिन्दुस्तानियों की गोद लेने की प्रथा आइंदा से जायज समझी जाएगी और दत्तक पुत्रों को पिता की जायदाद और गद्दी का मालिक माना जाएगा; किसी के धार्मिक विश्वासों या धार्मिक रीति-रिवाजों में किसी तरह का हस्तक्षेप न किया जाएगा; देशी नरेशों के साथ कंपनी ने इस समय तक जितनी संधियां की हैं; उनकी सब शर्तों का आइंदा ईमानदारी के साथ पालन किया जाएगा; इसके बाद किसी भारतीय नरेश की रियासत या उसका कोई अधिकार न छीना जाएगा; सब भारतीयों के साथ ठीक उसी तरह व्यवहार किया जाएगा, जिस तरह का अंग्रेजों के साथ किया जाता है।

"हमारी यह भी अभिलाषा है कि हमारे प्रजाजनों में जो भी अपनी शिक्षा, क्षमता एवं कृतित्व के आधार पर योग्यता अर्जित कर ले, तो जाति, धर्म, पंथ किसी का भी विचार न करते हुए उसे निःसंकोच और निष्पक्ष भाव सहित हमारी सेवा में किसी पद पर भर्ती किया जाए।"

महारानी विक्टोरिया के इस ऐलान की मिश्रित प्रतिक्रिया हुई। बहुत से क्रान्तिकारियों ने हथियार डालकर क्षमा मांग ली। अनेक राजाओं ने समझौता कर लिया। लेकिन नाना साहब, बेगम हजरत महल, तांत्या टोपे आदि ने समर्पण नहीं किया। महारानी विक्टोरिया के ऐलान के विरोध में बेगम हजरत महल ने एक ऐलान प्रकाशित किया, जिसके कुछ अंश यहां उद्धृत हैं:

"उस ऐलान में लिखा है कि हिंदुस्तान का मुल्क, जो अभी तक कंपनी के सुपुर्द था, अब मलिका ने अपने शासन में मिला लिया है और आइंदा से

मलिका के कानूनों को माना जाएगा। हमारी धर्मनिष्ठ प्रजा को इस पर एतबार नहीं करना चाहिए। क्योंकि कंपनी के कानून; कंपनी के अंग्रेज मुलाजिम, कंपनी का गवर्नर जनरल और कंपनी की अदालतें इत्यादि, सब ज्यों की त्यों बनी रहेंगी। तो फिर वह नई बात कौन-सी हुई, जिससे जनता को लाभ हो या जिस पर वह विश्वास कर सके?"

"उस ऐलान में लिखा है कि कंपनी ने जो-जो वादे और अहदपैमान किए हैं, मलिका उन्हें मंजूर करेंगी। लोगों को चाहिए कि वे इस चाल को गौर से देख लें। कंपनी ने सारे हिंदुस्तान पर कब्जा कर लिया है और अगर यह बात कायम रही तो फिर इसमें नई बात क्या हुई?" "हमारी प्रजा में से कोई अंग्रेजों के ऐलान के धोखे में न आए।" (हिस्ट्री ऑफ दि इंडियन म्युटिनी : चार्ल्स बाल : खंड 2)

मलिका विक्टोरिया के ऐलान के छह महीने के बाद तक भी अवध का प्रांत अंग्रेजों के काबू में न आ सका। यह और बात है कि जो छुटपुट युद्ध अवध के क्रान्तिकारियों ने जारी रखे थे, उनमें उन्हें असफलता मिलती रही और उनकी रही-सही शक्ति भी क्षीण होती रही। अंग्रेज सेनाएं भी उन पर दबाव बनाए हुए थीं और उन्हें तितर-बितर कर रही थीं।

तांत्या टोपे की आंखमिचौनी

तांत्या टोपे स्वतंत्रता संग्राम के मुख्य सेनापतियों में थे और नाना साहब के सेवक। कानपुर के युद्ध से तांत्या टोपे ने स्वतंत्र सेनापति के रूप में कई युद्ध किए, लेकिन उन्होंने पेशवा के प्रति अपनी वफादारी नहीं छोड़ी। तांत्या टोपे, नाना साहब, राव साहब, मनुबाई (रानी लक्ष्मीबाई) के बचपन के साथी थे। हालांकि इन सबकी उम्र में अंतर था, लेकिन बाजीराव ने इन सबको एक साथ शिक्षा और शस्त्र-संचालन का प्रशिक्षण दिलाया था। इसके अलावा एक दिन तांत्या टोपे से प्रसन्न होकर, बाजीराव ने उन्हें एक टोपी दी थी। तब से उनके नाम के साथ 'टोपे' या 'टोपी' जुड़ गया। वह टोपी रत्न जड़ित थी और तांत्या टोपे ने इसे सदा ही पहना। उनका पूरा नाम था-रामचंद्र पांडुरंग येवलकर यानी वह 'येवला' गांव के रहने वाले थे। देखने में दुबले-पतले होने से उनके बड़े भाई उन्हें 'तांत्या' के नाम से पुकारते थे। बाद में यही नाम चल पड़ा।

1857 का युद्ध जब समाप्ति की ओर आ गया तो तांत्या ग्वालियर से निकलकर एक बार फिर सैन्य संगठन तैयार करने में जुट गए थे। तांत्या के पास सैन्य-संगठन की विलक्षण बुद्धि थी। लिखा है: "तांत्या टोपे के मुख्य

 1857 स्वतंत्रता का महासंग्राम

साथियों नाना साहब, बाला साहब और लक्ष्मीबाई में से अब कोई बाकी न रहा था। अंग्रेजों की सत्ता भारत में पूरी तरह फिर से जम चुकी थी। स्वयं तांत्या के पास न कोई जंग की सेना थी और न सामान। फिर भी तांत्या टोपे ने आशा न छोड़ी थी। 20 जून सन् 1858 को ग्वालियर से निकलकर तांत्या ने रावसाहब, बांदा के नवाब और मुट्ठी भर बचे-खुचे सैनिकों सहित नर्मदा पार की ओर बढ़ना चाहा। तांत्या का उद्देश्य नर्मदा पार कर पेशवा के नाम पर दक्षिण के नरेशों और प्रजा को क्रांति के लिए फिर से तैयार करना था।

यहां यह उल्लेख भी महत्त्वपूर्ण है कि सन् 1857 की क्रांति का मुख्य क्षेत्र उत्तर भारत था। यदि विंध्याचल से दक्षिण का भाग, क्रांति का उसी प्रकार साथ दे जाता, जिस प्रकार उत्तर का तो मद्रास और बंबई की सेनाओं का उत्तर की ओर जाकर बिहार, बनारस, इलाहाबाद, अवध और रुहेलखंड को फिर से विजय कर सकना संभव नहीं होता और क्रांति का अंतिम परिणाम बिल्कुल दूसरा ही होता। दक्षिण में क्रांति के प्रचारक पहुंच चुके थे और अनेक स्थानों में कुछ हुआ भी। किंतु यह सब इतना कुसमय और इतने अव्यवस्थित ढंग से हुआ कि अंग्रेजों के लिए उसका दमन करना अत्यंत सरल हो गया और क्रांतिकारियों को उससे विशेष लाभ न पहुंच सका। “भारत में अंग्रेजी राज” में सुंदरलाल ने (पृष्ठ 956-957 में) लिखा है:

“अब तांत्या टोपे दक्षिण जाकर कुछ करना चाहते थे। लेकिन 22 जून को अंग्रेजी सेना ने उसे जौरा अलीपुर में जा घेरा, पर तांत्या बचकर निकल गए। तांत्या दरअसल नर्मदा पार करना चाहते थे और अंग्रेज उन्हें ऐसा करने से हर कीमत पर रोकना चाहते थे। यही वजह थी कि जबकि तांत्या भरतपुर की तरफ बढ़े तो तुरंत एक प्रबल अंग्रेजी सेना तांत्या को घेरने के लिए भरतपुर आ गई। तांत्या ने जयपुर की ओर रुख किया। जयपुर की प्रजा और सेना दोनों तांत्या से सहानुभूति रखती थीं। लेकिन अंग्रेजों को तांत्या का इरादा पता चल गया। तुरंत एक अंग्रेजी सेना नसीराबाद से जयपुर के लिए रवाना हो गई। तांत्या को अब मजबूर होकर दक्षिण की तरफ मुड़ना पड़ा। तांत्या अंग्रेजों की सेना से आंख बचाकर टोंक पहुंच गया। टोंक के नवाब ने नगर के दरवाजे बंद करा दिए और अपनी कुछ सेना और चार तोपें तांत्या के मुकाबले के लिए भेजी। यह सेना सामने आते ही तांत्या से जा मिली और उन्होंने अपनी तोपें भी तांत्या के हवाले कर दीं। तांत्या टोपे ने नई सेना और तोपों के साथ इंद्रगढ़ की ओर कदम बढ़ाया। वर्षा का मौसम था। वर्षा जोरों पर थी। उधर कर्नल होम्स अपनी सेना लेकर तांत्या को घेरने के लिए बढ़ रहा था। राजस्थान की तरफ से

सेनापति रॉबर्ट्स भी सेना लेकर तांत्या की तरफ आ रहा था। तांत्या के सामने चंबल नदी थी, जो पूरे बाढ़ पर थी और उस हालत में उसे पार करना असंभव था। इस तरह तांत्या बूंदी की तरफ बढ़ा। वह भीलवाड़ा पहुंचा, जहां अंतत: सेनापति जनरल रॉबर्ट्स ने 7 अगस्त सन् 1858 को तांत्या पर हमला किया। दिन भर संग्राम होता रहा। रात को तांत्या अपनी तोपों सहित उदयपुर के कोटरा गांव पहुंच गया। वहां भी उसे 14 अगस्त को अंग्रेजी सेना से युद्ध करना पड़ा। अंग्रेजी सेना तांत्या का लगातार पीछा कर रही थी और उसे कहीं चैन से टिकने न दे रही थी।

"अब तांत्या ने एक बार फिर चंबल की ओर रुख किया, यह सोचकर कि अब बाढ़ कम हो गई होगी। परंतु एक अंग्रेजी सेना पीछे-पीछे आ रही थी, दूसरी दाहिनी ओर से और तीसरी उसके ठीक सामने से आगे बढ़ रही थी। तांत्या तीन तरफ से घिरकर भी अंग्रेजी सेना की आंख बचाकर निकल गया। आगे चंबल नदी थी और वह अपनी सेना के साथ उसे पार कर गया। लेकिन उसके पास न रसद थी और न तोपें। तांत्या झालरापाट्टन की तरफ बढ़ा। वहां का राजा सेना और तोपें लेकर तांत्या से मुकाबला करने आया। पर उसकी सेना, तोपों के साथ तांत्या से मिल गई। तांत्या ने उस सेना का रसद, सामान आदि भी ले लिया। उसने राजा से भी चौदह लाख रुपए, युद्ध खर्च के लिए वसूल किए। अब तांत्या के पास सेना, धन, सामान आदि सब कुछ था-सो उसकी सैन्य-बुद्धि चल पड़ी। अंग्रेजी सेनाओं ने उसका पीछा किया और उसने उन्हें चकमा देना शुरू कर दिया।"

इस आंख-मिचौनी के खेल का रोचक विवरण एक अंग्रेज लेखक ने अपनी पुस्तक "फ्रेंड्स ऑफ इंडिया" (1858) में लिखा है: "तांत्या के बचने और भाग जाने का यह आश्चर्यजनक सिलसिला शुरू हुआ, जो दस महीने तक जारी रहा और जिससे मालूम होता था कि हमारी विजय निष्फल हो गई है। इस सिलसिले के कारण तांत्या का नाम यूरोप भर में हमारे अधिकांश अंग्रेज सेनापतियों के नामों की अपेक्षा कहीं अधिक मशहूर हो गया। तांत्या के सामने समस्या सरल न थी। उसे अपनी अव्यवस्थित सेना को लगातार इतनी तेज रफ्तार पर ले जाना पड़ता था कि जिससे न केवल उसका पीछा करने वाली सेनाएं ही; बल्कि वे सेनाएं भी जो कभी दाहिनी ओर से और कभी बायीं ओर से अचानक उस पर टूट पड़ती थीं, हाथ मलती रह जाती थीं। एक ओर वह इस तरह उन्मत्तवत अपनी सेना को भगाए लिए जाता था, दूसरी ओर वह दर्जनों शहर पर कब्जा कर लेता था, अपने साथ नया सामान जमा कर लेता था,

          1857 स्वतंत्रता का महासंग्राम

इधर-उधर से नई तोपें साथ ले लेता था और इन सबके अतिरिक्त अपनी सेना के लिए नए स्वयं-सेवक रंगरूट भरती करता जाता था, जिन्हें कि साठ मील रोजाना के हिसाब से लगातार भागना पड़ता था। तांत्या ने अपने अल्प साधनों से जो कुछ कर दिखाया उससे साबित है कि उसकी योग्यता असाधारण थी। वह उस श्रेणी का मनुष्य था जिस श्रेणी का कि हैदरअली था। कहा जाता है कि तांत्या नागपुर से होकर मद्रास पहुंचना चाहता था। यदि वह वास्तव में मद्रास पहुंच जाता, तो वह हमारे लिए उतना भयंकर साबित होता जितना कि हैदरअली किसी समय हो चुका था। नर्मदा उसके लिए इतनी बड़ी रुकावट साबित हुई जितनी कि इंग्लिश चैनल नैपोलियन के लिए हुई थी। तांत्या सब कुछ कर सका, किंतु नर्मदा को पार न कर पाया। अंग्रेजी सेनाएं शुरू में उतना ही धीरे-धीरे आगे बढ़ीं, जितना धीरे चलने की उनकी आदत थी। किंतु फिर मजबूर होकर उन्होंने तेज चलना सीख लिया। फिर भी, तांत्या बचकर निकलता रहा। गर्मियां निकल गईं, बरसात निकल गई, सारी सर्दी निकल गई, फिर भी तांत्या हाथ न आया और वह निकलता चला जा रहा था।"

इतने दिनों तक लगातार कोशिश करने के बाद भी तांत्या को नर्मदा पार करने में सफलता न मिलती यह कैसे हो सकता था? लिखा है–"दक्षिण में माइकेल की सेना, पूर्व में कर्नल लिडेल की सेना, उत्तर में कर्नल मीड की सेना, पश्चिम में कर्नल पार्क की सेना और चंबल की तरफ से जनरल रॉबर्ट्स के साथ की सेना-पांच तरफ से तांत्या को अंग्रेजी सेना ने घेरा। तांत्या ने अंग्रेजी सेना को चकमा देने के लिए दक्षिण की यात्रा छोड़कर तेजी से उत्तर की तरफ बढ़ना शुरू किया। अंग्रेज समझे कि तांत्या ने दक्षिण जाने का विचार छोड़ दिया। किंतु तांत्या फिर अचानक मुड़ पड़ा। तेजी से उसने बेतवा नदी पार की, कजूरी में अंग्रेजी सेना से उसकी एक मुठभेड़ हुई और वहां से रायगढ़ पहुंचा, फिर सीधा तार की तरह दक्षिण की ओर लपका। अंग्रेज उसकी इन चालों से घबरा गए। जनरल पार्क एक तरफ से, माइकेल दूसरी तरफ से, बेचर सामने से तांत्या की ओर बढ़े लेकिन तांत्या सेना के साथ नर्मदा तक पहुंच गया और होशंगाबाद के पास, संसार के सबसे बड़े युद्ध विशारदों को चकित कर अपनी सेना सहित नर्मदा पार कर गया। इतिहास लेखक मालेसन लिखता है–"जिस दृढ़ता और धैर्य के साथ तांत्या ने अपनी इस योजना को पूरा किया, उसकी प्रशंसा करना असंभव है।" 'लंदन टाइम्स' के संवाददाता रसेल ने लिखा:

"हमारा अत्यंत अद्भुत मित्र तांत्या टोपे इतना कष्ट देने वाला और चालाक शत्रु है कि उसकी प्रशंसा नहीं की जा सकती। पिछले जून के महीने में उसने

मध्य भारत में तहलका मचा रखा है। उसने हमारे ठिकानों को रौंद डाला है, खजानों को लूट लिया है और हमारी मैगजीनों को खाली कर दिया है। उसने सेनाएं जमा कर ली हैं और खो दी हैं। लड़ाइयां लड़ी हैं और हार खाई है; देशी नरेशों से तोपें छीन ली हैं, उन तोपों को खो दिया है, फिर और तोपें प्राप्त की हैं और उन्हें भी खो दिया है। इसके बाद उसकी यात्राएं बिजली की तरह महसूस होती हैं। अठवाड़ों वह तीस-तीस और चालीस-चालीस मील रोजाना चलता है। कभी नर्मदा के इस पार, कभी उस पार। वह कभी हमारे सैन्य दलों के बीच से निकल जाता है, कभी पीछे से और कभी सामने से। कभी पहाड़ों पर से, कभी नदियों पर से, कभी वादियों में से और कभी घाटियों में से; कभी दलदलों से, कभी आगे से और कभी पीछे से, कभी एक ओर से, कभी घूमकर... फिर भी वह हाथ न आया।" (दि टाइम्स, 17 जनवरी सन् 1859) (भारत में अंग्रेजी राज: पृष्ठ 959-960)

नर्मदा पार करने के बाद तांत्या नागपुर पहुंचा। तांत्या ने पाया कि लोगों का मनोबल बहुत टूट चुका है। उत्तर भारत में जिस तांत्या को लोग स्वयं आकर मदद करते थे, उसी तांत्या को नागपुर के लोग अपने पास नहीं आने देते थे, उससे डरते थे कि उसकी वजह से कहीं मुसीबत में न फंस जाएं। तांत्या वापस आया तो नर्मदा के दोनों घाटों पर अंग्रेजी सेना उसका इंतजार कर रही थी। फिर भी तांत्या ने जिस फुर्ती से नर्मदा पार करा दी, उसे देखकर अंग्रेजी सेना चकित रह गई थी। मालेसन लिखता है–"संसार की किसी भी सेना ने कभी कहीं पर इतनी तेजी से कूच नहीं किया, जितनी तेजी से तांत्या की भारतीय सेना इस समय कूच कर रही थी।" (इंडियन म्युनिटी : खंड 2 पृष्ठ 247)

लिखा है–"25 दिसंबर सन् 1858 को तांत्या बांबवाड़ा के जंगल से निकला। ठीक इसी समय दिल्ली के राजकुल का प्रसिद्ध शहजादा फिरोजशाह, जो अवध संग्रामों में भाग ले चुका था, अपनी सेना सहित तांत्या की सहायता के लिए आया। जिस तरह शहजादे फिरोजशाह ने सेना सहित गंगा और यमुना पार कर तांत्या से जा मिले, उससे अंग्रेज भी चकित रह गए। इसी दौरान 13 जनवरी 1859 को इंद्रगढ़ में फिरोजशाह, तांत्या और राव साहब की मुलाकात हुई। इस मुलाकात में सिंधिया का एक सरदार मानसिंह भी आकर शामिल हो गया। लेकिन अंग्रेजी सेना का घेराव इतना जबरदस्त था कि अंतत: तांत्या इधर से उधर भागते रहे। इस तमाम भागदौड़ और लगातार अंग्रेजी सेना के दबाव ने तांत्या की हिम्मत को काफी तोड़ना शुरू कर दिया था। अंतत: तांत्या मानसिंह से मिलने गया। मानसिंह एक जंगल में छिपा था। तांत्या को वह जगह महफूज

लगी। तांत्या के वहां आ जाने पर मानसिंह चुपचाप अंग्रेजों से जा मिला। उसे अंग्रेजों ने जागीर वापस देने का वादा किया था। 7 अप्रैल सन् 1859 को आधी रात के समय सोते हुए तांत्या टोपे को गिरफ्तार कर लिया गया। इस गिरफ्तारी में मानसिंह का विश्वासघात काम आया। तांत्या टोपे इस विश्वासघात से टूट गया। तांत्या पर मुकदमा चला, जो कि केवल एक नाटक था। उसे फांसी की सजा दी गई। 18 अप्रैल सन् 1859 तांत्या टोपे के लिए फांसी का दिन तय हुआ। ग्वालियर के पास शिवपुरी में उसे फौज के पहरे में फांसी दी गई। लिखा है-फौज के चारों तरफ टीलों पर खड़े हजारों गांव वाले तांत्या को दूर से श्रद्धा से नमस्कार कर रहे थे। तांत्या धैर्य और साहस के साथ फांसी के तख्ते पर चढ़ा। उसकी बेड़ियां काटी गईं। तांत्या ने हंसते हुए अपने हाथ से फांसी का फंदा गले में डाल लिया। तख्ता खिंच गया। शाम तक तांत्या का शव फांसी पर लटकता रहा। कहते हैं शाम को जनता ने उसके सिर के बाल तोड़कर स्मृति स्वरूप रख लिए और इस तरह 1857 की क्रांति के एक वीर एवं अद्भुत सेनापति का अंत हो गया।

1857 की क्रांति की विफलता

1857 की क्रांति, इस प्रकार विश्वासघातियों की मदद से असफल हो गई। हमारे देश में फूट, स्वार्थ, भ्रष्टाचार आदि के गुण इस तरह हममें समाए हैं कि हमने देश को बेचने में भी संकोच नहीं किया है-इसका इतिहास गवाह है। हमारे में राष्ट्रीय चरित्र का अभाव, अपने ही मालिक से वफादारी न करना, अपना जमीर तक बेच देना-जैसी वे विशेषताएं रहीं हैं, जो गुलामी के दो सौ वर्षों के इतिहास के विश्लेषण से उभरकर आती हैं। सन् 1857 के स्वतंत्रता संग्राम की विफलता के जो कारण इतिहासकारों ने गिनाए हैं, वे इस प्रकार हैं:

1. समय से पहले युद्ध का आरंभ। 2. अंग्रेजों को सिखों और गोरखों की सहायता। 3. अंग्रेजों को अपना शासन जमाने में भारत के लोगों द्वारा उन्हें दिया गया हर तरह का सहयोग। हमने अपने ही पैरों में कुल्हाड़ी मारी। 4. क्रांति के समय योग्य और प्रभावशाली नेताओं का अभाव। 5. देशी नरेशों की अकर्मण्यता। कई प्रमुख राजाओं जैसे सिंधिया, होलकर और राजस्थान तथा पंजाब के नरेशों का असहयोग। 6. दक्षिण में उदासीनता। यदि मद्रास, बंबई और महाराष्ट्र में उत्तर भारत जैसी क्रांति हो जाती तो अंग्रेजों को भारत में रहना मुश्किल हो जाता। 7. उच्च कुलों का अभिमान एक ऐसी बात थी जिसने मिथ्याभिमान के कारण भारतीय सेनाओं को पराजित कराया और देश को गुलाम बनाने का

रास्ता सुगम बनाया।

लेकिन सभी कमियों के बावजूद, कुछ भी हो, भारत की हस्ती नहीं मिटी। 1857 का स्वतंत्रता संग्राम समाप्त हो गया किंतु भारत को पराधीनता की बेड़ियों से मुक्त कराने के प्रयास जारी रहे। आज 150 वर्ष बाद जब हम पन्ने पलटकर उस इतिहास को देखते हैं तो लगता है कि भारत की हस्ती कुछ तो है-जो विश्वासघातों, धोखा, फरेब, भ्रष्टाचार आदि के बावजूद बनी हुई है। फिर भी, इतिहास के ये पन्ने हमें बार-बार जगाते हैं, याद दिलाते हैं कि जिस राष्ट्रीय भावना के अभाव में हमने 150 वर्ष पहले भारत को गुलाम बनवाया था, उसी चापलूसी और गलत नीतियों के अनुसरण द्वारा हम दुबारा यह भूल न करें।